나는
유령작가입니다

나는 유령작가입니다

김연수
소 설

문학동네

차례

쉽게 끝나지 않을 것 같은,
농담

꿈

나무 한 그루. 하나의 가지는 북한산이 있는 북쪽을 향해, 또하나의 가지는 한강이 있는 남쪽을 향해 서로 갈라져 서 있는 나무 한 그루에 대한 얘기에서 시작하면 어떨까? 그후로 오랫동안 나는 그날 길 잃은 아이들처럼 그녀와 함께 걸어다녔던 그 골목길들에 대해, 그리고 그 골목길에서 본 것들에 대해 생각했다. 회사 엘리베이터 앞에 서서 오름차순으로, 혹은 내림차순으로 바뀌는 디지털 숫자들을 바라보며. 아니면 새벽 공원길을 달려가다가 길 옆 벤치에 발을 올리고 풀린 운동화 끈을 묶으면서. 며칠 굶은 짐승의 내장처럼 어둡고 습하고 꾸불꾸불한, 그러나 텅 비어 막히지 않고 계속 어디론가 이어지던 그 골목길들에 대해. 땅거미로부터 뭉게 뭉게 피어오른 저녁의 조각구름들이 초승달을 스쳐지나가듯. 문득문득. 총총히 정독도서관을 향해 비탈진 언덕길을 올라가느라 땀이 송골맺힌 교복 차림 여학생들의 쇄골 안쪽 살갗이며 국군서울지구병원 담벼락 밑에서 각자 누런 봉투 안에 든 자신의 엑스레이 필름을 반쯤 꺼내어 햇살에 비춰보던 사병들의 찌푸린 주름, 혹은 서울시 지방문화재 민속자료 제27호 윤보선 고택 돌축담 모퉁이를 돌아갈 때 그녀를 바라보며 "방 보러 온다던 새댁이유?"라며 환하게 반기던 어느 할머니가 입고 있던 치마의 꽃무늬 같은 것들에 대해. 가끔 하릴없는 마음에 제 손톱을 가지런히 세우고 오랫동안 들여다보듯. 문득문득.

잠깐이나마 말이 끊기면 그 사이로 누기 진 바람이 새들어오던 6월하고도 중순이었다. 가회동 큰길을 따라 다시 율곡로 쪽으로 걸어내려갈 즈음, 각자 떨어져 살아온 세월들에 대해 물어가며 겨우겨우 이어지던 대화가 어느 틈엔가 끊어졌다. 버성긴 마음에 한번 끊어진 대화는 좀체 다시 연결되지 않았다. 장마가 머지않은 끄느름한 하늘빛이 그대로 배어든 듯한 헌법재판소 담장 너머로 뭉툭한 우듬지를 삐죽거리는 청단풍이며 산수유며 왕벚꽃 따위의 키 작은 나무들을 올려다보며 우리는 재동 교차로 쪽으로 걸어갔다. 그때 그녀가 갑자기 들뜬 목소리로 "당신, 요즘도 혼잣말 잘해?"라고 물었다. 나는 평범하달 수는 없는, 그렇다고 평범하지 않다고도 말할 수 없는 서른네 살의 회사원이고 가끔씩 내 삶이란 어느 지점에서인가 대단히 잘못된 길로 접어들었다고 생각하긴 하지만, 혼잣말을 중얼거리는 종류의 인간인지 아닌지는 여태 생각해본 일이 없었다. 그런데 그녀는 내가 옛날에 혼잣말을 잘하는 사람이라고 기억하고 있었다. 내가 어떤 식으로 혼잣말을 했냐니까, 그녀는 잠시 생각해보더니 "등을 돌리고"라고 말했다. 그 말을 들으니 어쩐지 서글픈 마음이 잔뜩 밀려들었다. 그녀에게도 그렇지만, 나 자신에게도 그랬다. 그러더니 그녀는 며칠 전 내가 꿈에 나왔다고 했다. 그녀에게 등을 돌리고 혼자 중얼중얼 뭔가를 되뇌는 꿈이었을까? "글쎄, 대놓고 말하기는 좀 곤란하고. 아무튼 꿈속에서는 꽤 좋았는데…… 아, 뭐라고 말해야 하나"라며 그녀가 혼자서 말하고 혼자서 킥킥거렸다. 이해하지 못할 바는 아니지만, 어쩐지 그녀가 재개발이 임박한 연립주택 같다는 생각이 들었다. 어디인지 정확하게 꼬집자면 속속들이 살펴봐야겠지만, 언뜻 봐서도 정상이 아니라는 느낌을 피할 수 없었다. 그녀의 왼쪽으로 걸어가던 나는 걸음을 멈추고 오른쪽으로 자리를 옮겼다. 오른편에서 바라보는 얼굴이 내게는 훨씬 익숙했다. 늘 나는 그녀의 오른편에서 그녀를 바라보다가 잠들었으니까. 헛기침을 두 번 내뱉은 뒤, 내 경우에는 요즘 거의 꿈을 꾸지 않는다고 말했다. 더군다나 혼잣말하는 경우는 전혀 없는 것 같다고 덧붙였다.

발걸음을 내디딜 때마다 까닥거리는 그녀의 오른쪽 옆얼굴을 바라보노라니 언젠가 함께 변산에 갔다가 돌아오던 길에 올라탄 밤의 고속버스 독서등 불빛이 떠올랐다. 그때도 나는 그녀의 오른쪽에 앉아 있었다. 주홍색 불빛이 내 점퍼로 덮어놓은 그녀의 아랫배 부분을 둥글게 비춰주고 있었다. 우리는 낮에 직소폭포로 올라가다가 나무에 걸린 꽝꽝나무니 호랑가시나무니 까마귀베개나무니 하는 재미있는 이름표를 가리키며 웃었던 일을 얘기했다. 그러던 끝에 이러다가는 자다가 꿈에 그 괴상한 이름의 나무들이 나오겠다며 그녀가 덧붙였다. 자신은 꿈 같은 꿈을 꾸지 않는다고 했다. 금요일 저녁, 눈이 휘둥그레진 샐러리맨들에게 손을 흔들며 하늘을 날거나 가슴이 뻥 뚫린 사내와 느낌 없는 키스를 나누는 꿈을 꾸지는 않는다는 뜻이었다. 그저 현실의 일들이 꿈속까지 이어지는 경우가 많다고 했다. 어떨 때는 그게 꿈에서 일어난 일이었는지 현실에서 일어난 일이었는지 모를 지경이라고 했다. 하루종일 나와 거리를 쏘다닌 날이면 꿈결 속에서도 어김없이 계속 발을 구른다고도 했고 나와 술을 마시다가 돌아간 날이면 밤새도록 술잔을 기울이느라 손목이 욱신거리는 느낌이 든다고도 했다. 나는 웃으며 지금도 꿈속이라고 말했다. 내가 그녀의 꿈속에서 그녀와 함께 밤의 고속버스를 타고 가는 것이라고 속삭였다. 그녀는 무슨 이상한 소리냐는 듯 이맛살을 찌푸렸다. 그때만 해도 나는 그녀의 꿈속까지 들어갈 수 있을 것이라고 생각했다. 현실의 일들이 그대로 꿈속으로 이어진다면 말이다. 하지만 사랑한다고 해서 한 인간의 꿈속에까지 들어간다는 것은 불가능한 일이었다. 내가 골똘히 자신의 아랫배 부분에 드리워진 둥근 독서등 불빛을 바라보자, 그녀는 졸립다며 몸을 약간 일으키며 손을 내뻗어 독서등을 껐다. 그리고 밤의 고속버스 안에는 드문드문 켜놓은 독서등 몇 개, 좌석을 따라 일정한 간격을 두고 은은하게 번지는 빨간색, 파란색, 노란색 수면등, 어둠 속의 나지막한 속삭임과 마른기침 소리뿐. 그리고 그 며칠 뒤, 나는 그녀에게 청혼했다. 내 말을 듣는 그녀의 표정은 행복해 보였다.

재동 교차로까지 내려간 우리가 함께 서서 담배를 피우는 동안, 지나가던 사람들이 우리를 쳐다봤다. 담배를 입에 물고 우리는 서로 다른 곳을 쳐다봤다. 그녀는 일본문화원 쪽을, 그리고 나는 종로경찰서 쪽을. 무슨 꿈이었냐고 한번 더 물어보려던 차에 그녀가 다시 풍문여고 쪽으로 발걸음을 옮겼다. 토요일이라 가벼운 마음으로 빨간 줄무늬 셔츠를 입고 출근한 날이었다. 아침에 친구 아버지가 죽었다는 연락이 왔다. 그래서 다른 옷으로 갈아입을 양으로 지하철을 타고 집으로 가던 차에 나는 우연히 그녀를 보게 됐다. 자리에 앉아서 한참 졸다가 종로3가역에서 갑자기 눈을 떴는데, 정말 거짓말처럼 맞은편에 그녀가 앉아 있었다. 정말 거짓말처럼. 재미있는 말이다. 하지만 그렇게 설명하는 수밖에 없다. 왜냐하면 그녀는 미국에 있어야 했기 때문이다. 그녀와 나는 서로 마주봤다. 삼 초 정도. 그녀가 눈길을 피하려는 찰나에 내가 알은척을 했다. 그게 잘한 일이었는지, 아니면 잘못한 일이었는지 아직까지는 알 수 없다. 나도 한 육백 년 정도 살아남아 그 내력을 원고지 2매 정도로 요약해놓은 안내판을 세워둔 천연기념물이 될 수 있다면 알 수 있을지 모른다. 어쨌든 그때는 이제 서로 약속하고 만나기도 번잡한 관계가 됐으므로 그렇게 만난 김에 그간 서로 어떻게 살았는지 얘기나 나눌 속셈이었다. 그렇게 엉거주춤한 마음가짐으로 우리는 안국역에서 내렸다. 안국역 구내에서는 〈라라의 테마〉가 흘러나오고 있었다. 그런데 그녀는 커피숍이 많은 인사동 쪽이 아니라 다짜고짜 송현동과 안국동 사잇길로 걸어가기 시작했다. 아트선재센터에 우리가 몇 번 가봤던 커피숍이 있으니까 처음에는 거기로 가는가 싶었다. 그런데 서로의 안부를 더듬더듬 묻고 난 뒤에도 그녀는 계속해서 걸었다. 우리는 그다지 말을 많이 하지 않았다. 그럴 수밖에 없었다. 떨어져 살았다고 해도 별다르게 달라질 것이 없었기 때문이다. 설사 다른 일이 생겼다고 해도 서로 시시콜콜하게 말할 처지도 아니었다. 아무 곳이나 가까운 커피숍으로 들어가자고 말하고 싶었지만, 막상 함께 걸어가다보니 커피숍에까지 들어가 할말은 없을 것 같아서 가만히 있었다. 그러는 동안, 등 쪽의 빨간색 줄무늬는 땀방울이 맺힌 자리를 따라 점점 자주색으로 바뀌어갔을 것이다. 일 년 만에 우연히 만난 전처와 나눌 수 있는 대화의 길이는 송현동과 안국동과 화동과 가회동을 거쳐 재동으로 빠져나오는 정도의 거리면 충분했다. 나는 재동 교차로 어디쯤에서 헤어질 참이었다. 내가 담배를 피워문 것은 그런 의미였다. 그런 까닭에 그녀가 자신에게도 담배를 달라고 말했을 때 나는 조금 놀랐다. 그녀는 담배 냄새를 견디지 못하는 사람이었으니까. 하지만 담배를 다 피운 뒤에는 더 놀랐다. 율곡로를 따라 걸어간 그녀가 다시 송현동과 안국동 사잇길로 걸어올라갔기 때문이다. 그날, 우리는 갔던 길을 한번 더 걸어갔다.

그리고 며칠 동안, 나는 그녀가 꿨다던 꿈에 대해서 생각했다. 같이 살던 시절에도 그녀는 꿈을 꾸면 늘 내게 얘기했다. 꿈을 얘기할 때, 그녀의 눈빛은 때로 기대에 부풀기도 하고 때로 불안해하기도 했다. 나는 꿈 따위는 조간신문을 들여다보는 순간 다 잊어버리는 종류의 사람이었다. 처음에는 그녀의 꿈 얘기가 재미있었지만, 얼마 뒤부터는 더이상 궁금하지 않았다. 그녀의 꿈이 과연 무슨 의미일까, 곰곰이 생각하던 그 어느 날이었다. 시간당 이십 밀리미터의 세찬 빗줄기가 사선을 그으며 서울 하늘을 가득 메우고 있었다. 하늘이 어둠침침했다. 아침 내내 빗소리에 마음을 뺏겼던 나는 점심시간에 회사를 빠져나와 종로구청 앞에 있는 중앙지도사에 갔다. 비에 젖은 몸이 꿉꿉했다. 문을 열고 들어가자, 판매대 앞에 선 초로의 남자가 나를 뚫어져라 쳐다봤다. 나는 우산을 접어 한쪽에 세워놓고 그에게 다가가 북촌 근처의 지도가 있는지 물었다. 남자는 북촌 어디를 원하느냐고 되물었다. 나는 잠시 생각해보다가 안국동과 화동과 가회동과 재동이 나오는 지도를 달라고 했다. 남자는 다시 지형도를 원하느냐, 지적도를 원하느냐고 물었다.

잠깐 망설이다가 나는 지적도를 달라고 했다. 남자는 서슴없이 구역별 지도가 칸칸이 들어 있는 곳으로 걸어가 지도를 한 장 꺼내고는 익숙한 솜씨로 둘둘 말았다. 그동안, 나는 가게 안을 훑어봤다. 천장은 높고 실내는 어두웠다. 한쪽에서는 아가씨가 계산기를 두들기며 장부에 숫자를 기입하고 있었다. 나는 진열대에 놓인 한반도 입체지도나 한라산 등반지도 따위를 훑어봤다. 이윽고 남자가 지도를 건네면서 "더이상 기다리지 않을 때, 끝나는 법이라오"라고 말했다. 나는 무슨 말인가 싶어 남자를 쳐다봤다. 남자는 웃으며 "방금 장마가 언제 끝날까라고 말하지 않았소"라고 말했다. 나는 고개를 끄덕이고는 지도를 옆구리에 낀 채, 우산을 펼치고 밖으로 나왔다.

중앙지도사 앞에 서서 주변을 두리번거리다가 나는 어느 2층 카페 쪽으로 뛰어갔다. 내가 계단을 올라가는 것을 보고 막 밖으로 나오려던 여자가 얼른 카페로 돌아갔다. 그 여자가 카페의 주인이었다. 나는 한쪽 구석에 앉아 맥주 한 병을 주문했다. 그러면서 여기가 '겨울-나무로부터 봄-나무에로'가 있던 곳이 아니냐고 물었다. 내 말을 못 들었는지 여자는 들고 온 메뉴판을 펼치지도 않고 그냥 주방 쪽으로 되돌아갔다. 여자의 발걸음은 불안해 보였다. 맥주를 가져온 여자에게 나는 약간 큰 목소리로 볼펜을 빌려달라고 했다. 볼펜을 건네받은 나는 오천분의 일 축척의 종로구 북쪽 지역 지도를 테이블에 펼쳐놓은 뒤, 볼펜으로 선을 그어가며 둘이 걸었던 길들을 되짚어봤다. 때로는 S자로, 때로는 직선으로 우리는 언뜻 보기에는 막다른 골목처럼 보이는, 하지만 무작정 걸어가는 그녀를 따라가다보면 모퉁이를 여러 번 돌아 또다른 골목으로 이어지는 좁은 길들을 밟고 다녔다. 내가 그은 검은 선들이 기억 속에서 서로 겹쳐지거나 뒤엉켜들면서, 혹은 더이상 정확하게 되짚어갈 수 없게 되면서 그날 우리가 함께 지나온 시간은 꼬불꼬불하면서도 때로는 이어질 수 없는, 더 정확하게 표현하자면 이해할 수 없는 행로로 남게 됐다. 물론 내가 살아가면서 이해하지 못하는 일은 한두 가지가 아니다. 하지만 그날 우리 둘이서 걸어간, 그리고 내가 그은, 그러나 끝내 완전히 긋지 못한 지도 위의 행로만큼이나 이해하기 어려운 것은 없는 듯했다. 나는 지도에 적힌 수많은 숫자들을 내려다보면서 생각했다. 우리는 안국동 175번지 앞에서 걷기 시작했다. 안부를 묻던 우리의 대화가 끊어진 것은 가회동 12번지를 지날 즈음이었다. 그녀가 꿈 얘기를 한 것은 재동 83번지 헌법재판소 앞을 지날 때였으며 어이없게도 그녀를 방 보러 온 새댁으로 착각한 할머니를 만난 것은 안국동 8번지에서 9번지 앞으로 걸어갈 때였다. 하지만 그녀가 울어버린 곳은 정확하게 어디인지 알 수 없었다. 정확한 위치를 찾기 위해 몇 번이고 되풀이해서 지도를 들여다봤지만 알 수 없었다. 그러다가 나는 생각했다. 이 행로에도 어떤 의미가 있는 것일까? 그 대답을 구하기 위해 지도를 한참 들여다보다가 나는 그다지 논리적이랄 수 없는 결론에 이르렀다. 그녀가 어떤 나무 한 그루를 중심으로 나를 끌고 다녔다는 결론에. 하나의 가지는 북한산이 있는 북쪽을 향해, 또하나의 가지는 한강이 있는 남쪽을 향해 서로 갈라져 서 있는 나무 한 그루를 중심으로. 물론 그럴 리는 없다. 그녀가 그 나무를 알 리가 없다. 그건 우연이었을 것이다. 하지만 지도상으로 볼 때, 내가 알아낼 수 있는 분명한 사실은 그것 하나뿐이었다. 그날 오후, 우리의 행로 한가운데 나무 한 그루가 서 있었다는 사실. 나는 장마 내내 선을 그어놓은 지도를 벽에 붙여놓고 틈날 때마다 들여다봤다. "저게 도대체 다 뭐야?" "나도 잘 몰라서 바라보는 중이야." 술에 취한 밤이면 집에 들어와 혼자 침대에 누워 나는 그런 자문자답을 하곤 했다. 내 생각과 달리, 나는 여전히 혼잣말을 잘했다.

나무

그날의 행로가 무슨 의미인지 다음과 같이 설명하면 그녀는 분명히 나란 인간은 항상 그런 식이었다고 쏘아붙일지도 모른다. 하지만 내게는 달리 방법이 없다. 그러니까 이렇게 시작해보자. 연암 박지원은 언젠가 처남이자 평생의 친구였던 이재성에게 이런 편지를 보낸 적이 있었다. '꿈에 중을 보면 문둥이가 된다는 속담이 있지요. 무슨 말이겠습니까. 중은 절에서 살고 절은 산에 있고 산에는 옻나무가 있고 옻나무는 사람을 문둥이처럼 옻오르게 합니다. 꿈에 본 중과 문둥이는 이렇게 연결되는 것입니다.' 백성들이 박지원을 오랑캐라고 욕한다는 헛소문을 퍼뜨리는 작자들이 있다는 사실을 이재성이 편지로 일러줬기 때문에 박지원은 논리적으로 말이 되지 않는 일들을 서로 연결시켜 한가한 입을 달래는 자들의 허망함을 속담에 비유한 것이다. 그러나 이 편지의 고갱이는 그 뒤에 나오는 '지난 수십 년 이래로 옛날 함께 놀던 친구는 대부분 이 세상에서 없어졌습니다. 하룻밤 우스갯소리나 하면서 지내보고 싶은 때도 있지만 그런 날이 있을 수 없게 됐습니다'라는 구절에 있다. 이재성이 일러준 헛소문 얘기를 듣고 느낀 허망함은 자신을 알아보지 못하는 자들에 대한 분노로 바뀌었다가 결국에는 먼저 죽은 친구들에 대한 그리움으로 옮겨갔다. 그러니 죽은 박지원을 위해 이재성이 제문을 짓는 장면에 이르러 내 마음이 다 편안해진 것은 당연한 일이었다. 이재성마저 자신보다 먼저 죽었더라면 박지원은 아마 그 고통을 견디지 못했을 테니. 서울 가회방 재동 중국식 벽돌집 사랑채에서 "깨끗이 목욕시켜달라"는 말만 남긴 채, 박지원이 숨을 거둔 것은 1805년 10월 20일 오전 여덟시경이었다. 이재성의 제문에는 이런 구절이 남아 있다. '마치 저 굉장한 보물이 크고 아름답고 기이하고 빼어나나 마음과 눈으로 보지 못하면 이름하기 어려운 것과 같지요.'

마치 저 굉장한 보물이 크고 아름답고 기이하고 빼어나나……

이 구절을 읽을 때면 나는 늘 늦가을 아침 유언을 남기고 죽는 박지원의 재동 집 벽장에 들어 있었다는 지구의를 떠올린다. 그 지구의에 대한 얘기를 처음 꺼낸 사람은 단재 신채호였다. 신채호는 박지원이 중국에서 돌아오는 길에 그 지구의를 가져왔다고 쓴 바 있다. 박지원이 손수 지은 재동 집 사랑채 앞에는 그가 태어나기 오래전 중국에서 들여온 것이 또하나 있었다. 아니, 사실대로 말하자면 원래는 숲을 이룰 만큼 많았겠지만, 지금은 하나만 남아 있다. 바로 그날, 우리의 행로 한가운데에 서 있던 바로 그 나무 한 그루다. 박지원은 『열하일기』를 비롯한 수많은 책을 남겼으며 조선 후기의 개화파들에게 큰 영향을 끼쳤다. 그건 우리가 다 아는 사실이다. 아울러 박지원은 벽장 속의 지구의와 뜰 앞의 나무 한 그루도 남겼다. 그건 우리가 잘 모르는 사실이다. 나는 역사라는 이름의 위험천만한 폭약을 단숨에 폭파시키는 뇌관은 『열하일기』나 실학사상 같은 게 아니라 벽장 속의 지구의나 뜰 앞의 나무 한 그루처럼 사소하고 하잘것없고 우연의 소산으로만 보이는 것들이라고 생각한다. 시작과 끝, 원인과 결과만을 두고 본다면 세상의 모든 일은 인과관계에 따라 움직인다. 하지만 그 사이의 행로는 때로 매우 우연적이고 사소한 것들로 채워지곤 한다. 그녀와 헤어지고 나서 가끔씩 혼자서 중얼거릴 때가 있었다는 사실을 나는 최근에야 깨달았다. 이혼할 만큼 우리에게 큰 문제가 있었나? 하지만 결국 나는 그 대답은 알아내지 못하고 다만 지극히 하찮은 우연들의 연쇄

과정에다 대고 왜 그래야만 했느냐는 무거운 질문을 던지는 일이 무의미하다는 사실만을 알아냈을 뿐이다. 우리가 살아가면서 겪는 일들은 대부분 스캔들에 휩싸인 영화배우가 서둘러 차에 올라타면서 진실은 무엇이냐고 묻는 기자들을 향해 내젓는 단호한 손짓 이상의 의미를 띠지 못한다. 그렇다면 지나간 일들을 다시 떠올릴 때는 만나게 되는, 서로 연결될 수 없음에도 그어지는 그 많은 선들은 다 무슨 의미일까? 역사의 인과관계가, 혹은 지나간 일들의 진실이 도중의 사소하고 우연적이고 꾸불꾸불한 과정을 과감하게 생략하고 단숨에 긋는, 그런 선과 같은 것이라면, 우리가 그날 걸어간 복잡하고 우연에 가까운 행로의 의미는 무엇일까?

기억을 좇아가면 확실한 것은 아무것도 없다는 생각이 들 때가 있다. 혼자서 옛일들을 생각하며 자문자답할 때면 특히 그렇다. 지나간 일들은 실험실에서 알코올램프와 플라스크로 증명할 수 있는 것이 아니기 때문이다. 일단 일어난 일들은 그 자체가 사실로 증명되는 것이다. 다른 식으로 검증할 방법이 없다. 내가 이런 식으로 말을 꺼내면 그녀는 늘 화를 냈다. 자기가 원하는 말은 그런 게 아니었다고 소리쳤다. 하지만 하는 수 없다. 이렇게 얘기해야만 한다. 사실은 박지원이 살던 중국식 벽돌집 벽장 안에는 지구의가 없었다는 주장도 있다. 박지원의 손자로 나중에 우의정까지 올라간 박규수가 북촌에 사는 어린 청년들인 김옥균, 홍영식, 박영효 등을 사랑채에 모아놓고 지구의를 보여주며 국제정세에 대해 얘기한 것은 그의 나이 68세가 되던 1874년 11월 무렵의 일이었다. 이때, 김옥균 등에게 보여준 지구의가 박지원이 중국에서 가져온 지구의인가, 박규수가 손수 만든 지구의인가에 대한 논란이 있었는데, 지금은 박규수가 만든 지구의라는 견해가 일반적이다. 우리가 살면서 겪은 그 수많은 지난 일들 역시 그 지구의와 같은 것이다. 박지원이 죽을 당시, 그 집의 벽장에는 지구의가 있었을 수도 있고 없었을 수도 있다. 이제는 그 누구도 그 사실을 증명할 수는 없다.

그렇다면 또 이렇게 얘기하면 어떨까? 그 지구의를 보면서 조선을 개화시켜야만 하겠다고 결심한 김옥균과 홍영식과 박영효 등은 정확하게 십 년 뒤, 갑신정변을 일으켰다. 그날, 민씨 세력의 핵심이었던 민영익은 온몸에 자상을 당했다. 역사가 사소하고 우연하고 모호한 일들의 연속체가 아니라면 그날 민영익은 죽어야만 했다. 무려 열네 명이나 되는 한의사들이 달려들었지만 속수무책이었기 때문이다. 그런데 하필이면 그해 9월 20일, 알렌이라는 미국 의사가 조선에 들어와 있었다. 의료 선교사였던 알렌의 임지는 베이징이었으나 중국인들의 폭력에 시달리며 난징과 상하이를 전전하다가 다른 곳을 찾던 중, 주변의 권유로 우연히 조선에 들어오게 됐다. 박지원가의 지구의 때문에 갑신정변이 일어났다고 말할 수 없는 것처럼 중국사회에 적응하지 못한 알렌 덕분에 갑신정변이 실패로 돌아갔다고 말할 수는 없는 법이다. 하지만 적어도 갑신정변 때문에, 더 나아가서는 박지원가의 지구의 때문에 조선땅에서 첫 개신교 신자가 나오게 됐다고 말할 수는 있을 것이다. 알렌의 조선어 선생이던 노춘경은 갑신정변이 일어난 바로 그날 밤, 알렌이 중상을 입은 민영익을 치료하기 위해 자리를 비운 틈에 알렌의 서재에서 알렌마저도 읽지 말라고 말렸던 마태복음과 누가복음을 집으로 훔쳐가 밤새 두 번이나 읽었다. 그리고 노춘경은 그로부터 이 년 뒤, 세례를 받았다. 역사라는 게 뭐라고 생각하는가? 우리가 왜 이혼했다고 생각하는가? 이런 질문에 쉽게 대답할 수 없다면 그건 우리가 살아가는 삶이 다만 며칠 굶은 짐승의 내장처럼 어둡고 습하고 꾸불꾸불한, 그러나 텅 비어 막히지 않고 계속 어디론가 이어지는 골목길과 같은 것이기 때문이다. 이것으로도 납득이 안 되면 이렇게 덧붙이겠다. 갑신정변이 실패하고 홍영식이 비참하게 죽은 뒤, 민영익의 도움을 받은 알렌은 흉가가 된 홍영식의 집에다 조선 최초의 서양식 병원인 제중원을 설립했다. 제중원의 뜰에는 나무 한 그루가 서 있었다. 박지원의 집 앞에 있었던 나무. 홍영식의 집 앞에 있었던 나무. 그날 길 잃은 아이들처럼 그녀와 함께 걸어다녔던 그 골목길들, 그 가운데 서 있던 나무. 그 나무 한 그루 말이다. 그녀와 내가 헤어진 지금, 이 모든 일이 과연 우연일 뿐이라고 생각하는가?

농담

말했다시피 나는 평범하달 수는 없는, 그렇다고 평범하지 않다고도 말할 수 없는 서른네 살의 회사원이고 가끔씩 내 삶이란 어느 지점에선가 대단히 잘못된 길로 접어들었다고 생각한다. 나는 태어나기를 따분한 사람으로 태어났다. 차를 몰고 가더라도 도로는 보지 않고 좌우의 차선에 더 신경쓰는 사람이다. 남에게 칭찬받을 수 있는 일이라면 그 누구보다도 잘하지만, 어떤 경우라도 칭찬받기 어려운 일을 혼자서 해내야 한다면 당장 뭘 해야 할지 모르는 사람이다. 나 같은 종류의 인간은 절대로 농담을 하지 못한다. 농담을 잘 못할뿐더러 남의 농담도 제대로 이해하지 못한다. 그렇게 따분한 인간이니까 남는 시간이면 역사책이나 들여다보면서 소일하는 셈이다. 역사책에는 농담이란 기록돼 있지 않으니까. 원인과 결과만이 나열된 책이니까. 그러니 내가 며칠을 두고 벽에 붙여놓은 지도에 그어진 선을 바라본 뒤에야 그녀의 농담을 이해하게 된 것은 당연한 일이었다. 그녀의 말이 진짜 농담이라는 걸 이제는 잘 알겠다. 하지만 왜 그런 농담을 해야만 했는지는 여전히 오리무중이다. 역시 세상의 일들을 죄다 이해하기에 아직 서른네 살의 나이는 부족한 모양이다. 그러던 어느 날, 나는 아침에 일어나 넥타이를 잡고 서서 가만히 벽에 붙은 그 지도를 바라보다가 불현듯 내가 채 긋지 못한 선을 다시 똑바로 긋고 싶다는 강렬한 욕망에 사로잡혔다. 미리 통지하고 찾아오는 불운은 없다. 그런 점에서 인생의 모든 불운이라는 것은 자신이 생각했던 인과관계의 규칙에서 벗어난 일들을 설명하기 위해 만든 단어일 뿐이다. 나는 내게 닥친 그 불운이 정말 우연한 것인지, 아니면 필연이 내포된 것인지 확인하고 싶었다.

그날 오전근무를 마친 나는 회사에서 조퇴한 뒤, 지하철을 타고 안국역까지 갔다. 안국역에서 내린 나는 지도에 그은 선을 따라 걷기 시작했다. 송현동과 안국동 사잇길을 지나 화동 정독도서관 주위를 한 바퀴 에돈 뒤, 가회동 큰길로 빠져나와 재동 교차로를 거쳐 다시 백상기념관 앞까지 돌아오는 경로였다. 막바지에 이른 장마가 북쪽으로 물러서기 전에 마지막으로 서울에 비를 뿌리던 날이었다. 가회동 골목길에서 약간 착오가 있었을 뿐, 처음 한 바퀴를 돌아가는 동안에는 내가 그은 선이 그런대로 정확했다. 문제는 두번째로 걸어가기 시작했을 때였다. 덕성여고 담벼락이 끝나는 지점에 이르자, 그녀는 갑자기 오른쪽 좁은 골목으로 방향을 틀었다. 골목 초입에 선 전봇대에 교육1길이라는 이름을 내건 화살표 모양의 표지판이 그 길 방향을 가리키고 있었다. 그즈음부터 나는 다른 생각에 사로잡혀 있었던 것 같다. 아마도 거기서 멀지 않은 곳에 서 있던 그 나무 생각을 했을 것이고, 그다음에는 과연 우리에게 이혼할 만큼 큰 문제가 있었는지 따져봤을 것이다. 그녀는 어떤 생각을 하고 있었는지 모르겠다. 나는 외짝문 옆으로 꾸며놓은 손바닥만한 화단이라든가, 철조망이 둘러쳐진 담벼락 위로 드리워진 어느 집 뒤란의 살구나무 잎사귀 따위를 바라보며 걸어갔었다. 키 낮은 한옥의 처마를 따라 여러 번 굽이치는 골목을 돌아 교육2길로 빠져나가는 길, 또 거기서 오른쪽으로 방향을 틀어 조금 걸어가다보면 나오는 세거리를 거쳐 다시 오른쪽으로 윤보선 고택 담장을 따라 놓인 별궁길까지는 내가 제대로 선을 그었다. 하지만 그녀를 방 보러 온 새댁으로 착각한 할머니를 만난 뒤부터는 기억이 가물거렸다. 지도에도 그 사이의 행로는 비어 있었다.

나는 우산을 쓰고 다시 별궁길을 따라 내려가면서 그때의 일들을 기억해내려고 노력했다. 꽃무늬 치마의 할머니를 만나면서부터 나는 이게 다 무슨 짓인가는 허망한 느낌에 사로잡혔었다. 방 보러 온 새댁이 아니냐니, 그게 무슨 소리인가? 어쨌든 그녀는 이제 다시는 행복한 새댁이 될 수 없는 몸이다. 그건 내 잘못일 수도 있고 그녀의 잘못일 수도 있고 둘 다의 잘못이거나, 혹은 그 누구의 잘못이 아닐 수도 있다. 하지만 왜 우연히 만난 사람이 잘못 던진 질문을 통해 그런 깨달음을 얻어야만 한단 말인가. 그게 왜 그렇게 화가 나는 것인지도 모르면서 나는 화를 참을 수 없었다. 그런 내게 그녀는 오래전에 내가 자신의 삐삐에다 남긴 음성메시지에 대한 얘기를 했다. 그녀에 따르면 언젠가 술에 취한 나는 그녀의 삐삐에 "사실 나, 너 사랑해"라고 말해놓고서는 일 분도 채 지나지 않아 정색을 한 목소리로 "방금 말한 건 농담이었어"라며 다시 메시지를 남긴 적이 있다고 한다. 우리가 아직 본격적으로 연애를 시작하기 전의 일이라고 했다. 나는 그 일이 전혀 기억나지 않았으므로 그것도 농담이라면 대단히 재미없는 농담이라고 대꾸하며 그녀의 얘기를 건성건성 한쪽 귀로 넘겼다. 별궁길을 따라 내려가던 그녀가 왼쪽 골목길로 다시 방향을 틀면서 내게 "그거 진짜 농담이었어?"라고 물었다. "너도 알다시피 나는 원래 농담을 잘하지 못하는 사람이야"라고 대답하자, 그녀는 그렇지 않다고, 나는 원래 농담을 잘하는 사람이었다고 말했다. 피식거리며 무슨 소리냐고 반문하는 내게 그녀는 한번 더 나는 원래 농담을 잘하는 사람이었다고 강변했다. 나는 한숨을 내쉬면서 모처럼 만나서 그녀와 그런 문제로 말다툼하기 싫다고 대꾸했다. 그때 기억을 떠올리면서 다시 걸어가다보니 그녀가 들어간 길은 전혀 우체국이 있을 것 같지 않은 좁은 길이었는데 우체국길이라는 이름이 붙어 있었다. 나는 골목 초입에 서서 지도를 펼치고 긋지 못한 선을 그었다.

우체국길은 안국동이나 가회동 골목길만큼이나 좁고 미로 같았다. 지도에도 그 골목길은 희미하게 표시돼 있었다. 그녀는 우체국길을 따라 남쪽으로 내려가다가 다시 왼쪽으로 방향을 튼 뒤, 조금 더 걸어가다가는 왼쪽으로 난 골목길을 따라 걸었다. 하지만 거기는 막다른 골목이었다. 다시 들어온 방향으로 되돌아 내려가다가 이번에는 들어온 길의 맞은편으로 걸어가기 시작했다. 역시 막다른 길인가 싶었는데, 등나무 넝쿨이 손을 뻗어 잡을 수 있도록 골목 양옆의 담벼락 위로 나무막대를 몇 개 올려놓은 곳이 나왔다. 나는 그녀에게 지금 도대체 어디로 가고 있느냐고 물었으나, 그녀는 내 말을 알아듣지 못해 결국 혼잣말이 돼버렸다. 여전히 내 말에 귀를 기울이지 않는다는 생각이 들면서 나는 화가 났다. 나는 목소리를 높여 한번 더 물었다. 갈 데가 있기는 한 거냐고. 내 말에 생각에 잠겨 있던 그녀는 주위를 두리번거리다가 내 얼굴을 한참 들여다보더니 갑자기 덩거친 넝쿨 아래에 있는 나무의자에 쓰러지듯 주저앉고는 울음을 터뜨리기 시작했다. 울음이라면, 더구나 그녀의 울음이라면 그때까지도 지긋지긋했다. 다시 한번 깨달은 사실이지만 우리는 처음부터 잘못 만난 사이였다. 우리는 애당초 서로 만나지 말았어야 했다. 만났더라도 알은척하지 말았어야 했다. 그런 뒤늦은 깨달음과 함께 그 길까지의 경로를 모두 확인한 나는 빗물이 떨어지는 등나무 넝쿨 아래에 서서 지도를 펼치고 선을 긋기 시작했다. 빗물이 떨어진 지도의 한쪽 귀가 푹 수그러졌다. 나는 지도 위에 떨어진 빗물을 손등으로 쳐내고 그날 우리가 걸어간 길을 한참 들여다봤다.

꿈속에서 그녀는 나와 잠을 잤다. 현실의 일들이 꿈속까지 이어지는 그런 꿈이 아니라 진짜 꿈이었다. 우리는 아직 헤어지기 전이었고 무척 행복했다고 했다. 그러다가 그녀는 깨달았다. 지금 자신이 꿈을 꾸고 있다는 사실을. 우리는 분명히 이혼했으며 다시는 행복한 마음으로 함께 잠을 잘 수 없는 처지가 됐다는 사실을. 그렇게 생각하자마자 꿈은 사라졌지만 그녀는 그 행복한 느낌이 무척 좋아서 눈을 감고 다시 꿈속으로 들어가기 위해 애를 썼다. 하지만 한번 머릿속에서 떠나버린 꿈은 다시 돌아오지 않았다. 나중에 잠에서 완전히 깨어난 뒤, 나란 인간은 이미 마음속에서 지워버린 지 오래됐는데 그런 꿈을 꿨다는 사실을 그녀는 견딜 수 없었다. 그게 화가 나서 며칠 동안 기분이 안 좋았는데, 결국 나름대로 납득할 수 있는 길을 찾고야 말았다. 그건 육체의 생리작용에 의한 우연한 연상작용의 결과에 불과하며 아무런 의미도 없는 것이라고. 한참 울고 나서 그런 얘기를 하는 그녀에게 나는 정말 아무런 의미가 없었다고 생각하느냐고 물었다. 그녀는 나를 빤히 쳐다보더니 그럼 거기에 무슨 의미가 있다고 생각하느냐고 되물었다. 그러더니 자기가 지금 한 말이 농담이라는 걸 모르느냐고 덧붙였다. 그 말에 말문이 막힌 나는 그것도 농담이냐고, 그런 것도 농담이냐고 쏘아붙였다. 내 시선을 피하지도 않고 그녀가 말했다. 이게 웃긴 얘기가 아니라고? 이게 어째서 웃긴 얘기가 아니야?

지도에 선을 모두 그은 나는 지도를 둘둘 말아들고 등나무 넝쿨 아래를 빠져나갔다. 거기 앉아 있다가 우리는 다시 온 길을 되짚어 나갔으니 그날 그녀와는 함께 걸어가지 못한 길이었다. 그리고 우리는 율곡로의 어느 은행 처마밑에 나란히 서서 담배를 나눠 피운 뒤, 분명한 작별인사도 없이 어정쩡하게 헤어졌다. 어둠침침한 등나무 넝쿨 아래를 지나 골목이 끝나는 곳에 이르니 너른 주차장이 눈에 들어왔고 그 주차장을 따라 걸어가니 희망길이 나왔다. 희망길에서 다시 왼쪽으로 발걸음을 돌렸더니 헌법재판소 건물이 보였다. 나는 그 건물을 바라보면서 걸어갔다. 그날 우리가 걸어간 길에 어떤 의미가 있었다면 희망길을 목전에 두고 다시 걸어온 길을 되짚어 돌아나간 일이야말로 우리의 운명을 암시하는 은유였다고 말할 수도 있겠다. 하지만 나는 이제 그렇게 생각하지 않는다. 그건 우연에 불과했다. 그날, 그녀가 나를 이끌고 다닌 행로 역시 우연에 불과하다. 우리는 다른 식으로 골목을 걸어다닐 수도 있었다. 내가 지도에 그은 선은 모든 일이 지나간 뒤 돌아보니 결과적으로 그런 선이 됐다는 의미 이상을 넘어서지 못한다. 물론 나는 태어나기를 그런 사실을 제대로 납득하지 못하는 인간으로 태어났지만, 이제는 억지로라도 그런 사실을 인정해야만 한다고 믿는 나이가 됐다. 그녀가 울었던 곳이 어디였는지 정확하게 확인한 뒤, 내가 헌법재판소 뒤에 있는 그 나무를 보러 가리라 마음먹은 일은, 그러므로 당연하다.

자, 이제 나는 살아서 서른네 살이 됐고 그 나무는 육백 살이 넘었다. 육백 년을 산다는 것은 과연 어떤 기분일까? 이제쯤이면 지하철에서 내가 그녀에게 알은척을 한 것이 잘한 일인지, 잘못한 일인지 그 나무는 이해할 수 있을까? 그녀나 나나 이제는 삶의 행로가 하나의 거대한 농담일 수도 있다고 생각하는 처지가 됐다. 하지만 여전히 그런 농담은 하나도 재미가 없으며 마음이 아프기만 하다. 우리는 그런 것도 농담이냐고 쏘아붙이기도 하고 이게 웃긴 얘기가 아니냐고 항변하기도 한다. 삶을 이해하기에 서른네 살이라는 나이는 아직도 부족하다. 나는 우산을 뒤로 젖히고 고개를 들어 떨어지는 빗방울을 맞으며 선 백송을 올려다봤다. 하나의 가지는 북한산이 있는 북쪽을 향해, 또하나의 가지는 한강이 있는 남쪽을 향해 서로 갈라져 서 있는 나무 한 그루가 나를 물끄러미 내려다봤다. 차가운 장맛비가 내 얼굴로 들이닥치는 동안, 여전히 푸른 우듬지가 흐리마리 빗물에 지워졌다. 나는 고개를 숙여 오른손으로 눈두덩을 한번 닦은 뒤, 다시 얼굴을 들어 백송을 올려다봤다. 둥치에서부터 나누어진 두 개의 가지는 저마다 아픈 사람들처럼 철제 버팀기둥에 기대고 있었다. 그것만으로도 부족했는지 두 가지 사이로는 가느다란 쇠줄이 연결돼 있었다. 그 통에 서로가 서로를 끌어주면서 버티는 꼴이 돼버렸다. 쇠줄을 자르고 버팀기둥을 없애버리면 금방이라도 두 개의 가지는 땅으로 쓰러질 것 같았다. 얼굴로 떨어지는 비를 고스란히 맞으며 서서 나는 혼자 중얼거렸다. 왜 쓰러지도록 내버려두지 않는 것인가? 나는 울타리를 넘어 잔디를 밟으며 백송을 향해 몇 걸음 더 걸어갔다. 천연기념물 제8호 재동 백송이 내 머리 위로 그 젖은 잎을 드리웠다. 비가 쏟아지는데도 여전히 나는 고개를 치켜들고 계속 따져 묻기로 했다. 왜 그냥 쓰러지도록 내버려두지 않는가? 철제 버팀기둥과 쇠줄로 지탱되는 육백 살이라니? 다른 나무들은 다 죽어버렸는데, 오래 살아남기만 하면 천연기념물이 된다니 그것도 일종의 농담인가? 백송이여, 그런 것도 농담인가? 오랜 시간이 흐르고 하면 지금의 우연한 일들도 모두 필연이 된다는 뜻인가? 어린 백송도 천연기념물이 될 수 있다는 뜻인가? 우리가 만난 것도, 헤어진 것도, 그날 길 잃은 아이들처럼 골목길을 한없이 걸어다녔던 일들도 필연이 된다는 뜻인가? 백송 사이를 지나온 빗물이 내 얼굴로 떨어졌지만, 그래서 부릅뜬 눈이 아파오기 시작했지만, 나는 결코 고개를 숙이지 않을 작정이었다. 결코 질문을 멈추지 않을 작정이었다. 나도 어디 버틸 수 있을 때까지 한번 버텨보기로 했으니까. 육백 살이 넘은 천연기념물과 이제 고작 서른네 살이 된 따분한 인간, 둘 중 누구의 농담이 더 웃긴가 따져보기로 했으니까.

그건 새였을까,
네즈미

그녀에 대해 말해야겠다. 밀물이 밀려오듯 우리가 머무는 세계로 어스름이 차오르는 광경이 3층 고미다락방 지붕창으로 넘겨다보인다. 플루트 콰르텟의 연주가 시작되기 전, 숨을 들이켠 연주자들이 날쌔게 서로 눈빛을 주고받듯이 동네 공터에 심어진 밤나무며 붉은 벽돌담이며 불이 켜진 부엌창들이 저마다 흐릿하게 저녁을 향해 어섯눈뜨기 시작한다. 나는 지금 그 풍경이 내다보이는 창문 앞 작은 책상에 앉아 이 글을 쓴다. 비거스렁이를 몰고 온 땅거미의 세계로 아직 밤의 본대本隊는 진주하지 않았지만, 이 글이 끝날 즈음이면 플레어스커트처럼 검은 장막을 치렁치렁하게 드리우며 우리를 고립시킬 것이다. 우리는 저마다 어둠 속으로 젖어들 것이다. 우리는 저마다 고독한 존재로 남을 것이다. 서로 다른 해류를 따라 헤엄치는 물고기들처럼 자신의 뜻과는 상관없이 가까워졌다가는 거무레한 얼굴로 이내 멀어질 것이다. 작별인사도 없이. 꿈결처럼. 죽음이나 망각이나, 혹은 그 어떤 공포도 이보다는 더 아득해질 수 없다. 우리가 저마다 자신만의 어두운 구멍 속으로 고립된다는 사실보다는. 우리가 그 품안에 안겨 있을 때는 그 어떤 이해도 불필요하다는 점에서 인간은 어둠에 본능적으로 애착을 느낄 수밖에 없다. 그 이율배반적인 애착에 대해 나는 조금 더 생각해본다. 환한 빛, 따뜻한 낮이 아니라 캄캄한 어둠, 서늘한 밤을 향해 우리가 지니는 애착에 대해.

빗발과 모진 바람을 뚫고 허둥지둥 달려온 내가 현관문 고리를 세차게 두들겼을 때, 세희는 부엌과 거실 사이의 아치형 통로에 등을 기대고 앉아 울고 있었다. 공동주택 지붕에 듣는 빗방울 소리 사이로 뭔가 쿨렁대는 소리가 거실에 깔린 카펫을 지나 현관문 틈새로 흘러나왔다. 몇 번 더 문고리를 두들기다가 자글거리는 마음을 견딜 수 없어 손잡이를 돌려본 뒤에야 나는 문이 잠기지 않았다는 사실을 알게 됐다. 처음 끄느름한 거실에 들어갔을 때, 세희는 보이지 않았다. 아직 저녁이 찾아오려면 시간이 조금 더 남아 있었지만, 실내는 빛이 설핏했다. 나는 거실에 서서 저뭇한 잿빛 뒤뜰이 내다보이는 아치형 통로 주변을 바라보다가 그 한쪽에 달달거리는 게 있다는 사실을 깨달았다. 무엇이 우리를 떨게 하는 것일까? 슬픔일까, 아니면 두려움일까? 어두워진 뒤부터 울기 시작했다면 이미 밝혀놓은 불을 끌 겨를은 없었을 테니까 실내가 그처럼 어둑하진 않았을 것이다. 그래서 나는 세희가 벌써 오래전부터 그렇게 울고 있었다는 사실을 짐작할 수 있었다. 어쩌면 내게 빨리 와달라고 전화를 하자마자 그렇게 앉아서 울었던 것인지도 몰랐다. 그럼에도 나는 곧바로 세희를 안아주지 못했다. 우선 세찬 기세로 부엌 들창을 향해 김을 내뿜고 있던 주전자의 불을 꺼야만 했고 아래로 길게 늘어진 수화기를 통로 옆 거실 쪽 벽에 붙은 전화기에 올려놓아야만 했다.

세희는 뭐든지 앞질러 겁을 내는 여자였다. 세희와 나는 국적부터 마음씀씀이까지 모든 게 달랐지만, 그 정도는 이해할 수 있었다. 언젠가 세희는 자신을 버리면 죽여버리겠다고 나를 위협한 적이 있었다. 소호에 있는 근사한 중국식당에서 비싼 저녁을 먹은 뒤, 채링 크로스 역 앞에 서서 심야버스를 기다릴 때였다. 너무나 느닷없는 말이었다. 혹시 죽어버리겠다는 말을 하려다 죽여버리겠다고 잘못 말한 게 아닌가 싶기도 했지만, 물어보기에는 세희의 표정이 너무나 살찼다. 돌아오는 버스 안에서 나는 어쨌든 죽는 마당까지 세희의 도움을 빌리고 싶은 마음은 절대로 없다는 사실을 여러 차례 말했다. 세희는 내게 절대로 먼저 떠나는 일은 없을 거라고 맹세하라며 소리쳤다. 나는 몇 번이고 맹세했다. 우리가 운전석 옆, 창을 등지고 나란히 앉는 의자에서 그런 비장한 얘기를 나누자 흑인 운전사는 신호를 기다릴 때마다 우리 쪽을 힐끔거렸다. 절대로. 확실히. 분명히. 그런 따위의 부사를 자주 사용하면 입을 앙다무는 일이 많아져 침이 마르고 턱이 아프다는 사실을 그때 처음 느꼈다. 몇 날이 흐르고, 세희는 그날 중국식당에서 옆자리에 앉은 커플의 대화를 엿들었는데 그 때문에 불안한 마음이 들었는지도 모르겠다며 사과했다. 나는 옆자리에 누가 앉았는지 기억하지 못했다. 그게 세희와 내가 다른 점이었다. 이혼한 부부였다고 했다. 석 달에 한 번 정도 그렇게 중국식당이나 이탈리아식당 같은 곳을 찾아가 친구처럼 저녁을 먹는다고 했다. 하지만 세희는 그게 왜 자신을 버리면 나를 죽여버리겠다는 선언으로 이어져야만 했는지는 제대로 설명하지 못했다. 그건 나도 마찬가지였다. 만약 세희가 나를 죽이겠다면 기꺼이 죽을 자신이 있었다. 그러나 왜 그렇게 생각하는지 설명하라면 힘들 것 같았다.

세희의 울음이 때이른 걱정에서 비롯된 것이라 곧 고자누룩해지기를 바라며 나는 세희를 안았다. 눈물은 거의 말라 있었다. 나는 맞은편 텔레비전에 올려둔 디지털수신기의 초록색 불빛만 응시하면서 세희의 머리칼을 쓰다듬었다. 삼십대 중반인데도 눈물을 흘릴 때 세희는 상처 입은 어린 짐승 같았다. 잠시 후, 내 어깨에 기대 코를 훌쩍이던 세희가 고개를 반대편으로 돌렸다. 셔츠의 어깨 부분이 세희가 흘린 눈물과 콧물에 젖어버렸다.

"네즈미, 어떡하면 좋아? 네즈미."

세희는 내 이름을 부르며 헐떡거렸다. 나는 세희의 얼굴을 잡아

세운 뒤, 두 손으로 머리칼을 뒤로 넘겼다. 부엌 백열등 불빛이 세희의 눈썹에 맺힌 눈물에 반짝였다.

"왜 그래? 대체 무슨 일이야?"

"전화가 왔어. 서울에서. 죽었다고. 동생이 자살했다고."

배가 지나간 강변으로 물결이 연달아 밀려드는 것처럼 앞뒤 없이 쏟아져나온 세희의 말이 끝나는 것과 동시에 내 마음속으로는 슬픔이 잇달아 몰려들었다. 금세 마음이 슬픔 속으로 잠겨들었다.

"죽은 남편 때문이었나봐. 그리움을 견딜 수 없었던 모양이야. 그런데 왜 나는 그애의 아픔을 몰랐을까? 자살할 만큼 마음이 괴로웠다면 왜 내게 표현하지 않았을까? 왜 그렇게 웃기만 한 걸까? 네즈미, 어떡하지? 이제 어쩌면 좋아? 뭐라고 말 좀 해봐."

세희가 중얼거리는 동안, 나는 다른 생각에 빠져 있었다. 그녀가 보았다던 벚나무를 떠올리고 있었다. 바람 때문이라기에는 너무 심하게 흔들리며 하얀 꽃을 떨어뜨리는 벚나무. 내가 아무런 대꾸도 없이 멍한 표정을 짓자, 세희가 내 가슴을 세게 쳤다.

"뭐라고 위로의 말이라도 해봐. 그렇게 죽다니 안타깝다는 말이라도 해봐. 너희 둘은 좋아했잖아! 왜 아무런 말도 없는 거야? 제발 말 좀 해봐!"

아팠다. 나는 뭐라고 말하는 대신 세희를 안았다. 세희는 모르는 게 많았다. 세희의 여동생은 나를 좋아하지 않았다. 언니의 동거인으로도, 인간적으로도. 아마 그녀가 자살하지 않았다고 해도 우리가 다시 만나는 일은 없었을 것이다. 그리고 어쨌든 그녀가 자살했다면 그건 다른 이유 때문일 것이다. 죽은 남편을 잊지 못해서는 아니다. 절대로. 확실히. 분명히. 세상 모든 사람들이 그렇게 말한다고 해도 나만은 그 사실을 알 수 있다.

남편이 아이를 낳자고 말한 적이 있다는 사실은 그후로도 오랫동안 그녀의 마음자리를 부대끼게 만들었다. 아니, 말한 그대로 정확하게 옮기자면 '우리는 아이를 낳아야만 해'라는 문장이었다. 그건 집들이로 온 집안이 법석댄 그다음날, 꺼칠한 낯에 쓰린 속으로 부엌에 들어갔다가 설거지를 해야만 한다고 혼자 투덜거리는 일과 비슷했다. '뭔가를 해야만 한다'는 문장은 필연적으로 '뭔가를 하지 않으면'이란 또다른 문장을 데려온다. 설거지를 하지 않으면 아침을 먹을 수 없다는 사실을 앞질러 상상할 수 있을 때, '설거지를 해야만 한다'는 말이 나올 수 있는 법이다. '아이를 낳아야만 한다'고 말할 때도 마찬가지다. 도대체 당신은 어떤 일을 상상하고 그런 무서운 말을 한 것인가요? 할 수만 있다면 그녀는 남편에게 그렇게 묻고 싶었다. 하지만 세상의 모든 것들은 지나간 뒤에는 입을 다문다. 과거란 자신에게 유리한 몇 개의 증거만 현장에 남겨두고 도주한 범인과 비슷하다. 지난 일들을 이해해보겠다는 마음으로 기억들을 샅샅이 살펴본다고 하더라도 우리가 알아낼 수 있는 진실은 거의 없다. 남편이 어떤 일을 상상하고 그런 말을 했는지 생각하는 내내 그녀는 자신의 기억은 과연 올바른 것인지 의심하지 않을 수 없었다.

일단 남편의 말에 그녀는 '조금만, 조금만 더 있다가'라고 대답했던 모양이다. 그건 결혼한 뒤 '아이는 가지지 않느냐'고 주위 사람들이 물어볼 때마다 그녀가 대꾸하던 말이었는데, 그런 마음이 흔들릴 만한 일은 없었다. 물론 이상한 점은 있었다. 남편은 아이라는 존재를 그다지 마뜩잖게 여기는 사람이었기 때문에 처음 그 말을 들었을 때는 약간 의외라고 생각했다. 아이와 함께 노는 남편의 모습을 그녀는 여전히 상상할 수 없었다. 그 모습에 자신을 끼워넣어도 마찬가지였다. 그렇긴 해도 그렇게 대답할 일이 아니었다는 생각이 나중에 들었다. 그건 잘못된 대답이었다. 채점을 하자면 ○표가 아니라 ×표를 칠 만한 대답이란 뜻이다. 남편이 '아이를 낳자'고 말했다면 그건 정답이었다. 하지만 '아이를 낳아야만 한다'고 말했다면 그건 오답이었다. 그때 남편은 분명 그녀의 대답이 틀렸음을 바로 알아차렸을 것이다. 그런데 왜 남편은 한 번쯤 그녀의 대답이 잘못됐음을 지적하지도 않고 곧장 '아이를 낳지 않는다면'의 세계로 들어간 것일까? 어쩌면 충분히, 몇 번이고 지적했는지도 모른다. 그녀가 알아듣기만을 바라며. 어쨌든 그녀는 말귀가 무디게도 알아듣지 못했다. 그러면서 남편과 그녀 사이에 조금씩, 희미한 점선이 그어지기 시작했다. 점선이란 가상의 실선을 염두에 두고 그어지는 선이다. 남편은 과연 어떤 실선을 상상했던 것일까?

남편도 그런 결과를 상상하진 않았을 것이다. 이제는 남편과 자신 사이에 그어진 점선이, '우리는 아이를 낳아야만 해'라는 말이 염두에 둔 일이 무엇이었는지는 그녀에게 중요하지 않았다. 중요한 건 과연 자신이 그때 그런 남편을 어디까지 이해했는가였다. 개인의 것이든 집단의 것이든, 모든 역사란 일어날 만하니까 일어난 일들의 연속체를 뜻한다고 나는 생각한다. 다시 말해 일단 어떤 일이 일어나면 저마다 반드시 일어날 만한 일이었다는 증명서가 자동적으로 첨부된다. 아무리 봐도 그 증명서를 찾을 수 없는, 그러니까 도저히 이해할 수 없는 일이라는 생각이 든다면 그건 자신의 진실과 일어난 일의 진실이 너무나 멀리 떨어져 있기 때문이다. 그녀로서는 자신이 남편을 전혀 이해하지 못했다는 생각을 견딜 수가 없었다. 남편이 모는 자동차만큼도 남편이 어떤 사람인지 그녀는 몰랐다. 그런 강박관념은 때로 악몽의 형태로 나타났다. 나와 함께 잠들었던 그날 밤에도 그녀는 악몽 속에서 소리를 지르며 깨어났다. 꿈속에서 그녀는 다른 많은 사람들과 함께 현창도 없는, 배의 밑바닥 3등 객실에 갇혀 있었다. 그녀와 함께 갇힌 사람들은 모두 낯선 얼굴들이었고 주위를 아무리 둘러봐도 남편의 모습은 보이지 않았다. 그녀는 절망적인 상태로 마룻바닥에 누워 온몸이 흔들리는 걸 느꼈다. 누군가 자신을 구해주리라는 희망 같은 게 있을 법도 한데 웬일인지 그런 듬직한 마음은 들지 않았다. 그저 흔들림뿐이었다. 비명에 놀라 잠에서 깬 내가 등을 어루만지며 얼굴을 내려다보고 있자니 그녀는 몇 번 구토하는 시늉을 하다가 몸을 일으켜 앉았다. 악몽을 꾸다가 잠을 설친 밤이면 늘 그랬듯이 그날도 그녀는 '조금만, 조금만 더 있다가'라는 자신의 말에 남편이 어떤 반응을 보였는지 떠올리려 했지만, 기억 속의 일들은 언제나처럼 아령칙했고 대신에 벚꽃이 만발한 벚나무만 또렷하게 생각날 뿐이었다. 그녀는 더덜뭇한 목소리로 중얼거렸다.

남편에게서 그 말을 들은 것은 지난해, 남편과 함께 쌍계사란 절에 갔을 때였다. 일요일이라서 상춘객들이 몰려들었는지 벚나무가 줄지어 선 강변도로는 양방향이 모두 정체였다. 나지막하게 틀어놓은 라디오에서 FM 신작 가곡이라면서 〈3월이 다 가기 전에〉라는 노래가 흘러나왔다는 사실이 영 잊히지 않는 것으로 봐 아직 3월이 지나지 않았던, 하순 무렵인 것 같다. 길이 막혀 따분한 마음에 그녀는 차창을 내려 도로를 따라 심어놓은 벚나무를 올려다보고 있었다. 조금만, 조금만 더 있다가. 남편 쪽을 바라보지는 않고 그렇게 대답하는데 바람 때문이라기에는 너무 심하게 벚나무 가지가 흔들거리는 모습이 그녀의 눈에 들어왔다. 왜 그런가고 고개를 빼고 올려다봤더니 작은 새가 가지 위를 뛰어다니고 있었다. 작은 새 한 마리가 벚꽃들을 온통 뒤흔들어놓았네. 아무리 머릿속을 헤집어봐도 자신의 말에 남편이 어떤 반응을 보였는지는 기억나지 않고 그저 그런 아렴풋한 생각뿐이었다. 왜 하필이면 그때 작은 새가 벚나무 가지를 흔들었나? 아무리 기억해보려고 해도 남편을 완전히 이해하는 일은 없을 것이라는 사실을 알려주기 위해서였나? 그렇게 말하다가 그녀는 몸을 수그리고 눈물을 흘렸다. 그건 새였을까, 네즈미? 진짜 새였을까? 나는 손바닥으로 대나무 마디처럼 등뼈가 툭 튀어나온 그녀의 등을 어루만졌다. 늘 2층으로 먼저 올라가면 다시 내려오지 않고 아침까지 잠자던 세희가 1층으로 내려오다가 "방금 무슨 소리 못……"이라는 말까지만 내뱉고 계단참에 멈춰 선 바로 그날 밤이었다.

자동차 사고로 남편을 잃은 뒤, 우울증에 빠진 여동생을 런던까지 불러들인 건 세희였지만, 낮이면 차양을 드리워 칠흑처럼 어두운 3층 다락방에 누워 좀체 집밖으로 나가려고 하지 않는 그녀를 데리고 내셔널 갤러리나 코번트가든 따위의 관광지로 데려가는 일은 내 몫이었다. 세희는 스스로 믿는 것만큼 자상한 언니가 되기에는 너무나 바빴다. 저녁 아홉시 삼분에 워털루 역을 떠나는 사우스웨스트 트레인을 타고 킹스턴 역에 도착하면 대략 아홉시 삼십분 정도가 된다. 킹스턴 역에서 뉴 몰든 방향으로 십오 분 정도 떨어진 집까지 걸어오는 길에 세희는 번번이 주유소에 딸린 상점에서 테스코 같은 슈퍼마켓보다 훨씬 비싼 값에 파는 포도주를 여러 병 사들고 와서는 3층 다락방에 누워 있는 여동생을 끌어내리곤 했다. 그렇지만 세희는 코르크 마개를 따는 순간부터 하품이었다. 나는 두 자매 사이에 미묘하게 흐르는 감정의 물줄기에 신경쓰느라 매번 포도주 따르는 시기를 놓치곤 했다. 그녀는 나이가 어린 일본인 유학생과 동거하는 언니에 대해 거의 무신경했는데도 세희는 동생이 자신을 경멸한다고 느꼈다. 그건 세희 앞에 있을 때면 그녀가 늘 웃었기 때문이다. 세희는 불의의 사고로 남편을 잃은 뒤 우울증에 빠진 여동생을 위로하는 일을 통해 그간 소홀히 했던 자매의 사랑을 되찾으려고 했지만, 그녀의 웃음은 그런 세희의 기대를 저버렸다. 세희는 종종 웃음을 짓는 여동생을 향해 눈을 치켜뜨고 힐난하듯이 말했는데, 그럴 때는 늘 한국말이었다. 몇 번 뭐라고 말했는지 물었지만, 내가 참견할 문제가 아니라고 세희는 쏘아붙였다. 그렇게 셋이서 포도주를 마시노라면 늘 피곤하다며 먼저 일어나는 쪽은 세희였다. 자리에서 일어나기 전에 세희는 문단속이라도 하는 듯 내게 애정표현을 아끼지 않았다. 여동생이 보거나 말거나 아랑곳하지 않고 나를 안고 격렬하게 입술을 비볐다. 그건 섹스를 할 때도 마찬가지였다. 바로 위층에서 동생이 잠자는데도 세희는 요란하게 소리를 내뱉었다. 그녀가 오기 전까지만 해도 그런 일이 없었으니까 그건 다 그녀 때문인 것 같았다.

그날 밤, 세희가 2층으로 올라가고 난 뒤, 그녀는 내게 왜 하필이면 이름이 네즈미냐고 물었다.

"언니는 일본어를 하나도 몰라. 네즈미가 사실은 '쥐'라는 뜻이라는 것도 모를 정도야. 나는 그게 만화 주인공 이름은 될 수 있을

지언정 사람 이름은 될 수 없다고 생각해. 그렇지 않아, 미스터 네즈미 요시히로? 당신은 누구지?"

"그건 내 별명이야. 본명은 따로 있지만, 이곳에서 살아가는 데는 아무런 지장이 없어. 일본인만 만나지 않는다면. 이름이 네즈미라면 그냥 네즈미라고 부르면 돼. 뜻 같은 건 중요하지 않아."

내가 푸접스럽게 말했다.

"당신은 누구야? 진짜 이름은 뭐야?"

그녀는 영어를 능숙하게 말하는 편은 아니었기 때문에 모든 문장이 단호하게 들렸다. 웃는 얼굴에 단호한 어투로 명확하고 간결한 표현만 썼기 때문에 세희가 그녀를 오해한 것인지도 모를 일이었다. 그렇다고 해도 나는 본명을 밝히고 싶은 마음이 전혀 없었다. 그 세계를 오래전에 떠났기 때문이다.

"네즈미든 사루든, 이름 따위는 중요하지 않아. 중요한 건 지금의 내 모습이야. 내가 어떻게 살아왔는지, 진짜 이름은 무엇인지 그런 것들이 이제 나를 알게 된 지 일주일도 지나지 않은 당신에게 중요할 턱이 없지 않나?"

"언니가 영국으로 가버린 지 벌써 칠 년에 가까워. 그동안 내게는 수많은 일들이 일어났지. 자매라지만, 칠 년 동안 떨어져 지냈다면 서로 남남인 거야. 그런데도 봐, 언니는 마치 나를 이해할 수 있다는 듯이 굴잖아. 당신은 그런 언니를 사랑하는 거 아니야? 그러니까 같이 사는 거 아니야? 그런데도 말이야, 언니는 당신 이름이 일본어로는 쥐를 뜻한다는 것도 모르고 있어. 칠 년 만에 만난 여동생에게는 모든 걸 다 이해할 수 있다는 듯이 굴면서. 말해봐, 언니는 어떻게 알게 됐어?"

"서점에서 만났어. 피커딜리의 워터스톤에서."

"어느 쪽에서 먼저 말을 걸었어? 언니야, 당신이야?"

나는 기억을 되짚었다. 그때 나는 찰스 R. 복서의 컬렉션 목록이 실린 카탈로그를 구하기 위해 버클리 스퀘어에 있는 맥스 브로스 서점에 들른 참이었다. 동양 고서를 다루는 그 서점 2층 직원들은 잠재적인 고객이랄 수 있는 동양인 역사학도를 대단히 친절하게 맞이했다. 하지만 별다를 게 없는 19세기 일본 풍속화첩에 만팔천 파운드란 어마어마한 가격을 붙여놓은 걸 본 적이 있기 때문에 내가 그 서점에서 뭘 살 것 같지는 않았다. 카탈로그를 얻은 나는 대신에 피커딜리에 있는 워터스톤으로 가 그즈음 출간된, 16세기 말 최초로 일본에 상륙한 영국인 윌리엄 애덤스에 대한 책을 샀다.

"아마 나였던 것 같아."

"확실해?"

확실한 건 그날 나는 16세기 일본에 관심을 가졌던 두 영국인에게 사로잡혔다는 것, 그리고 저녁에 세희의 집에서 잠들었다는 것뿐이다. 내가 들고 있던 카탈로그 표지의 동양풍 그림이 빌미가 됐던 것인지도 모르겠다. 포도주를 마셔 얼굴이 빨개진 그녀는 피식 웃더니 나를 가리키며 말했다.

"당신은 언니를 사랑하지 않아. 언니에 대해 알고자 하는 마음이 하나도 없거든. 언니를 어떻게 만났는지도 기억하지 못해. 그건 언니도 마찬가지야. 당신들은 서로 이해하는 척하지만, 서로 아는 것이라고는 하나도 없어. 서로를 속이느라 삶을 허비하고 있어."

물론 그럴지도 모른다. 하지만 그렇다면 다른 사람을 완전히 이해하는 사람이 과연 있을까? 아니, 인간이라는 게 과연 이해받을 수 있는 존재일까? 평생 병에 시달리며 고독하게 지냈던 겐로쿠元祿 시대 가인 나이토 조소內藏丈草는 독신한거 생활을 이렇게 노래한 적이 있었다. '春雨や抜け出たままの夜着の穴*.' 아마도 밤의 속살을 적시는 봄비가 아니었더라면, 그 무엇도 잠옷 속의 쓸쓸한 나이토를 움직이게 하지 못했을 테다. 결국 봄비에 마음이 먼저 움직인 뒤에야 나이토는 몸의 형상대로 남은 '요기夜着'의 그 구멍을 보게 됐을 것이다. 인간에게는 모두 그런 어두운 구멍이 있는 법이다. 그 어두운 구멍은 이해의 문제가 아니다. 그냥 구멍인 것이다. 그 어두운 구멍 속에서는 서로를 속이는 것도, 속는 것도 없다.

그녀의 질문에 답하는 방식으로 말하자면, 그날 밤 그녀와 나 둘 중에서 누가 먼저 상대방을 유혹했는지는 기억나지 않는다. 아마도 나였다고 말하면 다시 그녀가 피식거리겠지만, 그녀의 말들이 내 마음자리를 흔들어놓은 것만은 사실이었다. 그렇다는 것일 뿐, 내가 기억하는 것은 등뼈가 툭 튀어나온 그녀의 등이었다. "그

---

* '봄비가 오네 빠져나온 그대로의 잠옷의 구멍'이란 뜻.

건 새였을까, 네즈미. 진짜 새였을까?" 하고 말하다가 울음을 터뜨릴 때, 아래위로 들썩이던 좁은 등. 나중에 사이어런세스터의 펍에 둘이 남았을 때, 자신은 가까운 사람에게 배신감을 갖게 하는 일이 도대체 어떤 것인지 알고 싶어서 나와 섹스를 한 것뿐이라고 그녀는 말했다. 나는 세희를 사랑하지 않았다. 물론 그녀도 사랑하지 않았다. 하지만 그 말을 들었을 때, 나는 죽은 그녀의 남편에게 질투심을 느꼈다. 다른 사람의 모든 것을 이해하려 든다는 것은 무모한 열정이었다. 하지만 그런 열정의 대상이 된다는 건 확실히 부러운 일이었다. 어쩌면 그때 나는 그녀가 자살할지도 모른다는 느낌을 받았는지도 모르겠다.

'요기'의 그 어두운 구멍까지 이해하겠다는 건 결코 인간으로서는 이룰 수 없는 소망이다. 우리는 그저 짐작할 뿐이다. 무역회사에 다니던 내가 갑자기 역사학을 공부할 마음으로 영국행 JAL기 탑승권을 예매한 가장 큰 동기는 쓰기야마 토시란 광고영화 제작자 때문이었다. 그 사람은 이런 쪽지를 남기고 자살했다. '부자도 아닌데 부자의 세계를 어찌 안담. 행복하지 않은데 행복한 세상을 어떻게 그린담. 가진 꿈이 없는데 꿈을 어떻게 판담…… 거짓말은, 들통나게 마련인데.' 나는 진실을 알고 싶었다. 역사학이란 내게 진실에 다가가는 도구였다. 하지만 역사를 공부하면 할수록 나는 거짓말이 들통나는 게 아니라 들통난 것들이 거짓말이 된다는 사실을 알게 됐다. 등뼈가 툭 튀어나온 그녀의 등을 이제 다시는 볼 수 없을 것이다. 가까운 사람에게 배신감을 갖게 하는 일이 도대체 어떤 것인지 알고 싶어서 나와 섹스를 한 그녀를 나는 결코 이해할 수 없을 것이다.

그다음 며칠간, 세희는 내게 말을 붙이지 않았다. 세희는 내가 자신을 배신하고 자매를 농락했다고 여기는 게 분명했다. 그렇지 않았다면 여동생에게는 변함없이 살갑게 굴면서 내게는 그렇게 살차게 대하는 일은 없었을 것이다. 세상을 그저 짐작대로 벌어진 일과 짐작과는 다른 일로만 나누는 세희의 사고체계가 조금씩 지겨워질 무렵, 세희가 내게 입을 열었다. 돌아오는 주말까지 자신의 집에 있는 짐을 모두 챙겨 떠나라는 통고였다.

"대신에 부탁이 있어. 세영이는 이번주 금요일에 서울로 돌아갈 거야. 세영이에게는 우리가 헤어진다는 얘기는 하지 말았으면 좋겠어."

세희는 내 쪽을 쳐다보지도 않은 채, 창문 밖 앞뜰만 바라봤다.

"그리고 세영이가 서울로 돌아가기 전에 시골로 여행을 다녀오려고 해. 동양 여자들끼리만 가면 불편한 점이 많으니까 네가 운전을 해줬으면 좋겠어. 지난 일 년간 집세도 받지 않고 지냈으니 그 정도는 해줄 수 있는 일이라고 생각해. 하지만 경고하는데, 세영이 걔 지금 남편을 잃어서 마음이 불안해서 그러는 거니까 허튼수작하는 게 눈에 띄면 이번에는 진짜 너를 죽여버릴 거야."

내가 지도를 들여다보는 동안, 그녀는 길에서 물러서 커다란 떡갈나무 그늘 속으로 들어갔다. 그녀의 얼굴로 떡갈나무 이파리를 비집고 들어온 햇살이 아른거렸다. 나는 지도를 접고 아스팔트 도로를 따라 오르막길을 조금 올라가 주위의 지형을 둘러봤다. 노란색, 고동색, 초록색, 진회색 등으로 또렷하게 색이 나누어진 들판의 풍경이 눈에 들어왔다. 버튼－온－더－워터에서 우리는 공로公路를 따라 1.5마일 남짓 걸었다. 옛 잉글랜드 마을의 정취가 그대로 남아 있다는 로워슬로터로 갈 계획이었다. 여행가이드에는 어퍼슬로터와 로워슬로터에는 주차장이 부족하니 차는 버튼－온－더－워터에 세워놓고 걸어가라고 적혀 있었다. 거리도 2마일 정도라고 해서 쉽게 갈 수 있을 줄 알고 나선 길이었는데, 보이는 것은 오직 들판뿐이라 방향을 잡기가 곤란했다. 그렇긴 해도 트레킹할 수 있게 공로가 이어져 있으니 그 길을 쭉 따라 걸으면 될 것 같은데, 갑자기 사유지이니 출입을 금한다는 푯말이 붙은 나무문이 나왔던 것이다.

다시 걸어내려올 때까지도 그녀는 떡갈나무 이파리만 바라보고 있었다. 나는 걸음을 멈추고 그녀를 바라봤다. 그녀는 고개를 천천히 내려 나를 바라보더니 말했다.

"나도 언니처럼 굴었다면 어땠을까? 그런 생각을 했어. 그럼 모든 게 달라졌을 거야."

나는 무슨 소리인지 몰라 눈꺼풀을 씀뻑거렸다.

"어제 일 말이야?"

런던에서 M3 고속도로에 올라타 코츠월드 지방까지 가는 길은 어색함의 연속이었다. 내 옆에 앉은 세희는 쉼없이 한국말로 어린 시절의 추억을 얘기하면서 그녀에게 확인을 받으려고 했다. 그 일이 있기 전까지만 해도 세희는 자신들이 무슨 말을 하는지 내게 설명해줬는데, 이제는 더이상 그러지 않았다. 내가 끼어들 틈은 하나도 없었다. 영국으로 떠나기 전, 둘은 여느 자매들과 마찬가지로 때로 싸웠고 때로 둘도 없이 친했던 모양이었다. 하지만 그녀의 말마따나 이미 오래전의 일이었다. 뒷자리에 혼자 앉은 그녀는 세희가 뭐라고 동의를 구할 때마다 건성으로 대답했을 뿐, 대부분의 시간을 스치는 창밖 풍경을 내다보며 보냈다. 말이 끊길 때, 나는 그 전날 관광가이드 책에서 읽은 코츠월드에 관한 몇 가지 정보를 주섬주섬 읊었다.

그리고 그날 저녁, 숙소를 구한 사이어런세스터의 베어 인이라는 집에서 위태위태하게 버텨온 세희의 감정이 폭발해버렸다. 취해버린 세희는 내가 알아들을 수 없는 한국어로 그녀에게 온갖 말들을 쏟아냈다. 우리를 바라보는 영국 시골 사람들의 시선이 부담스러워진 내가 만류하자, 세희는 내게 영어로 "너도 똑같은 놈이야, 이 짐승 같은 놈아. 네가 어떻게 나한테 그럴 수 있어? 어떻게 내 여동생과 잠을 잘 수가 있어"라고 소리쳤고 그제야 나를 비롯한 펍 안의 모든 사람들은 세희가 지금 욕설을 퍼붓는 중이라는 사실을 깨달을 수 있었다. 언니에게 욕을 얻어먹는 동안 그녀는 웃는지

우는지 알 수 없는 묘한 표정을 짓고 있었다. 그녀와 내가 아무런 반응을 보이지 않자, 세희는 자리에서 벌떡 일어나 밖으로 나가버렸다. 얼른 따라나갔지만, 세희는 뒤도 돌아보지 않고 중세 때 만들어졌다는 오래된 교회가 있는 중심가를 따라 성큼성큼 걸었다. 오래된 석조건물이 즐비하게 늘어선 좁은 골목길로는 벌써 저녁의 어둠이 무겁게 내려앉았지만, 교회의 높은 첨탑 위로 걸린 하늘에는 아직 푸른빛이 남아 있을 무렵이었다.

"언니하고 너는 이제 깨어진 거야, 그렇지?"

긴가민가하면서도 달리 방법이 없었기 때문에 사유지라는 푯말이 붙은 나무문을 밀고 밀밭 사이로 들어가 좁은 길을 걸어갈 때, 그녀가 밉살스럽게 말했다. 아침이 되어서도 세희는 술 때문에 속이 아프다면서 계속 침대에 누워 있었다. 내가 보기에는 그간 잘 지켜온 언니로서의 자존심이 한순간에 무너졌기 때문인 것 같았다. 그래서 그녀와 둘이서 유명한 몇몇 마을을 둘러본 뒤, 다시 사이어런세스터에 들러 세희를 태우고 런던으로 돌아가기로 했다.

"그렇게 된 것 같은데."

"공부가 끝나면 넌 어떻게 할 거니? 언니는 다시 한국으로 돌아올 생각은 없는 모양이던데."

"별다른 계획은 아직 없어. 일본으로 돌아갈지, 아니면 여기 남을지. 분명한 건 네 언니에게 돌아가지는 않는다는 점이지. 집세가 좀 들겠지만."

그 말에 그녀는 깔깔거리고 웃었다. 코츠월드 구릉지대를 휘돌아오느라 노랗게 물든 바람이 그녀의 머리칼을 쓸어넘겼다. 길은 약간 둥그스름한 지평선을 향해 끝없이 이어졌고 그 길이 끝나는 곳에는 벽에 붙여놓은 사진처럼 구름 몇 점이 푸른 하늘에 걸려 있었다.

"우린 이제 다시는 만날 일이 없을 거야."

역시 필요한 단어만을 사용해 단호한 어조로 그녀가 말했다. 물론 우리가 다시 만날 일은 없겠지만, 막상 그런 말을 들으니 웬일인지 뭉클 마음이 무거워졌다. 나는 바람에 넘실거리는 밀밭 사이, 우리가 들어온 길의 반대쪽 끝을 바라보는 그녀의 눈을 물끄러미 바라봤다.

"아이를 낳아야만 한다고 그가 말한 뒤, 육 개월 정도가 지났을 때였어. 함께 현악사중주단의 공연을 보러 간 적이 있었어. 슈베르트. 죽음과 소녀. 알레그로 비바체. 안단테 콘 모토. 다시 스케르초, 알레그로 디 몰토. 그 저녁 내내 그런 빠르기에 젖어들었지. 그 어떤 빠르기가 지시돼 있건 그게 빠르다거나 늦다거나 하는 게 느껴질 수 없을 때, 최고의 연주라고 생각해. 그건 삶에 있어서도 마찬가지야. 네즈미, 들어봐. 나는 충분히 삶을 누릴 자격이 있었단 말이야. 날 아껴주는 가족이 있는 좋은 가정에서 태어나 자랐고 사랑하는 남자를 만나 결혼했어. 내 삶이 너무 빠르다거나 늦다거나, 그런 생각을 해본 적은 한 번도 없었어. 두 번 정도 연주자들을 다시 무대로 불러낸 뒤, 공연장에 불이 들어왔지. 나는 남편의 팔짱을 끼고 계단을 걸어올라갔어. 화재가 났을 때 비상계단의 위치를 알리기 위해 계단에 설치해놓은 전등 하나가 꺼져 있는 게 보였어. 아직 날이 추워지려면 멀었는데도 빨간색 목도리를 두르고 혼자 공연장을 찾은 여자도 있었어. 다 기억이 나."

그녀는 조금도 걸음을 늦추지 않고 일정한 속도로 걸었다. 보이는 것은 온통 노란색 밀밭이었는데도 농부나 농기구는 하나도 눈에 띄지 않았다.

"삶이라는 게 얼마나 하찮은 것인지 아니, 네즈미? 그날 집으로 돌아오는 차 안에서 내가 정색을 하고 물었어. 당신, 나한테 숨기는 일 있지? 그 사람이 깜짝 놀라더라. 고개를 저으며 아니라고, 그런 일 없다고 대답하더라. 나도 다 알고 있어. 솔직히 말해봐. 나한테 감추는 일 있지? 내가 한번 더 다그쳤어. 그랬더니 침을 삼키고는 먼 빛을 바라봤어. 그래서 한번 더, 더 단호하게 물었어. 말해봐, 어서 말해봐. 그래, 나도 이제 더이상 감추는 게 힘들다. 맞아. 나, 사랑하는 사람 따로 있어. 그때 나는 주머니에 손을 넣고 봉투 하나를 꽉 움켜잡고 있었어. 그날 대한주택공사에서 우리집으로 배달된 한 통의 편지. 이렇게 적혀 있었지. '주택공급규칙의 입주자 선정 방법에 따라 귀하가 당첨되었음을 통지합니다.' 그 봉투를 잡고 있는 동안, 그 사람이 말하더라. 이렇게 말하고 나니까 차라리 속이 시원하다고. 웃는 것인지 어떤 것인지 헛헛거리더라. 나중에 혼자서 그런 생각을 많이 했어. 한번 더 다그치지 않았으면 어땠을까? 그 사람이 뭐라고 대꾸하기 전에 짠! 하고 그 봉투를 꺼내 보여줬다면 어땠을까? 그 사람이 나 몰래 청약 신청 따위를 할 정도로 부지런하게 미래를 설계하는 사람이 아니었다면 또 어땠을까?"

나는 걸음을 멈췄다. 혼자 얘기하면서 한참 걸어가던 그녀는 돌아보더니 내가 따라오지 않자 오른손을 들어 흔들었다. 나는 그만 돌아가고 싶었다. 어차피 로워슬로터의 시골 마을도 우리가 이미 둘러본 다른 마을과 그다지 차이가 없을 것 같았다. 아니다, 그게 아니었다. 사실은 그녀의 얘기를 더이상 듣고 싶지 않았다.

"우리 잘못 온 것 같아. 아까 말하지 않았는데, 이 길은 공로가 아니고 사유지야. 돌아가야 해."

"돌아갈 수 없어, 네즈미. 우린 계속 가야 해. 우리는 이제 다시는 만날 일이 없을 거야. 그러니 너는 내 얘기를 들어야만 해. 평생 기억하든, 금방 잊어먹든 아무 상관이 없어. 우리는 이제 다시는 만나지 않을 테니까. 어서 와. 어서."

그녀가 다시 손을 흔들었다. 나는 눈을 감았다가 걷기 시작했다.

"그리고 별다른 일은 일어나지 않았어. 그 말을 듣는 순간, 마구 때리거나 울부짖거나 했으면 좋았을 텐데, 그 사람이 무척 이해가 되는 거야. 사람이 살다보면 아내가 아닌 다른 사람을 사랑할 수도 있는 거야. 그러다가 이혼도 하는 거야. 그렇게 생각하니 마음은 오히려 차분해졌어. 그래서 그 이전과 마찬가지로 우리는 아침이면 함께 밥을 먹었고 저녁에는 나란히 앉아 텔레비전을 봤어. 가끔 이를 닦느라 거울을 들여다보노라면 내 안에는 분노라는 게 없는지 마음속을 한번 뒤져보고 싶은 생각이 들 때도 있었어. 과연 어떤 사람인지도 모르고 오 년 동안 한 남자를 한결같이 사랑했다는 게 분하지도 않은가고 스스로 묻기도 했어. 하지만 아무 느낌이 없더라. 얼마 지나지 않아 남편은 이름도, 얼굴도 모르는 그 여자와의 관계를 정리했다고 말했어. 남편은 때로 술에 취하면 자는 나를 깨워놓고 미안하다며 무릎을 꿇은 채 빌었어. 그럴 때면 나는 자다가 깬 멍한 표정으로 남편을 일으켜세웠지. 진짜야. 그 사람을 비난할 생각이 전혀 없었어. 조금도. 그건 그냥 그 사람이 내가 아끼던 유리잔을 실수로 깨뜨린 것과 마찬가지였으니까. 실수였다는 건 충분히 이해가 갔어. 유리잔이 문제가 아니라. 그러다가 사고가 났어, 네즈미."

나는 그녀의 하얀 손을 잡았다. 자꾸만 그 손이 흔들리는 것 같았기 때문이다. 내가 손을 잡자, 그녀는 걸음을 멈추고 나를 바라봤다. 그리고 내 입술에 입을 맞췄다. 우리는 밀밭 한가운데 서서 오랫동안 키스를 했다. 들판이 스치는 바람을 노랗게 물들이는 소리가 들렸다. 입을 뗐을 때, 그녀는 울고 있었다. 품안에서 작은 새처럼 그녀가 중얼거렸다.

"시골에 있는 시댁에 다녀오던 날이었어. 하룻밤 자고 올 생각이었는데, 남편은 화가 난 표정으로 그냥 집으로 돌아가자고 했어. 차에 올라탈 때부터 소리를 고래고래 질렀어. 이제는 나만을 사랑한다고 말했어. 나를 위해서 수없이 노력했다고 말했어. 어렵고 힘든 일이 있어도 참았다고 말했어. 자기는…… 자신만의 삶마저도 포기했다고 말했어. 그런데도 내가 마음을 열어주지 않았다고 말했어. 절대로 오해하지는 말라며, 이렇게 살 거라면 헤어지는 게 더 낫겠다고 말했어. 그러곤 입을 다물고는 앞만 바라봤지. 난폭하게 운전했지. 나는 그 사람보다 더 많이 노력했어. 그게 실수라는 걸 납득하기 위해서. 내 유리잔 따위는 생각할 겨를도 없었어. 그런데도 잘되지 않더라. 그랬던 것뿐이야. 그 사람이 어떤 노력을 하는지, 따져볼 겨를이 없었을 뿐이야. 그런데도 그 사람은 자신만의 삶이 있었다고 말하더라. 그래서 울었어. 소리내어 엉엉 울었어. 제발 닥치라고 그 사람이 소리쳤어. 나는 더 크게 울었어. 그러다가 사고가 났어. 차가 논으로 굴러떨어진 뒤에도 나는 계속 울기만 했어. 나중에 사람들이 내가 차 안에서 두 시간 정도 울었다고 말해주더라. 그 두 시간이 흐르는 동안, 남편은 죽었지. 의사는 그렇게 울고 있지만 않았더라도…… 라고 말하면서 혀를 찼어. 울고 있지만 않았더라도 남편의 목숨을 구할 수 있었을 거야."

"마찬가지야. 네가 울지 않고 바로 병원에 데려갔다고 해도 남편은 죽었을 거야. 이미 일어난 일을 다시 돌이킬 수는 없어."

내가 말했다. 그녀는 내 허리를 꽉 안더니 품안에서 머리를 흔들었다.

"아니야, 네즈미. 그게 아니야. 그때 나는 걸어나가서 사람들을 부를 수도 있었어. 사실 그럴까도 생각했어. 하지만 그러지 않고 가만히 앉아 있기만 했어. 인생의 오 년이란 얼마나 길고, 또 얼마나 짧은 시간일까? 그 오 년 동안이나 내가 한결같이 사랑했던 남자, 그러나 자신만의 삶이 있었던 남자. 평생 그를 사랑하리라고 수없이 맹세하게 했던 남자, 그러나 과연 그 사람이 누구인지 조금도 이해하지 못했던 남자. 그 남자가 죽어가는 동안, 나는 거기 가만히 앉아 있기만 했어. 가만히 앉아서 그해 봄에 보았던 벚나무를 생각했어. 바람 때문이라기에는 너무 심하게 벚나무 가지가 흔들렸지. 그랬었지. 작은 새였지. 그랬었지."

나는 그녀의 머리칼을 어루만졌다. 그녀가 고개를 들었다.

"하지만 네즈미, 그건 정말 새였을까? 내가 본 게 확실할까? 혹시 내가 잘못 본 건 아닐까?"

"그렇지 않을 거야. 그렇게 믿는 수밖에 없어."

나는 고개를 흔들었다. 그러자 그녀는 내게서 돌아섰다.

"자, 어서 와, 네즈미. 가자. 다시 가자. 로워슬로터로 가자."

프랑스의 역사가 조르주 뒤비는 자신의 삶을 회고하면서 클로드 시몽의 다음과 같은 말로 시작했다. '그가 내게 들려준 이야기는 분명 작위적이고 그릇된 것이었다. 사건이 일어난 뒤 듣게 되는 이야기들이 모두 그렇듯이 말이다. 누군가의 입을 통해 이야기됨으로써 사건들과 낱낱의 내용, 하찮은 사실들이 사건 당시에는 갖지 않았던 엄숙하고도 중요한 양상을 어쩔 수 없이 띠게 되기 때문이다.' 자신이 보고 겪었던 일들, 예컨대 린드버그의 대서양 횡단 비행, 스페인 내전, 독일군의 진격으로 텅 빈 파리, 마르크 블로크와 뤼시앵 페브르 등 아날학파와의 만남 등을 적어내려간 뒤, 그는 이렇게 글을 끝맺었다. '여기까지 쓰고 나니 어쩐지 불만족스럽다. 자신이 연루되어 있는 과거의 기억들을 다루는 데 역사가가 여느 사람들보다 정말로 유리한 입장에 있는지 확신이 서지 않는다. 오히려 대부분의 사람들보다 더 불리한 입장에 있지 않나 싶다.' 나는 조르주 뒤비의 말이 옳다고 생각한다. 삶을 돌이킬 수 없다는 점에서 우리 모두는 불리한 입장에 놓인 역사가와 같다. 하찮은 사실들은 어쩔 수 없이 엄숙하고도 중요한 양상을 띠게 된다. 어쩔 수 없이.

그녀에 대해 쓰는 동안, 깊은 밤이 찾아왔다. 누구에게도 이해받을 수 없는 밤, '요기'의 그 어두운 구멍과도 같은 밤. 다시 지붕을 두들기며 빗방울이 떨어지기 시작한다. 나는 이제 이 글을 접어 주머니에 넣은 뒤, 지붕창의 차양을 내리고 불을 끈다. 그 결도 느껴지지 않는 완벽한 어둠이 나를 감싼다. 나는 더듬더듬 어두운 나무 계단을 밟고 내려간다. 봄날 오후, 현관문이 열린 집안으로 바람이 불어오는 것처럼 연신 불안한 꿈이 드나드는 잠 속에 세희는 빠져 있다. 나는 소리내지 않고 입술만 움직여 안녕, 이라고 말하고 문을 닫는다. 1층까지 내려간 나는 부엌 서랍 속에 들어 있는 열쇠를 꺼낸 뒤, 부엌에서부터 차례대로 불을 끈다. 찰칵. 찰칵. 찰칵. 문을 열고 밖으로 나온 나는 문을 잠근 뒤, 문에 붙은 우편함을 통해 열쇠를 던져넣는다. 돌아서니 검은 비바람이 내 얼굴로 몰아친다. 이제 우리는 다시 만날 수 없는 거지? 이제 우리는 다시 만날 수 없게 된 거, 맞지? 기억 속 어딘가에서 내가 소리친다. 맞아. 점점 흐릿해지는 낯빛으로 그녀가 고개를 끄덕인다. 더없이 깊은 밤과 꿈결처럼 아득한 어둠 속으로 나는 떠난다.

뿌넝숴不能說

그럼 어디서부터 이야기를 시작해볼까? 비 이야기라면 어떨까? 가슴의 가장 깊은 곳까지 스며들어서는 삶을 온통 뒤흔들어놓는 빗줄기 말이지. 전사로 하여금 삶의 모든 것을 걸게 만드는 빗줄기. 그러니까 1950년 10월 19일, 변경의 하늘로 하루종일 구름이 몰려들어 어두워지는가 싶더니 해가 질 무렵이 되자 빗방울이 떨어지기 시작했다네. 행군을 앞두고 군장 검사를 모두 끝마친 병사들만이 누릴 수 있는 긴장된 침묵이 어느새 고자누룩해지고 차가운 가을비가 병사들의 배낭과 털모자로 늘쩡늘쩡 스며들었네. 빗방울이 아니었더라도 병사들의 눈빛이 하염없이 아래로 떨어졌을 그런 날이었네. 겁이 나서 그랬느냐고? 쥔뿌졘君不見. 그런 말이 어디 있는가? 전사가 겁을 내다니. "전쟁에서 지고 이기는 것은 예측할 수 없는 것,/수치스러운 것을 참고 견디는 것이 남자다勝敗兵家事

不期 包羞忍恥是男兒." 출전을 앞둔 전사의 심장에서는 가만히 있어도 그런 시가 흘러나온단 말이지. 노전사老戰士들은 알지. 인간의 마음이란 계집과 같은 것이라는 걸. 호두알처럼 내 손아귀에 꽉 잡혔는가 싶으면 어느새 수리가 되어 푸른 하늘의 자유를 만끽하지. 평생 몸에서 화약 냄새가 사라지지 않았던 노전사에게도 매번 전쟁은 새로운 것. 무서울 정도로 요염해서 온 마음과 온몸이 떨려오는 것. 우리는 국민당 놈들을 쫓아 해남도海南島까지 밀고 내려갔던 40군이었다네. 해남도를 완전히 해방시키고 난 뒤, 우리는 서로 부둥켜안고 기뻐하면서도 한편으로는 전쟁이 끝났다는 사실에 아쉬움을 느꼈지. 들판을 침상 삼아 눕고 천궁을 이불 삼아 덮고 자본 남자라면 그 아쉬움이 어디서 비롯하는지 잘 알지. 전쟁이 끝나고 나면 이제 더이상 온몸과 온 마음이 떨리는 일은 없어질 테니까. 배포는 배포, 눈물은 눈물. 진짜 사내는 그 두 가지를 알지. 그런 우리가 겁이 나서 떨어지는 한줄기 빗방울에 떨어댔다고 말한다면 그건 모독이 아닐 수 없어. 무서울 정도로 요염하기 때문에, 거부하면서도 빠져들 수밖에 없기 때문에 우리는 소년처럼 떨리는 시선으로 바라보는 거야. 알겠는가? 몸은 그럴 때 떨리는 거야. 그렇게 병사들의 삶을 온통 뒤흔들어놓는 빗줄기가 서서히 어둠 속으로 아슴푸레해질 무렵, 마침내 출정의 명령은 떨어졌고 우리는 압록강 철교를 건너가기 시작했어. 그날 밤 같은 시각, 중국 인민지원군 38, 39, 40, 42군과 3개 포병사단은 안동, 장전하구, 집안 등 세 나루터에서 일제히

강을 건넜지. 한국인이니까 자네는 어떻게 생각할지 모르겠으나, 가히 역사를 바꿀 만한 도하渡河가 아니었겠는가? 40군에 속했으니까 나는 안동, 그러니까 지금의 단동을 거쳐 조선땅으로 들어갔다네. 그날 물 흐르는 소리가 어찌나 요란하던지. 비는 내리고 강은 보이지 않으니 그건 비가 쏟아지는 소리라고 해도, 강물이 흐르는 소리라고 해도 아무런 상관이 없었지. 나는 그 소리에 귀를 기울였어. 소리는 번갈아 하늘에서, 강에서 들려오다가는 결국 내 몸에서 들려오기 시작했어. 드디어 출정이다, 는 생각에 온몸이 터져나갈 것 같았지. 그때 일을 다시 생각하려니 귀를 기울이지 않아도 그 소리 참으로 요란하다네. 세상을 쩌렁쩌렁 울리는 소리, 단숨에 역사가 바뀌는 소리, 그런 소리가 자네 몸에서 들려온다고 생각해보게. 당장이라도 계집들에게 그 몸을 보여주고 싶지. 그런 게 바로 사내의 몸이지. 여기에 앉아 내가 읽고 싶은 얼굴은, 또 손은 바로 그런 것이지.

재미없는 일이지만, 기억을 한번 더듬어보자구. 자네는 이런 이야기를 잘 모를 거야. 한국인들은 그 전쟁에 대해서 누구도 기억하려 들지 않으니까. 어쨌든. 노르망디의 경험이 있으니까 미군은 인천에 상륙해 조선전쟁의 전세를 일시에 역전시켰어. 그건 정말이지, 멋진 작전이 아닐 수 없었어. 진짜 전사라면 여자들이 보석함에 장신구를 모아두듯 그런 작전을 추억 속에 담아두는 거야. 조선

인민군의 허리를 잘라버린 미군은 승승장구하며 1950년 10월 7일 38도선을 넘어 북진을 계속했다네. 중국 인민혁명군사위원회 모택동 주석이 팽덕회를 중국 인민지원군 사령원 겸 정치위원으로 임명하고 그에게 다음과 같은 내용의 전보를 보낸 것은 그다음날인 10월 8일이야. 내 기억이 틀리지 않는다면 이런 내용이었지. 조선 인민의 해방전쟁을 지원하고 미 제국주의와 그 졸개들의 진공을 반대하며 조선 인민과 동방 각국 인민의 이익을 보호하기 위해 중국 인민지원군이 속히 조선 경내로 진출해 조선 동지들과 함께 협동작전함으로써 영광스러운 승리를 쟁취할 것을 명령한다. 인민지원군이라니, 무슨 뜻으로 그런 이름이 붙었는지 짐작하겠는가? 표면적으로 중국 정부에서 직접 나서서 전쟁을 선포한 것이 아니라 자원한 인민들로 군대를 조직해 출전했다는 사실을 보여주기 위해서였지. 그건 제공권을 장악한 미군이 중조中朝 변경을 초토화시켜 대량의 지원군을 파견하지 못하게 되는 상황이 오기 전에 비밀리에 조선에 들어가기 위해서였어. 따라서 우리는 해방군의 모표도, 가슴에 휘장도 달지 않은 채 조선 인민군의 군복을 착용했지. 그저 붉은 별 다섯 개 찍힌 단추만이 우리가 누구인지 증명해줬다네. 우리가 압록강을 건너기 전날인 10월 18일 하달된 모주석의 명령에는 이런 것도 있었다네. 먼저 비밀을 지키기 위해 도강부대들은 매일 황혼부터 다음날 새벽 네시까지 건넌 뒤 다섯시 전에 은폐를 끝마치고 반드시 검사까지 진행할 것. 또한 경험을 얻기 위해 첫날 밤에는 2, 3개 사단만 남기고 이튿날 밤에 증가하거나 감소하는 것은 정황에 따라 적당히 처리할 것. 우리에게는 이름이 없었다네. 어둠처럼, 검은 강처럼 우리는 조선땅에 스며들었다네. 말도 할 수 없었다네. 누구에게도 우리는 말할 수 없었다네. 그래서 심지어는 퇴각하는 조선 인민군들도 우리가 어떤 군대인지 모를 지경이었지. 그다음날인 10월 19일, 미군 제1군단 3개 사단은 평양을 점령했으며 중국 인민지원군은 압록강을 건넜지. 10월 20일, 미군 제187공수여단은 평양에서 퇴각하는 조선 인민군의 퇴로를 끊고자 숙천과 순천에 낙하했으며 중국 인민지원군은 소나무와 잡목들이 빼곡하게 수림을 이루고 있는 조선 평안북도 동창과 북진 사이의 구릉지대까지 파고들었어. 미군 사령부는 몇 가지 이유 때문에 중국군이 조선전쟁에 참전할 수 없으리라고 속단했어. 그렇지, 몇 가지지. 그 정도면 충분해. 모든 게 바뀌기에는 말이야. 그게 옳은 이유였든 그릇된 이유였든 그런 건 중요하지 않아. 모든 게 바뀌고 나면 말이야. 자네는 몇 번이나 전쟁을 겪어봤는가? 한 번도 겪어 보지 못했다고? 음, 그럴 수도 있겠군. 시대가 바뀌었으니까. 들어 봐, 전쟁은 우리가 살아가는 삶을 닮았어. 몇 가지 이유만 있으면 완전히 딴판이 되어버리거든. 하하하, 재미있나? 조심하게. 사실 전쟁은 재미있지만, 전쟁 이야기는 재미없어. 전쟁에는 진실이 있지만, 전쟁 이야기에는 조금의 진실도 없으니까. 내가 전쟁이란 삶을 닮았다고 하지 않았는가? 누가 자네에게 삶에 대해 이야기한다면, 그것도 아주 재미있는 이야기를 들려준다면 먼저 하품을 하게나. 지금 내 꼴이 그렇긴 하지만. 삶은 살아가는 것이지, 이야기하는 게 아니거든. 항일전쟁, 해방전쟁, 조선전쟁까지 도합 세 번의 전쟁을 겪은 내 몸은 전사戰史 따위에는 전혀 귀를 기울이지 않지. 하지만 하품이 나오더라도 참게나. 내게 왜 손가락이 잘려나갔느냐고 먼저 물어본 사람은 자네니까.

인간의 운명은 육체를 닮았어. 끊임없이 바뀌는 것이지. 손금을 읽고 관상을 본다는 건 그렇게 바뀌는 몸을 본다는 거야. 볼 수 있는 것은 그저 지금의 운명일 뿐이지. 지금 자네가 누구인가에 따라 자네의 운명은 미친듯이 요동치게 마련이야. 그게 바로 삶의 신진대사야. 전선이 끊임없이 오르내리듯, 사람의 육신이 쉼없이 변해가듯 인간의 운명 역시 한자리에 머물러 있지 않고 계속해서 움직여. 한결같은 운명은 죽은 자의 것. 그러므로 운명은 절대로 말로 표현할 수 없어. 말하는 순간, 그 운명은 바뀔 테니까. 뿌넝숴不能說, 뿌넝숴. 하지만 그런 바보 같은 짓을 여기서 한번 해볼까? 지금 여기, 우리가 앉아 있는 인민로 중국은행 앞이 전쟁터라고 상상해보게나. 그런데 저기 서시장西市場 쪽에서 세 발의 총성이 울리는 거야. 그럴 때, 자네는 어떤 것을 보거나 읽을 수 있겠는가? 자네 두 눈에 맺히는 그 그림을 말로 설명할 수 있겠나? 그래, 말해봐. 어서 말해봐. 하하하. 아니야. 그럴 리가 없어. 전쟁터에서 세 발의 총성을 들을 때, 마음속에 그려지는 그림이란 하나도 없어. 그 순간, 인간이 할 수 있는 일은 울부짖거나 정신없이 달려가는 것뿐이지. 한번만이라도 온몸으로 다른 인간을 사랑해봤다면, 마음에 그림 따위가 그려질 겨를은 없는 거야. 그저 움직일 뿐이지. 뿌넝숴. 운명이 드러나는 순간에 언어 같은 것은 완전히 사라지는 거야. 혹시 임진강이라고 아는가? 임진강에서 중국 인민지원군의 3차 전역戰役이 시작된 것은 1950년 12월 31일이었어. 왜 12월 31일이었냐고 묻는다면 그럴 수밖에 없었기 때문이라고 말하는 게 옳지. 그건 곤충들이 제집을 찾아가는 것과 마찬가지로 본능적인 일이야. 전쟁터에서는 가장 본능적인 자들만이 살아남는 거지. 전사에는 이렇게 나와 있어. 미군에게 제공권을 빼앗긴 인민지원군으로서는 밤에만 전투를 벌일 수밖에 없었다. 그러자면 달빛을 한 줌이라도 더 모아야 할 형편이었다. 우리의 전역은 보통 칠 일이 소요되는데, 그 칠 일 동안 달빛의 도움을 받으려면 보름을 얼마 앞두지 않은 12월 31일이 최적의 공격개시일이었다. 하지만 나는 그 말을 믿지 않아. 우리는 본능적으로 총을 잡고 진격한 거야. 그게 12월 31일이었던 것이지. 그때쯤에는 인민지원군이 벌써 38도선까지 밀고 내려간 상태였지. 우리 40군단은 31일 18시 30분에 임진강을 건넜다네. "십 리엔 해질녘 구름, 태양도 빛을 잃었는데,/북풍은 기러기를 몰아가고 눈발이 어지러이 날린다./가는 길에 알아주는 이 없을까 걱정하지는 말라!/천하에 그대를 모를 사람이 누가 있겠는가十里黃雲白日曛 北風吹雁

雪紛紛 莫愁前路無知己 天下誰人不識君." 해가 바뀌는 동안, 우리는 한 개의 강물을 건넜다네. 그게 얼마나 긴 노정이던지. 날이 밝자, 강변에 사체들이 늘비했어. 말하지 않았나? 우리가 백전노장이라는 건 우리가 살아온 역사가 증명해. 하지만 그 광경을 보고 나서야 새삼스럽게 전쟁이 어떤 것인지 알게 되더군. 전쟁이란 그런 것이더군. 어제 나는 죽을 수도 있었지. 하지만 오늘은 살아 있지. 전쟁터에서 나는 매일 새로 태어나는 거지. 그런 광경을 바라보노라면 저절로 고개가 수그러져. 하늘을 올려다볼 엄두가 나지 않는 거야. 하늘을 올려다보는 경우는 죽은 전우의 사체를 땅에 묻고 허공을 향해 세 발의 총성을 울려 애도를 표할 때뿐이야. 전쟁터에서 들리는 세 발의 총성이란 한편으로 그런 의미야. 그건 원망도, 분노도 아니야. 그저 인간이라는 것, 그러고 나서도 또 인간이라는 것. 그걸 도저히 말로 설명할 수 없으니까 세 발의 총성으로 대신하는 거야. 그렇게 묻힌 전우의 청춘은 너덜너덜해진 지도상의 좌표로만 남게 되지. 그런 상황에 이르면 인간의 몸은 참으로 표현력이 부족하구나라는 생각을 하게 돼. 고작 울부짖거나 마른 눈물만 흘릴 뿐이라니. 심장을 꺼내 전우의 시신과 함께 묻어줄 수도 없고 두 눈을 쥐 감긴 그 눈을 뜨게 할 수도 없다니. 그러므로 하늘을 향해 쏘는 세 발의 총성, 거기에 모든 것을 의탁할 수밖에 없는 거야. 알겠는가? 세 발의 총성. 그건 그런 의미야.

믿을 수 있겠는가? 나도 그 세 발 총성의 주인공이 된 적이 있었다면? 도대체 무슨 소리냐는 듯한 눈길이구먼. 믿기지 않는다면 믿지 않아도 좋아. 듣는 자리에서 당장 믿을 만한 얘기만을 골라서 내뱉는 인간이 되고 싶지는 않으니까. 하지만 자네만은 결국 믿지 않을 도리가 없을 것이네. 왜냐하면 자네는 작가니까. 자네가 어떤 사람인지 알아맞히니까 놀라운가? 말하지 않았는가? 지금 한 인간의 운명이 어떤 모양을 하고 있는지 알아맞히는 건 대단히 쉬운 일이라고. 자기의 온몸인 양 두 눈을 동그랗게 뜨고 그 인간의 생김새를 뚫어지게 쳐다보면 모든 게 투명하게 보이는 거야. 보다시피 오른손 손가락이 이렇게 잘려나갔으니 나야 글을 쓸 수는 없으되, 지금 내 앞에 앉은 인간이 어떤 종류의 인간인지 알아맞히는 재주 정도는 남아 있다네. 물론 내일 자네가 어떻게 될지는 나도 몰라. 때로는 본인도 자기가 내일 어떻게 될지 모르는 경우가 많으니까. 그걸 안다면 매일 아침 이다지도 심하게 가슴이 뛸 리가 없지 않겠는가? 인생이란 사냥꾼에 쫓기는 노루 같은 것이라 끊임없이 움직이지. 그런 점에서 전쟁이란 삶의 다른 이름이야. 계속 얘기해볼까? 1951년 1월 초까지 인민지원군은 동이에서 쏟아지는 물처럼 아래로 아래로 밀고 내려갔어. 미군과 괴뢰군들은 37도선까지 퇴각해야만 했지. 거기서 조금만 더 밀어붙였더라면 아마도 조선은 완전히 해방됐을 거야. 그런 전황이었는데도 인민지원군은 38도선 남방, 서울을 장악한 지점에서 3차 전역을 매듭지어야만 했다네.

정치적인 문제나 외교적인 문제 때문이 아니었어. 한없이 길어진 보급선 탓이었네. 그래서 37도선이 아니라 38도선에서 진공을 멈춰야만 했어. 그게 지금 자네 조국의 허리를 가르고 있는 그 선의 본래 뜻이 아니겠는가? 중국 인민지원군의 보급선이 최대한 가닿을 수 있는 지점이 바로 거기였던 셈이니까. 전략적으로 37도선까지 후퇴한 미군 지휘부는 금방 이 사실을 감지해 1월 15일부터 소부대를 이용해 조금씩 수원과 이천 등지에서 탐색적인 반격을 시도하다가 25일부터 본격적인 공세에 나섰지. 우리로서는 당황하지 않을 수 없을 정도로 빠른 반격이었어. 팽 총사령을 비롯한 인민지원군 지휘부는 비밀리에 주력을 동부전선으로 이동시켜 횡성과 원주를 확보해 서부전선과 동부전선에 걸친 적 병력의 허리를 자른 뒤 서부전선에 있던 미8군 주력의 측방을 공격하려는 계획을 세웠지. 2월 11일, 인민지원군의 4차 전역은 그렇게 시작됐지. 이틀 뒤, 인민지원군은 횡성을 수비하던 괴뢰군 제8사단을 격파했으며 같은 날 밤, 22시부터 미 제23연대가 방어하던 지평리를 공격하기 시작했다네. 지평리를 확보하게 되면 여주와 이천을 통해 곧장 서부전선에 집결한 미8군 주력을 에워쌀 수 있었다네. 그런 까닭에 지평리는 피아간에 누구도 양보할 수 없는 전략지였지. 여기에 앉아서 오가는 사람들의 얘기를 듣자 하니 중국돈 팔만 위안만 있으면 한국에 들어갈 수 있다고 하더군. 이렇게 하루종일 길바닥에 앉아서는 다른 사람의 운명을 점친답시고 믿지 못할 얘기만을 늘어놓는 주제에는 호사스러운 소망이겠으나 만약 내게 팔만 위안의 돈이 있다면 꼭 한국으로 들어가 지평리에서 생을 마감하고 싶어. 농담이 아니야. 인간에 대한 예의가 아직도 남아 있다면 나는 그래야만 하는 거야. "묻노라, 매화꽃이 어디에 떨어졌기에,/하룻밤 사이에 바람에 불려 관산에 가득히 퍼졌단 말인가借問梅花何處落 風吹一夜滿關山." 추운 변경에 어디 매화가 떨어지겠느냔 말이야? 하룻밤 사이에 들판으로 수없이 떨어져내린 것은 다만 젊은 병사들이었을 뿐. 거기가 바로 내가 죽어야만 할 곳이지. 하지만 너무 멀어. 이제 다시는 가보지 못할 것 같아. 꼭 한번 가보고 싶은데. 한국에 돌아가 기회가 있다면 꼭 지평리에 가보게나. 적어도 자네가 작가라면 거기 서서 져버린 매화 꽃잎이 들판을 가득 메운 광경을 상상해보게나. 그걸 상상하지 못한다면 손에 잡히는 대로 붓이란 붓은 당장에 꺾어버리는 게 좋아. 그렇게 속절없이 떨어져내린 매화 꽃잎처럼 즐비한 병사들의 시체를 뒤로하고 2월 16일 인민지원군 병력은 결국 지평리에서 철수하기 시작했다네. 이로써 네 번에 걸친 우리의 성공적인 전역은 반격을 당하기 시작했지. 전날 밤, 우리는 밤새도록 횃불을 밝혀들고 전사병과 부상병을 담가에 실어 옮겼다네. 밤새도록 미군의 포사격은 계속됐다네. 포탄이 떨어질 때마다 들판으로는 꽃잎이 흩날렸다네. 붉은색 꽃잎들이 산산이 찢겨나갔다네. 분노라거나 슬픔이라는 단어로는 도저히 설명할 수 없는 광경이었다네. 눈물을 흘릴 수 있다는 것마저도 살아남은 자의 사치처럼 보였다네. 그리고 한순간, 나도 한 점 꽃잎이 되어 날아갔다네. 피리 소리에 우리는 모두 한 점 꽃잎이 되어 온 산을 가득 메웠다네. 이튿날 아침, 왼쪽 다리와 하복부의 살점이 떨어져나간 채, 죽은 전우들 사이에 누워 있던 나는 죽음을 예감하고 옆에 떨어진 총을 잡아 요염하도록 텅 비어 보이는 창공을 향해 세 발의 총알을 발사했지. 첫 발은 나 자신을 위해서, 다른 한 발은 죽은 전우들을 위해서, 그리고 마지막 한 발은 우리 모두의 운명을 위해서. 그 세 발의 총성이 모든 것을 다 바꿔놓았다네. 그리고 나는 의식을 잃었어.

연변은 비가 흔치 않은 고장이야. 봄에는 더 말할 나위도 없지. 대여섯 번 정도 봄비를 볼 수 있다면 자네는 행운아야. 그렇기 때문에 나는 비를 즐기는 게 습관이 됐어. 깊이 잠들었다가도 새벽에 봄비가 내리는 소리가 어렴풋이 들릴라치면 잠에서 깨어나. 걱정이 있다거나 슬픔이 밀려와서 그런 게 아니야. 봄비가 내리는 소리가 들리는 한에는 잠들 겨를이란 없는 거야. 나이가 들면 들수록 그 느낌이 더욱 간절해. 정도는 덜하지만 빗소리에 귀를 기울이는 건 아주 오래된 습관이야. 왕청에서 중학교에 다닐 때부터 나는 그랬단 말이야. 비가 내리고 나면 이 세상이 또 어떻게 변해가는지 궁금해서 온몸이 간지러울 지경이었으니까. 그때, 사람이 참 건실하고 매사에 열정적이라고 해서 연락원 일을 맡게 됐지. 존경하는 선배들과 선생님들이 귀여워해주니까 신이 나서 열심히 뛰어다녔는데, 나중에 알고 봤더니 그게 지하당원들 사이에 오가는 서신이었던 거야. 그렇게 나는 길을 오가며 혁명의 도리를 깨쳤어. 그런 급박한 시절에도 나는 봄비가 내리면 가만히 서서 빗소리에 귀를 기울였단 말이야. 때로는 나 몰래 꽃이 필까봐. 때로는 나 몰래 꽃이 질까봐. 제아무리 긴급한 편지였다고 하더라도 봄비 소리에 귀를 기울이고자 하는 내 마음을 막을 수는 없었지. 내가 그렇게 빗소리에 귀를 기울이고 있으면 선배들이 나를 두고 '샤오멍小孟', 그러니까 꼬마 맹호연이라고 놀려댔지. "밤사이 비바람 소리 들리더니,/꽃이 얼마나 떨어졌는지夜來風雨聲 花落知多少"라는 시를 쓴 맹호연 말이네. 온 세상이 전사들로, 시인들로, 영웅들로 가득했던 시절의 일들이야. 세상 가장 작은 소리에도 쫑긋 귀를 세우는 사람들로. 세상에는 그렇게 귀를 기울이는 자들이 존재하기 때문에 꽃이 피었다가는 또 져버리는 거야. 그렇지 않다면 어찌 봄이 왔다고 해서 그렇게 많은 꽃들이 피어오르겠는가 말이야. 내가 쏜 세 발의 총성을 들은 사람도 바로 그런 사람이었지. 전쟁터에서 울리는 연속 세 번의 총소리는 전사자를 애도하는 것인 동시에 부상병들의 긴급구호신호이기도 하니까. 나를 찾아온 그 여성 구호원은 군복을 찢어 상처 부위를 지혈한 뒤, 자신의 피를 뽑아 내게 삼백 그램의 피를 수혈했어. 그 피를 받아들이고 내 몸은 다시 의식을 되찾기 시작했지. 정신을 차렸더니 나를 빤히 쳐다보는 그 여성의 눈이 보이더군. 도토리처럼 짙은 두 개의 눈동자였어. 하나가 아니라 두 개라는 사실에 안도감이 들 정도로 아름다운 눈동자였지. 그 눈동자를 바라보자마자 나는 살았다는 생각에 창피한 줄도 모르고 소리내 엉엉 울었어. 아마도 그건 배설이었지, 울음은 아니었다고 생각해. 몸안에 가득 쌓였던 공포가 체액의 형태로 분비돼 나오는 거지. 사선을 넘었다가 돌아오는 부상병들은 대개 그렇게 운다는 것인지 별로 놀라는 기색도 없이 그녀는 한 손으로는 내 손을 움켜잡고 다른 손으로는 내 눈에서 흘러내리는 눈물을 닦아주더군. 눈물이 조금씩 줄어들 무렵, 그녀는 허공을 향해 권총을 발사해 구호대 동료들에게 부상병이 있음을 알렸어. 구호대원들이 나를 들것에 실어 큰길가로 옮겼지. 그동안에도 나는 그녀의 손을 놓지 않았어. 마치 그 손을 놓으면 당장이라도 죽어버릴 것처럼 잡고 있었지. 그렇게 간절하게 잡은 손을 뿌리칠 수 있는 여자는 세상에 없는 법이니까 그녀도 손을 잡은 채로 나를 따라왔어. 감사하다는 내 말에 괜찮다고 말하는 대답을 듣고 나서야 나는 그녀가 조선인이라는 사실을 알 수 있었지. 신작로에는 철수하는 아군들로 가득했어. 구호대 역시 철수해야만 하는데, 내가 있으니까 구호대장은 지나가는 자동차에 나를 태워 병원으로 보낸 뒤 부대를 따라오라고 그녀에게 명령했지. 그리고 신작로에는 우리 둘만 남게 됐어. 널린 게 시체였으니 부상병이 있다고 해서 목숨을 담보로 자동차를 멈출 바보는 없지. 몇 대의 자동차를 보내고 난 뒤였지. 추위가 느껴지면서 온몸이 덜덜덜 떨려왔어. 다시 죽음의 공포가 나를 사로잡았어. 왈칵 겁이 치밀어오른 나는 소리내어 시를 암송했어. "포도로 빚은 좋은 술 야광배에 부어/마시려니 비파 소리 말 위에서 자지러진다葡萄美酒夜光杯 欲飮琵琶馬上催." 내 목소리 채 사라지기도 전에 그녀가 뒤를 받아 노래하더군. "취해서 모래밭에 누웠다고 그대는 웃지 말라/예로부터 전쟁에서 돌아온 사람이 몇이나 되는가醉臥沙場君莫笑 古來征戰幾人回." 나는 그녀를 뚫어져라 쳐다볼 수밖에 없었지. 그런 상황에서 달리 무슨 말을 할 수 있겠는가? 시를 다 읊조린 그녀는 마침내 권총을 꺼내 우리를 향해 다가오는 자동차에 발사했지. 바퀴에 총알을 맞은 자동차는 얼마 지나지 않아 멈춰 섰고 그녀는 운전사에게 사정을 설명했어. 그녀가 아주 단호한 목소리로 지금 당장 나를 병원으로 옮겨야만 한다고 말했기 때문에 투덜대던 운전사도 별수없이 바퀴를 갈았어. 운전사와 함께 나를 차에 옮겨놓은 뒤, 그녀는 내 심장에 손을 올려놓으며 당신은 지금 살아 있다, 고 중국어로 말했어. 나는 그녀의 손을 잡고 고맙다며, 이 심장은 이제부터 당신의 것이라고 대답했어. 나는 잡은 손을 오랫동안 놓지 못했지. 운전사가 이제 그만 가야 한다고 말할 때까지도. 그리고 대답을 기다리다가 지친 운전사가 우리 둘을 모두 실은 채 차를 몰고 갈 때까지도. 나는 손을 놓을 수가 없었어. 왜냐하면 그녀가 눈물을 흘렸기 때문에, 그리고 이윽고 내 옆에 쓰러져 잠들었기 때문에. 후에야 나는 그녀가 지평리전투에서 도합 팔백 그램에 달하는 피를 뽑아냈다는 사실을 알았다.

혹시 한국에 있을 때, 조선전쟁과 관련한 책을 읽은 적이 있는가? 거기에는 지평리전투가 어떻게 기록돼 있는가? 지평리전투에서 죽은 인민지원군 병사들에 대해서는 뭐라고 기록돼 있는가? 이곳 역사책에 기록된 죽은 미군과 마찬가지로 다만 숫자로만 남아 있는 게 아닌가? 그것도 잔뜩 부풀린 숫자로만. 지평리전투에서 죽은 인민지원군의 숫자는 오천 명에 달했다네. 그 처참한 광경을 어떻게 말할 수 있겠는가? 뿌넝쉬. 뿌넝쉬. 역사라는 건 책이나 기념비에 기록되는 게 아니야. 인간의 역사는 인간의 몸에 기록되는 거야. 그것만이 진짜야. 떨리는 몸이, 흘러내리는 눈물이 말해주는 게 바로 역사야. 이 손, 오른손 검지와 중지가 잘려나간 이 손이 진짜 역사인 거야. 생각해보게나. 조선전쟁이 일어난 지 채 일백 년도 지나지 않았는데, 이 나라로는 한때 우리가 괴뢰군이라고 부르던 한국인들이 자유롭게 왕래하지 않는가? 지평리에서 죽은 병사들에 대해서는 다 잊어버린 셈이지. 고작 일백 년도 지나지 않아 망각할 그런 따위의 사실을 기록한 책과 기념비라니. 그게 바로 지금 자네가 손에 들고 있는 책이 아닌가? 그런 책 따위는 다 던져버리게나. 내 손보다도 못한 그따위 책일랑은. 나는 죽고 나서도 이 손가락의 사연은 잊지 못할 거야. 바로 이런 게 역사란 말이야. 이 손은 언제라도 이런 얘기를 들려주지. 그날 우리가 타고 올라가던 트럭은 채 한 시간을 달리지 않아 미군 전투기의 피습을 받았다네. 운전사는 즉사했고 트럭은 길 옆 골짜기로 굴러떨어졌지. 정신을 차렸을 때, 나는 신작로에서 십여 킬로미터 떨어진 골짜기의 한 농가에 누워 있었어. 도대체 어떻게 거기까지 옮겨지게 됐는지 도저히 이해할 수 없었어. 왜냐하면 그 농가에는 그녀와 나, 둘뿐이었으니까. 내가 잠시 정신을 차리고 그녀를 따라 걸어갔다는 것일까? 아니면 그녀가 혼자서 나를 둘러메고 옮겨놓았다는 것일까? 우리는 그 집에서 이틀간 잠만 잤다네. 매우 추운 날씨였기 때문에 서로 부둥켜안고 잤다네. 죽음보다도 깊은 잠이었어. 자다가 깨면 미숫가루를 얼마간 먹은 뒤 다시 잠들었다네. 나는 그녀의 깡마른 가슴을, 그녀는 쪼그라들 대로 쪼그라든 내 성기를 움켜잡았지. 몹시도 성욕이 일었으나 잠을 이기지는 못하더군. 그리고 이틀이 지난 뒤, 우리는 서로 몸을 섞었지. 그러지 않고서는 견딜 수가 없었으니까. 우리는 져버린 매화로 가득한 들판을 봤으니까. 나는 도저히 움직일 수 없는 상태였기 때문에 그녀가 위에서 몸을 흔들었는데, 그때마다 상처가 아파서 견딜 수 없었어. 아프다고 비명을 지르고 눈물을 흘리면서도 나는 그녀에게 계속하라고 채근했고 그녀는 연신 미안하다고 말하면서도 끊임없이 몸을 움직였지. 지금도 잊혀지지 않아. 그때의 일은. 살아 있다는 건 그토록 부끄럽고도 황홀하고도, 무엇보다도 아픈 일이더군. 아프다는 게, 소리를 지를 수 있다는 게, 눈물을 흘릴 수 있다는 게 그 순간만큼 기뻤던 적은 없었어. 그래서 아파서 견딜 수가 없었는데도 계속하라고 채근할 수밖에 없었던 거야. 우리는 쉬지 않고 몸을 섞었어. 죽음이 지척이었으니까. 그녀는 지평리에서 본 것들을 잊을 수 없을 것이라고 말했네. 지평리에서 그녀가 본 것들, 그건 아마도 내가 본 것과 다르지 않겠지. 그러니까 흩날려 들판을 가득 메운 매화 꽃잎을 봤겠지. 내가 물었어. 지평리에서 너는 무엇을 봤느냐? 그녀는 대답했어. 뿌넝숴. 뿌넝숴. 여태 그 말이 잊히지 않아. 말할 수 없어요. 말할 수 없어요. 우리는 그 농가의 안팎을 샅샅이 뒤져 먹을 것을 긁어모은 뒤 일주일 동안이나 그 집에 숨어 지냈지. 나는 다리를 쓰지 못했기 때문에, 그리고 전쟁에 환멸을 느낀 그녀는 원대 복귀를 포기했기 때문에. 그 일주일 동안 전투기의 굉음과 포성과 총성은 사방에서 들려왔지만, 아군도 적군도 그 어느 쪽도 우리를 찾아오지 않았어. 낮 동안에는 적기의 공습을 받을 수도 있었기 때문에 숲속에 들어가 그저 하염없이 앉아 있었고 밤에는 다시 농가로 기어들어가 아프다고 소리치며, 또 미안하다고 말하며 서로의 몸을 탐했지. 공포도, 불안도, 절망도 없었던 나날이었지. 낮에 숲속 덤불에 앉아 있을 때는 서로 기억하는 시를 들려주면서 시간을 보냈지. "아미산에 걸친 반조각 가을달/그림자는 평강강 강물에 비쳐 흐른다/밤에 청계를 떠나 삼협으로 향하며/그대를 생각하면서도 보지 못한 채 유주를 내려간다峨眉山月半輪秋 影入平羌江水流 夜發淸溪向三峽 思君不見下渝州"나 "가을비 내리는 강을 따라 밤새 오나라로 들어가고/그대를 보내는 새벽 초나라 산들이 외롭다/낙양의 친구들이 안부를 물어보면/한 조각 얼음 같은 마음 옥병에 간직했다고 하게寒雨連江夜入吳 平明送客楚山孤 洛陽親友如相問 一片冰心在玉壺" 같은 시들. 미처 입으로 말할 겨를이 없어 심장으로 말하는 시들. 미처 귀로 들을 틈이 없어 심장으로 듣게 되는 시들. 어느 새벽이었을 거야. 전투기 소리에 우리는 잠에서 깼지. 전투기는 몇 번이고 상공을 선회했기 때문에 우리는 그 집을 폭격하는 줄 알고 얼른 집에서 뛰쳐나갔다네. 동쪽 하늘에 깃털처럼 가는 하현달이 걸려 있었지. 매우 아름다웠지. 그렇게 아름다운 달을 보게 되자, 절로 손이 그녀의 어깨 쪽으로 움직였지. 내가 말했어. 정의는 우리에게 있으니 우리는 분명히 이 전쟁에서 이길 것이다. 전쟁이 끝나고 나면 너를 찾아갈 것이다. 저 하현달처럼 아름다운 세상이 바로 우리의 것이다. 그걸 위해서라면 나는 기꺼이 죽을 수도 있다. 그런데 그녀가 내 손을 뿌리쳤어. 전쟁터에서 올려다보는 하현달 따위는 하나도 아름답지 않다고 말하더군. 그러고 나서 그녀가 뭐라고 말했던가? 나를 사랑하는가? 사랑한다. 얼마나 사랑하는가? 죽을 만큼 사랑한다. 당장 그녀를 안지 않으면 견딜 수가 없었으므로 나는 애원하듯이 대답했어. 하지만 그녀는 이렇게 말하더군. 죽음이 도처에 널린 이런 곳에서 인간의 목숨 따위는 필요 없다. 목숨 따위는 정의에나 바쳐라. 아무리 피를 뽑아서 수혈해도 되살릴 수 없었던 병사들로 가득한 지평리에나 던져버려라. 숨이 턱 막히더군. 목숨으로도 증명할 수 없는 게 세상에 있다는 것을 비로소 알게 됐으니까. 국가는 내게 목숨 정도만 원했지. 그러나 그녀는 내게 그 이상의 것을 원했어. 벌떡 일어서서 뒤로 물러서는 그녀를 향해 나는 엎드려 빌었어. 제발. 한 번만 나를 안아주게나. 제발.

내 나이 또래 중에서 이렇게 오른손 검지와 중지가 잘려나간 자는 사람대접을 받지 못한다네. 나 역시 한평생 조롱과 멸시 속에서 보냈어. 이 손가락을 알아본 사람들이 내게 사연을 물어오면 지금 자네에게 하듯이 이 이야기를 들려줬지. 그럼 내 얼굴에다 대고 침을 뱉는 자들이 수두룩했지. 거짓말하지 마라, 이 벌레 같은 녀석아. 전쟁에 나가기 싫어서 손가락을 자른 겁쟁이야. 내가 아무리 항일전쟁을, 해남도 전역을, 조선전쟁을 얘기해도 소용이 없었다네. 자네도 그렇게 생각하나? 내가 전쟁에 나가기 싫어서 스스로 이 손가락을 잘랐다고 생각하나? 좋을 대로 생각하게나. 이런 얘기는 소설에나 써먹을 수 있겠지. 역사책에서는 절대로 볼 수 없겠지. 고작 일백 년도 가지 못할 역사책 따위. 어쨌든 하던 얘기는 마저 끝내도록 하지. 그리고 그녀는 한 번도 나와 몸을 섞지 않았다네. 포성은 점점 더 북쪽으로 올라가고 있었다네. 낮이면 숲속에 앉아 북쪽으로 날아가는 미군 전투기들을 바라봤고 밤이면 농가로 기어들어가 그녀에게 한 번만 나를 안아달라고 애원했다네. 그러는 동안 먹을 것은 다 떨어졌다네. 당장이라도 몸을 추슬러 퇴각하는 부대를 좇아가지 않으면 낙오되리라는 게 분명했지만, 우리는 둘 다 움직일 힘이라고는 하나도 없었다네. 낙오됐다는 게 분명해질수록 나는 더욱더 그녀에게 애원했다네. 비명을 지르게 해달라고, 눈물을 흘리게 해달라고. 아프게 해달라고. 그녀는 그런 내 손을 잡고 말했어. 자신이 지평리에서 본 것에 대해서는 정말 말할 수 없다고. 뿌넝쉬. 뿌넝쉬. 그날 밤, 도합 팔백 그램의 피를 병사들에게 수혈하면서 세상의 모든 남자들의 손가락을 자르고 싶었던 그 마음을 도저히 말할 수는 없다고. 다시는 총을 잡지 못하도록 다 잘라버리고 싶은 그 마음을. 핏기라고는 하나도 없는 멍한 눈동자로 나는 그녀 앞에 엎드려 말했어. 제발, 제발, 제발. 한 번만 나를 안아달라고. 간절하게, 온 마음과 온몸으로 빌었다네. 그녀는 내 얼굴을 들어 두 눈을 바라봤다네. 아무리 나의 피를 수혈해도 죽은 병사들을 되살릴 수 없었어요. 당신만은 죽게 내버려두지 않을 거야. 피가 필요하다면 내 피를 다 뽑아줄 거야. 당신만은 죽게 내버려두지 않을 거야. 할 수 있겠어? 나는 정신없이 고개를 끄덕였네. 나를 살려달라고. 제발 한 번만 안아달라고. 그녀는 내 눈을 빤히 쳐다봤다네. 그제야 나는 숨을 쉴 수 있을 것 같았지. 그 집에서 우리가 보낸 시간은 얼마 정도였을까? 2월 말까지 인민지원군과 조선 인민군은 주력을 38도선까지 퇴각시켰다네. 3월 7일, 미군과 괴뢰군은 5개 군단의 도합 14개 사단, 3개 여단, 2개 연대의 병력을 집중시켜 모든 전선에서 전반적인 공세에 나섰다네. 3월 14일, 인민지원군과 조선 인민군은 서울에서 철수했으며 이튿날 미군 제

3사단과 괴뢰군 제1사단이 서울을 점령했다네. 3월 23일, 적들은 고양, 의정부, 가평, 춘천 일선을 점령하고 미군 187공수여단을 문산에 투입해 인민군 제1군단의 퇴로를 막았다네. 4월 10일, 전선은 한강 입구에서 임진강을 따라 38도선 이북 부근 지구를 거쳐 양양 일선까지 올라왔다네. 그리고 4월 12일, 적들은 진공의 주력을 철원, 평강, 금화지구, 즉 철의 삼각지대에 집중시켰다네. 언제까지 우리가 그 집에 누워 있었는지는 나도 알 수가 없어. 어쨌든 그 집에서 우리는 수없이 몸을 섞었지. 아프다고 소리치며. 눈물을 흘리며. 그리고 먼저 그녀가, 그리고 내가 정신을 잃었어. 몇 번이나 해가 뜨고 저물었는지, 몇 번이나 달이 둥글어졌다가 다시 여위어졌는지 나는 모른다네. 괴뢰군 수색대가 방문을 열고 들어왔다가 반듯하게 누운 우리의 모습을 보고는 죽었다고 생각했는지 코를 감싸쥐고 그냥 돌아나간 적도 있었다네. 나는 죽어서 그 광경을 지켜보고 있는 것인지, 아니면 의식만 살아서 지켜보고 있는지 알 수가 없었지. 바닥에는 내가 흘린 피가 흥건하게 고여 있었고, 그 피 위에 우리 두 사람이 누워 있었어. 그녀의 표정은 더없이 평온해 보였지. 두번째 수색대가 들이닥친 뒤에야 나는 내가 아직 살아 있다는 것을, 그리고 그녀는 이미 죽었다는 것을 알 수 있었어. 수색대에 끌려가며 나는 그녀를 위해 시를 읊었지. "이때에 서로 바라보기만 할 뿐 소식 전하지 못하니,/달빛 따라 님의 곁에 흘러 비추기를 원한다/기러기 멀리 날지만 달빛을 넘지 못하고/물고기 잠겼다

솟았다 하지만 물에 파문만 일으킬 뿐/어젯밤 쓸쓸한 강가에서 꽃 지는 꿈을 꾸었는데/불쌍하게도 봄이 다 가도록 집에 돌아가지 못하네此時相望不相聞 願逐月華流照君 鴻雁長飛光不度 魚龍潛躍水成文 昨夜閑潭夢落花 可憐春半不還家." 내가 중국어로 시를 읊조리자, 무슨 말인지 모르던 남조선 병사들이 개머리판으로 내 머리를 쳤다네. 그리고 나는 정신을 잃었다네. 그 집에서 나는 그녀에게서 천 그램이 넘는 피를 수혈받았다네. 나는 지평리에서 그렇게 살아남았다네. 그녀는 죽고 나는 살아남았다네.

어라, 저기 나비가 날아오르는군. 이제 슬슬 봄이 찾아오는 모양이야. 나는 벌써 십 년째 여기에 앉아서 점을 봐왔다네. 점이라는 건 간단해. 눈으로 나비를 보고 입으로 봄이 온다고 말하는 일이야. 온몸과 온 마음을 열고 뜨겁게 세상을 바라보거나 귀를 기울이는 일이야. 왜 사람들은 책에 씌어진 것이라면 온갖 거짓말을 다 늘어놓아도 믿으면서 사람이 말하는 것이라면 때로 믿지 못하는 것일까? 인간의 운명과 역사란 결국 지금 이곳에서 일어나는 일들에 온몸과 온 마음으로 귀를 기울이는 일이라는 걸 알지 못하고 텔레비전과 라디오에서 흘러나오는 말에만 빠져 있는 것일까? 몸소 역사를 겪어온 사람들은 한결같이 뿌넝숴라고 말해도, 역사를 만드는 자들은 거기에다 논리를 적용해 앞뒤를 대충 짜맞추고는 한 편의 그럴듯한 이야기를 만들어내지. 바로 그런 이야기를 학생들은 학교에서 공부하고 사람들은 기념관에 가서 구경하지. 한 번도 의심해보지 않고, 지평리전투에서 인민지원군은 공세적으로 퇴각했다고, 서울에서 주도적으로 철군했다고 말하지. 그건 자네가 읽는 역사책도 마찬가지일 것일세. 서로는 서로를 괴뢰군이라고 부르고 서로는 서로를 격멸했다고 말하고. 그런 역사책은 하나도 의심하지 않고 믿으면서 내가 이런 말을 하면 거짓말이라고 내 얼굴에 침을 뱉지. 고작 일백 년도 지나지 않아 휴짓조각으로 버려진 믿음을 최고의 가치로 여기고 내게 마구 발길질을 하지. 그게 바로 자신이 사내라고 믿는 세상의 모든 남자들이 하는 일이지. 왜냐하면 내 손이 바로 진실을 말해주니까. 역사책에 나와 있지 않은 진실을 말해주니까. 이제 알겠는가? 봄에는 왜 나비가 날아오르는 광경을 바라보면서 꿈을 꿔야만 하는지? 나비가 날아오지 않고 찾아오는 봄은 없는 거야. 책에 씌어진 얘기가 아니라 두 눈으로 보이는 것에 대해 얘기하게나. 두 눈으로 보이는 그 광경이 무엇을 뜻하는지 온몸으로 말해보게나. 뿌넝숴. 뿌넝숴. 그런 말이 터져나올 때까지 들려주게나. 도저히 말로 설명할 수 없는 이야기, 자네가 아는 한 세상에서 가장 믿기 어려운 얘기들을 내게 말해보게나. 그럼 자네가 어떤 사람인지, 어떤 운명을 타고났는지 내가 말해줄 테니까. 책에 씌어진 얘기 말고. 자네가 몸으로 겪은 얘기. 뿌넝숴. 뿌넝숴. 그 말이 먼저 나올 수밖에 없는 얘기. 말해보게나. 어서. 어서.

거짓된 마음의 역사

1888년 3월 13일 샌프란시스코

존경하옵고 친애하는 조지 워싱턴 브룩스 씨에게

한동안은 바다만 바라보고 지냈습니다. '어디를 봐도 끝이 없는 푸른빛, 가벼운 바람과 물결이 이는 소리, 어마어마한 파도', 월트 휘트먼의 시구처럼 연신 포말을 일으키며 서로의 영역을 넓히기 위해 해변과 투쟁을 벌이는 바다를 보며 저는 '두려움 없이 운명을 다하는' 일에 대해 생각했습니다. 동부 보스턴 출신인 제게 바다란 폭이 상당히 넓은 국경선에 불과했습니다. 지난 몇 세기에 걸쳐서 수많은 유럽인들이 대서양을 바라보며 상상력을 펼쳤으니 그 결과물이 바로 자유의 제국 미합중국입니다. 대서양은 이제 우리에게 아주 명백한 바다가 됐습니다. 하지만 샌프란시스코에서 귀하의 연락이 오기만을 기다리며 매일 바닷가를 거닐어보니 세상에는 아직 프런티어가 되는 바다도 있다는 걸 알겠습니다. 프런티어란 기회의 땅이 아니겠습니까? 기회의 땅에서는 상상력이 가장 센 자가 승리하는 법입니다. 바다와 육지의 경계선에서 살아가는 생물들을 지켜보면 세상의 모든 프런티어가 그곳에 거주하는 생물을 얼마나 강하게 만드는지 깨달을 수 있습니다. 우리 역사가 이를 증명합니다. 저는 그런 예를 여기서도 발견했습니다. 매년 봄, 사리가 최고조에 달하면 이곳 서부 해안으로는 색줄멸이라는 물고기떼가 파도를 타고, 갈 수 있는 한 가장 먼 해변까지 거슬러올라가 알을 낳는데, 이게 아주 장관입니다. 이 바다생물은 다음 썰물 때 알이 파도에 쓸려가지 않도록 하기 위해 자신들이 상상할 수 있는 가장 먼 경계선까지 밀고 올라가는 모험을 벌이는 셈입니다. 이런 점에서 색줄멸은 강한 물고기입니다.

미지의 프런티어를 두고 상상할 수 있는 능력에서 보자면 색줄멸보다 조금 더 나은 생물이 바로 중국인들입니다. 이곳에 와서야 저는 중국인들이 샌프란시스코를 금산金山, 즉 'Golden Mountain'이라고 부른다는 사실을 알게 됐습니다. 짐작하시겠지만, 1848년 제임스 마셜이 새크라멘토에서 발견한 작은 광물 덕분입니다. 북극이 나침반의 바늘을 잡아채듯 황금은 인간을 끌어당깁니다. 이것은 만유인력처럼 동양과 서양 모두에 적용되는 원리입니다. 샌프란시스코에만 해도 팔만 명에 가까운 중국인들이 '아시아의 쓰레기'니 '저질 인종'이니 하는 악담을 들어가면서 모여 사는데 이게 다 샌프란시스코를 황금의 산이라고 상상했기 때문입니다. 그리하여 새끼를 보호하기 위해 최대한 육지 쪽으로 올라와 알을 낳는 물고기들처럼 중국인들도 자신들이 아는 세계의 끝까지 찾아오게 된 것입니다. 색줄멸보다는 내륙으로 조금 더 들어오긴 했지만, 이교도들의 상상이 뻗어갈 수 있는 범위는 거기까지입니다. 노예선을 떠올리게 하는 화물선 흘수선 아래 3등 객실에서도 꿋꿋이 버티던 중국인들이건만, 대개 신대륙이 멀찌감치 보일 때쯤이면 황금의 산이 있다는 샌프란시스코가 자신들이 떠나온 고국의 땅과 크게 다르지 않다는 사실을 알고는 크게 낙담한다고 합니다. 하지만 샌프란시스코 주정부가 중국인들에게는 채광조차 금지시켰다는 사실을 깨닫고 자신들을 가짜 황금의 산으로 끌어들인 중국 무역상들을 원망할 때까지는 그 실의의 마음을 조금 미뤄두는 게 좋을 것입니다.

하지만 이건 전적으로 황인종의 상상력이 물고기보다 조금 더 나아가는 수준에 그쳤기 때문이니 누굴 원망할 수 있겠습니까? 오늘날, 황금의 산이란 샌프란시스코의 금융가인 마켓 스트리트의 빌딩군입니다. 그 앞에 데려다놓아도 곡괭이를 어깨에 멘 왜소한 황인종들은 과연 황금의 산은 어디 있는가 하며 고개를 갸우뚱거리겠죠. 자유와 진보와 문명의 빛에 반짝이지 않는다면 제아무리 황금의 산이라도 소용이 없다는 사실을 그들은 모르고 있습니다. 그렇기 때문에 금전의 노예인 이 쿨리coolie들은 시에라네바다 산맥에서 인간 이하의 취급을 받으면서 철로를 건설할 때도 변변한 항의 한번 못한 것이겠죠. 색줄멸이나 중국인이나 눈이 없긴 매한가지입니다. 상상의 눈 말입니다. 에머슨의 말마따나 '성스럽고 고결한 마음'으로 이 세계를 바라보지 못한다면 그 눈에는 어떤 자유의 영상도 맺히지 않을 것입니다.

얼마 전에 세상을 등진 앨런 핑커턴은 어린 시절부터 제 영웅이었습니다. 제가 탐정이 된 데는 그의 영향이 큽니다. 고향 보스턴에 있던 그의 탐정사무소에는 '우리는 잠들지 않는다'라는 글귀가 굳은 맹세를 암시하듯 볼드체로 각인돼 있었습니다. 그건 언제나 두 눈을 부릅뜨고 지켜본다는 뜻입니다. 이는 곧 겉으로 보이는 현상의 내부에 감춰진 본질을 찾아낸다는 뜻이며 황막한 프런티어 속에 숨은 신세계의 질서를 꿰뚫어본다는 뜻입니다. 링컨 대통령의 대리인이자 격렬한 노예제 폐지론자인 핑커턴에게서 저는 현실에 존재하는 황금의 산이 아니라 모든 인간의 마음속에 감춰진 황금의 산을 봐야만 한다는 사실을 배웠습니다. 마켓 스트리트를 움직이는 것은 모든 인간의 마음속에 우뚝 선 바로 그 황금의 산입니다. 영원한 사랑이나 인간의 꿈, 혹은 자유의 제국 미합중국 등이 이에 비할 수 있습니다.

저를 믿고 이 사건을 의뢰하신 게 대단한 행운이라는 사실을 이제부터 보여드리겠습니다. 제가 찾아나서는 것은 단지 귀하의 사랑을 납득하지 못하고 은자의 나라로 숨어든 귀하의 약혼녀만은 아닙니다. 제게는 모든 인간의 소망을 실현시키는 위대한 상상력의 소산인 미합중국을 이방의 땅에서 찾아내겠다는 야망이 있습니다. 그 여인이 있는 곳이 '은자의 나라'라고 하셨습니까? 언제나 부릅뜬 마음의 눈으로 이 세계를 바라보는 자에게 은자의 나라란 없습니다. 단지 문명의 나라와 야만의 나라가 있을 뿐입니다. 상상의 지평을 세상 끝까지 뻗칠 수 있는 자에게는 태평양도 폭이 넓은 국경선에 불과합니다. 아아, 아메리카의 노래가 들려옵니다. 형형색색의 송가가 들려옵니다. 한 여인이 저를 기다리고 있습니다. 우리 미국인은 언제나 상상의 힘으로 두 눈을 부릅뜨고 세상 모든 곳을 지켜봅니다. 휘트먼이 적절히 표현한 바와 같이 캘리포니아 해변에서 서쪽을 바라보며 지치는 일 없이 묻고 또 물어 아직 찾아내지 못한 것을 우리 미국인은 끝끝내 찾아낼 것입니다. 마지막으로, 이제 출발이 임박한 상태인데 아직도 두번째 송금분이 오지 않아 본격적으로 일을 시작할 수 없습니다. 보내셨는지 모르지만 혹시 아직 송금하지 않으셨다면 늦어도 3월 하순까지는 이곳 하이버니어 뱅크로 보내주시기 바랍니다. 행운이 늘 함께하기를.

1888년 4월 2일 샌프란시스코

존경하옵고 친애하는 조지 워싱턴 브룩스 씨에게

예상액에 훨씬 모자라는 액수이긴 하지만, 어쨌든 보내주신 수표는 안전하게 잘 받았습니다. 귀하의 염려만큼 돈을 잃을 일이 없음에도 불구하고 제 불편을 고려해 나머지 돈을 요코하마의 그랜드호텔로 보냈다고 하니, 아무튼 대단히 감사합니다. 하지만 제가 탐정이라는 사실을 기억하신다면 제 직업적 자긍심에 약간의 상처를 입혔다는 사실 정도는 짐작하시리라 믿습니다. 각설하고 지금까지 조선으로 향하는 배편에 오를 날만 기다리느라 여간 지루하지 않았는데, 이제 본격적으로 일을 시작할 수 있다니 벌써부터 온몸이 근질거립니다. 세상을 바꿔놓은 책 『상식』에서 토머스 페인은 미국이 독립할 시기임을 알리기 위해 이렇게 부르짖었습니다. "이제 떠날 시간이다!" 저도 부르짖습니다. "나도 그렇노라!"

미 감리교 선교부 소속으로 여러 차례 조선에 선교사를 파견한 경험이 있는 이곳 샌프란시스코의 원로 찰스 H. 파울러 감독에게 이것저것 여쭤본바, 얼마 전까지 태평양 항로를 오가던 정기 기선으로는 베이징호와 오세아닉호가 있었으나 워낙 허술했던지라 지금은 그 운항이 정지됐다고 합니다. 현재 수배할 수 있는 가장 유력한 선박으로는 캐나디언 퍼시픽 철도회사 소속의 화물선인 포트 오거스타호가 있습니다. 삼 년 전에 건설을 완료한 캐나디언 퍼시픽 철로 부설공사에 종사했던 쿨리들을 계약대로 본국에 송환하기 위해 특별히 마련된 배편으로 요코하마를 경유, 상하이에 입항한다고 합니다. 중국인들과 항해해야만 한다는 사실이 썩 마음에 들지 않지만 지금으로서는 별다른 도리가 없습니다. 저는 요코하마에서 하선해 도쿄에 있는 로버트 S. 머클레이 박사를 만나볼 계획입니다. 파울러 감독의 말에 따르면 조선의 사정에 관한 한 가장 해박한 지식을 자랑하는 사람이라니 은자의 나라에 거주하는 정직한 조너선들, 즉 우리 미국인들의 사정에 대해서도 들어보고 도움을 얻을 만한 조선인들도 소개받을 작정입니다. 요코하마에서는 나가사키까지 기차로 이동해 거기서 제물포까지 운항하는 일본우편선박회사의 히고마루호를 타면 된다고 합니다. 샌프란시스코에서 요코하마까지는 대략 이십삼 일, 요코하마에서 나가사키까지는 이 일, 나가사키에서 최종 목적지인 제물포까지는 대략 삼 일이 소요된다고 하니 최소한 이십구 일은 지나야 제가 은자의 나라로 입국할 듯 보입니다.

이 항해에서 문제가 되는 것은 한 가지뿐입니다. 그러니까 오 년 전, 워싱턴에 모인 전문가들이 본초자오선이 통과하는 그리니치의 대척지인 태평양 바다 한가운데로 경도 180도를 뜻하는 국제날짜변경선을 그었다는 사실이죠. 이를 염두에 둔다면 실제 항해 기간에서 하루가 추가됩니다. 어제 보내주신 수표를 현금으로 바꾼 뒤, 온갖 금융기관이 빼곡히 들어선 마켓 스트리트를 걸어가며 이 활기가 과연 어디서 비롯하는가를 따져보다가 문득 저멀리 대양의 한가운데 그어졌을 그 상상의 선에 대해 곰곰이 생각해보게 됐습니다. 그건 세계의 뒤편에 그어진 상상의 선입니다. 그런 상상의 선이야말로 세계사의 고랑을 일구는 보습과 같은 것입니다. 루이지애나 매입, 멕시코 전쟁, 유니언 퍼시픽과 센트럴 퍼시픽의 대륙횡단철도 연결 등 숨가쁜 역사적 사건 이후를 살아가는 평균적인 미국인으로서 저는 상상이 어떻게 문명의 지평을 넓혀가는지 잘 알고 있습니다. 미합중국의 '명백한 운명'이란 궁극적으로 나머지 세계 대부분을 포함하는 거대한 자유제국을 지리학적으로 상상할 수 있을 때 실현됩니다. 이제 우리는 남부를 재건했듯이 세계의 다른 모든 변방을 재건해 위대한 미합중국의 시대를 만들어갈 것입니다.

저는 존 찰스 프리몬트와 찰스 프로이스가 발간한 '오리건과 북부 캘리포니아 지도'야말로 우리 시대 미합중국의 이념을 가장 정확하게 구현한, 이 세기 최고의 예술작품이라고 생각합니다. 그 지도에는 시련에 굴하지 않고 그 무엇보다 '성스럽고 고결한 마음'으로 프런티어를 개척해내는 용감한 시민들만이 상상할 수 있는 길, 오리건 통로가 표시돼 있습니다. 마켓 스트리트의 고층건물들을 바라보노라니 그 상상의 길이 이교도로 들끓던 야만의 풍경을 어떻게 정화시켰는지 똑똑히 알겠더군요. 이제 세계의 모든 곳이 뉴욕으로, 보스턴으로 바뀌고 있습니다. 이제 모든 인간들이 미국인으로 변화하고 있습니다. 미국인이란 자질을 충분히 발휘할 수 있는 모든 인간을 일컫는 보통명사가 됐습니다. 인디언이든 흑인이든, 아니면 극동의 은자든 모든 개인의 자질을 해방시키는 일이 바로 문명이라는 사실을 긍정할 때, 인류를 더 높은 차원으로 인도하는 야곱의 사다리는 그 모습을 드러냅니다. 지구의 반대편 바다 위에 그어진 경도 180도선이라는 건 이제 그 상상의 빛, 문명의 빛, 진보의 빛이 이 세계를 균일하게 비추게 됐다는 사실을 뜻합니다. 이제 제가 그 경도 180도선을 넘어 야만의 땅으로 들어가겠습니다. 편지에 제 신념이 어쩐지 마음에 거슬린다는 점을 완곡하게 표현하셨더군요. 미합중국의 이념을 야만의 땅에서 실현시키려는 제 생각 때문에 일이 꼬일까봐 걱정되십니까? 물론 제가 할 일은 은자의 나라에 가 있는 한 여인을 다시 미합중국으로 데려오는 일이라는 걸 압니다. 하지만 그 여인에게 영원한 사랑을 상상할 수 있게 만드는 일은 야만인들에게 새로운 미합중국을 상상하게 만드는 일과 마찬가지입니다. 상상은 그 모든 것입니다. 은자의 나라로 사라진 귀하의 약혼녀는 귀하를 사랑하지 않는 게 아니라 그 사랑을 상상하지 못하는 것뿐입니다. 휘트먼이 「이방의 땅에게」라는 시에서 뭐라고 말했습니까? '그대들이 이 신세계의 기묘함을 납득할 것과/미국과 미국의 건강한 민주주의를 정의할 무엇을 찾는다기에/나 그대에게 내 시를 보내노니/그대가 원하는 것을 거기서 찾을 수 있으리.' 휘트먼의 시심만 있으면 이방의 땅에서 우리는 원하는 것을 찾을 수 있습니다. 제가 데려오겠습니다. 닻지 양을 반드시 데려오겠습니다. 브룩스 씨는 예복이나 준비하시면 되겠습니다. 행운이 충만하고 사업이 번성하기를!

1888년 5월 1일 요코하마

친애하는 조지 워싱턴 브룩스 씨에게

지금 저는 미리 약속한 대로 요코하마 외국인 거류지 20번지에 있는 그랜드호텔에 머물고 있습니다. 일단 지금까지의 상황을 먼저 알려드리겠습니다. 여기서 이런저런 정보를 많이 얻었지만, 그건 다음 편지에 말씀드리겠습니다. 왜냐하면 지금 저는 아직까지 정상적인 몸을 회복했다고 볼 수 없기 때문입니다. 불행하게도, 혹은 예상치 못하게도, 쿨리들처럼 대서양 너머에 황금의 산이 있을 것이라고 믿었던 멍청한 스페인의 건달 바스코 누녜스 데 발보아가 발견한 바다, 태평양은 무역풍이 다스리는 적도 부근에나 어울리는 이름일 뿐, 그 밖의 해상에는 다른 이름을 붙이는 게 옳을 듯합니다. 센트럴 퍼시픽을 타고 서부에 도착할 때까지만 해도 저는 그 평화로운 이름의 바다가 이 정도일 줄은 상상도 못했습니다. 하데스가 포세이돈의 도움을 받아 지옥의 호구를 늘릴 작정이었다고 해도 그런 폭풍을 만나지는 못할 것입니다. 이번 운항으로 포트오거스타호는 한 번도 태평양 항로를 항해해본 경험이 없었다는 점, 궂은 날씨에 통제력을 잃어버리고 우울증에 빠져 선장실에서 한 걸음도 나오지 않은 스코틀랜드인 선장에게는 모험보다는 요양이 필요하다는 점 등이 여실히 증명됐으나 그 대가는 실로 엄청난 것이었습니다.

폭풍우가 몰아치자, 선장을 대신해 조타기를 잡은 1등 항해사가 딴에는 중국인들을 배려한답시고 3등 객실 옆 선창에 있던 화물을 모두 다른 곳으로 옮기라고 지시했는데, 그게 도리어 아주 치명적이었습니다. 배는 마치 물위에 뜬 풍선처럼 울퉁불퉁한 물마루 위에서 요동쳤습니다. 후갑판 1등 객실에서 여행한 우리들이 반죽음 상태였으니 갑판 아래 3등 객실의 중국인 노무자들은 더 말할 나위도 없었습니다. 중국인들은 나이 많은 순서대로 하나씩 죽어갔습니다. 살아갈 때보다 죽은 다음이 더 중요하다고 생각하는 그들은 노인들이 죽어나갈 때마다 노란색 가짜 지폐를 꽃잎이라도 되는 양 흩뿌렸습니다. 그 정신 사나운 꼴을 지켜보노라니 한심하기 짝이 없는 짓이라는 생각이 듭디다. 저승길에 나서는 데도 여비가 필요하다고 해서 그들은 가짜 돈을 뿌리는 것 같은데, 살아서는 황금의 산 같은 비현실적인 것을, 죽어서는 여비처럼 현실적인 것을 상상하는 이들의 세계는 물구나무를 선 모양입니다. 하지만 삶과 죽음의 경계를 넘나드는 일이 반복되다보니 그 일이 조금씩 제 마음을 달래는 듯한 느낌이 들더이다. 색줄멸의 수준이기는 하지만, 이들도 나름대로 영혼을 돌보기 위해 상상력을 동원하는 게 아니겠습니까? 평생 고난 속에 살아가다가 귀국선 3등 객실에서 처참하게 죽어가는 이들에게는 민주주의보다는 저승길 노잣돈을 상상하는 게 더 나을 것이라는 생각도 한편으로 들었습니다.

가벼워진 배가 아래위, 좌우로 미친듯이 흔들려 스크루가 헛돌고 몇몇 기관이 고장나는 사태에까지 이르자 배는 알류샨 열도 부근까지 밀려 올라가 표류하기 시작했습니다. 설상가상으로 갑판의 분위기는 흉흉했습니다. 죽음도 두려워하지 않던 중국인들이 건만 시신으로나마 고향에 돌아가지 못하는 일만은 참을 수 없었던 모양입니다. 선원들이 시신을 바다로 던져버리자, 그 와중에도 중국인들은 폭동을 일으킬 기세여서 저까지도 권총을 들고 3등 객실 출입구를 지켜야만 했습니다. 하지만 금산을 향해 떠날 때 이런 점까지 고려했었는지 계약서에도 시체만은 중국으로 송환시켜준다는 항목이 있었기 때문에 결국 이들의 요구에 승복, 소금을 뿌린 시체를 뱃전의 작은 보트에 채워넣는 것으로 타협을 이루긴 했지만, 배가 흔들릴 때마다 그 보트가 1등 객실 현창을 부술 기세로 달려와 여간 끔찍하지 않았습니다. 저는 우리가 스틱스 강을 건너왔는가 했더니, 그게 아니라 용왕의 바다였던 모양입니다. 마침내 후지 산의 모습이 보이자, 중국인들은 일제히 갑판으로 몰려와 이번에는 진짜 지폐를 바다에 흩뿌리기 시작했습니다. 중국인들은 바다에 용왕이 살고 있다고 믿습니다. 상상이 아니라 진짜로 믿습니다. 그렇기 때문에 거기에는 쉽게 거부하기 힘든 진실함이 있었습니다. 그러니까 저도 쿨리들과 마찬가지로 바다에 달러를 던진 게 아니겠습니까? 중국 용왕이 엉클 샘의 지폐를 좋아할지 모르겠지만 말입니다.

저는 지금 무책임한 그 선장과 마찬가지로 육체적으로, 또 정신적으로 요양이 필요한 처지가 됐습니다. 당분간은 그랜드호텔에서 정보를 수집하며 몸을 다스릴 작정입니다. 하지만 문제는 몸과 마음이 아닙니다. 지난번 샌프란시스코에서 받은 편지에서 요코하마의 그랜드호텔로 수표를 보냈다고 하셨는데, 이곳에 도착한 지 벌써 닷새째지만 아직도 수표는 오지 않았습니다. 무슨 착오가 생긴 것은 아닌지요? 설상가상으로 저는 용왕에게 너무 무리하게 감사의 표시를 한 모양입니다. 이런 예상치 못한 상황으로 인해 귀하의 약혼녀를 데려오는 일에 차질이 생길까봐 두렵습니다. 제게 이 일을 의뢰하면서 브룩스 씨는 닷지 양의 마음을 돌릴 수만 있다면 지옥에라도 가겠다고 말하지 않았습니까? 하데스의 지하세계를 지나온 사람은 바로 접니다. 이제 결실을 맺을 날이 머지않았습니다. 그럴 리야 없겠지만, 혹시 송금을 잊으셨을 수도 있으니 다시 한번 확인을 부탁드립니다. 아니, 그렇게 돈이 없단 말인가라고 의아해하실 수도 있지만, 이 일을 시작할 때 받았던 선수금으로는 이스트먼 건판 필름회사에서 최근 생산한 롤 카메라 코닥을 구입했다는 사실을 기억하셔야 합니다. 그건 닷지 양이 브룩스 씨의 품안에 안기기 전에 사진으로나마 먼저 그 여인의 모습을 볼 수 있게 하려던 제 소박한 배려 때문이었습니다. 제물포로 가는 뱃길에서 또 그런 폭풍우를 만난다면, 이번에는 이 카메라를 던지는 수밖에 없습니다. 한번 더 확인을 부탁드립니다. 안녕히 계십시오.

1888년 5월 26일 나가사키

조지 워싱턴 브룩스 씨에게

블라디보스토크에서 오는 소형 기선 히고마루호를 기다리는 사이에 편지를 보냅니다. 도쿄에서 보낸 나날은 우울의 연속이었습니다. 불운하게도 저는 향수병에 걸리고 말았습니다. 그 이유는 간단합니다. 도쿄에는 긴자라는 번화가가 있습니다. 1872년 큰 화재를 당한 뒤, 이 거리는 붉은 벽돌건물로 재건됐습니다. 이 너른 길의 양옆으로는 벚나무가 가로수로 심어져 있어 꽃잎이 흩날리는 봄날에는 그 풍취가 대단합니다. 하지만 긴자에는 상상력이 없습니다. 이 거리는 보스턴이나 뉴욕의 거리를 흉내낸 것에 불과합니다. 미합중국의 상상력이 어쩌면 동아시아에는 적용될 수 없을지도 모른다는 사실을 이처럼 극명하게 보여주는 예도 없을 것입니다. 이 가짜 앞에서 진짜를 향한 제 향수병이 발병했습니다. 그 통에 마음을 다스리느라 도쿄에서 예상외로 많이 머물렀습니다. 제 마음을 달랜 것은 붉은 벽돌건물이 즐비한 긴자도, 일본 역시 서구에 뒤떨어지지 않는다는 사실을 건축학적으로 표현한 로쿠메이칸도 아니었습니다. 제 마음은 시간의 흐름에 따라 우에노 공원 산책길을 차례로 점령하던 벚꽃과 복숭아꽃과 배꽃, 이슬비를 맞으며 촘촘히 서 있던 칸에이지寬永寺의 검은 비석들, 신사의 나무 울타리를 따라 서 있던 대나무의 그 깃털 같은 금빛 이파리 등에 의해 치유됐습니다. 물론 제가 도쿄에서 오래 미적거린 데는 귀하가 보내셨다는 수표가 여태 도착하지 않은 까닭도 포함됩니다.

요코하마의 외국인 거류지에서 저는 머클레이 박사의 소개로 송이라는 조선인과 친분을 쌓았습니다. 조선 정부의 전직 관리였다는 송은 제 카메라에 큰 관심을 보였습니다. 송은 자신이 서울에서 사진관을 운영했다며 조선에 들어가면 자신과 함께 국왕 일가의 전속 사진사로 일하면서 큰돈을 벌 수 있을 것이라고 말했습니다. 하지만 송의 관심사는 낯선 미국인을 궁궐로 끌어들이는 위험천만한 일을 무릅쓰는 것보다는 제 카메라를 손에 넣는 데 있는 것 같았습니다. 비밀스러운 점이 많아 처음부터 신뢰가 잘 가지 않는 자였는데, 결국 일본 정부는 그를 암살미수 혐의로 추방시켰습니다. 송이 조선 정부를 전복시키려다가 삼 일 만에 실패하고 일본으로 망명한 어느 젊은 혁명가를 암살하기 위해 파견된 자객임이 밝혀졌기 때문입니다. 우리로 치자면 찰스 섬너와 프레스턴 브룩스에 비유할 수 있을 듯합니다. 뼛속 깊이 노예제를 반대한 찰스 섬너에게 모욕을 당한 앤드루 버틀러를 대신해 그의 조카 프레스턴 브룩스가 상원 회의실에 앉아 있던 섬너에게 어떤 폭력을 행사했는지는 기억하시겠죠? 진보된 인류의 모습을 절대로 상상할 수 없는 작자가 저지른 그 야만적인 폭력 사건만 생각하면 지금도 분노가 치밀어오릅니다. 지금으로서는 조선의 정세를 잘 모르는 까닭으로 송 역시 그처럼 비열한 자인지 자세히 알 도리는 없습니다. 어쨌든 그런 비밀임무를 띠고 들어온 까닭인지 추방되기 전까지 송에게는 현금이 많았습니다. 그래서 여비가 모자란 저는 서울에 들어가면 롤필름을 빼낸 카메라 본체를 송에게 넘기기로 약속하고 돈을 빌렸습니다.

송이라는, 이 비밀투성이 조선인에게 빌린 돈으로 제물포까지 가게 됐으나 그다음부터는 또 어떻게 해야만 할지 눈앞이 캄캄합니다. 이 편지를 쓰기 전에 저는 요코하마의 그랜드호텔에 전보를 쳐서 미합중국에서 제 앞으로 편지가 배달되면 제물포에 있다는 타운센드 상사로 다시 보내달라고 부탁해놓았습니다. 대단히 어려운 상황인데도 왜 귀하가 갑자기 이토록 불성실한 태도를 보이는지 의아스럽지만, 그건 다 저 대양 탓이라고 해둡시다. 저는 오늘 오후에 히고마루호에 승선해 고토 열도와 쓰시마 섬을 지나 조선의 항구로 들어갈 것입니다. 연락이 필요하다면 제물포의 타운센드 상사 전교로 해주십시오. 이만.

1888년 6월 3일 제물포

브룩스 씨에게

나는 지금 제물포에 있는 코리아호텔의 썩 괜찮은 살롱에 있습니다. 제물포에서 제가 머무는 숙소는 최근 시트를 모두 새로 교체

한 서구 양식의 대불호텔이지만, 황혼이 서쪽 바다를 물들이기 시작하는 시간부터는 늘 이 살롱에서 죽치고 있습니다. 왜냐구요? 터키어와 아랍어는 물론 조선어와 일본어에 이르기까지 이 지구상의 모든 언어를 유창하게 구사하는, 이 세상에서 가장 매혹적이고 가장 세련되고 가장 교양 있는 헝가리 처녀가 카운터 너머로 건네는 술잔을 외면할 사내는 이 세상에 없을 테니까요. 더구나 날짜변경선을 넘어 극동의 작은 왕국까지 왔다가 빈털터리가 돼버린, 외롭고 쓸쓸한 젊은 사내라면 더 말할 나위가 없습니다. 그래서 나는 마지막 돈을 다 털어 오늘도 술을 마십니다. 방금 내가 이 편지를 쓰노라니 그 처녀가 뭘 쓰느냐고 묻더군요. 마음이 변한 여인에게 작별의 편지를 보낸다고 하니 이 교양 넘치는 처녀는 이런 소네트를 줄줄 읊습디다. "그대의 모습은 나와 함께, 그대의 마음은 다른 곳에/그대의 눈동자 속에는 그 어떤 증오도 살아갈 수 없으므로,/나는 그대의 변심을 알아낼 수 없다오./다른 사람들의 얼굴로는 거짓된 마음의 역사가/찌푸린 눈살과 우거지상과 언짢은 주름으로 씌어진다지만,/그대라는 피조물 안에 깃들인 하늘은/그대의 얼굴에는 늘 달콤한 사랑이 함께하기를 명령한다오."

요코하마의 그랜드호텔로 보낸 편지가 오늘 이곳 제물포에 도착했습니다. 당신의 편지를 읽고 나니 무척 당혹스러운 기분이 들었습니다. 링컨 대통령과 앨런 핑커턴이 당신네 가문과 그다지도 깊은 악연이었단 말입니까? 나는 정말이지 당신이 프레스턴 브룩스

와 친척관계라는 걸 꿈에도 생각하지 못했습니다. 젠장, 성이 같은데도 전혀 눈치채지 못했습니다. 참 여러 가지로 실수를 저질렀군요. 나는 단지 야만의 땅으로 떠나며 새로운 미합중국을 상상하고 싶었을 뿐, 당신과 당신의 집안을 모욕할 생각은 없었음에도 불구하고…… 음, 당신이 다시 한번 이 점을 고려하면 좋겠으나, 시간상으로나 거리상으로나…… 당신의 그런 결정을 되돌리기에는 이제 너무나 늦었다는 점, 설사 마음을 돌린다고 하더라도 우편선의 왕래에 걸리는 시간을 고려하면 지금 내게는 아무런 소용이 없다는 점, 또한 그러는 와중에 나는 거지꼴로 은자의 왕국에서 버림받는 처지가 되리라는 점 등을 부인하기는 어렵게 됐습니다. 음, 이런 식으로 얘기하면 내 선의를 믿어줄지 모르겠지만, 제물포까지 여행하면서 들은 얘기 중에 이런 게 있습니다. 미합중국 군대가 공식적으로 조선에 처음 건네준 선물이 뭔지 아십니까? 바로 다 마시고 난 배스Bass 맥주병 열 개입니다. 1871년 아시아함대 사령관인 로저스 소장이 이끄는 원정대는 배로 찾아온 세 명의 조선 관리에게 선물로 빈병 열 개를 줬습니다. 뉴욕에서 듣기에는 총신을 이빨로 씹어먹은 아프리카 고릴라에 대한 얘기처럼 황당하겠지만, 그 얘기가 허풍이 아니듯 이런 일이 실제로 벌어졌습니다. 극동에서 빈 유리병은 친밀감을 나타내는 아주 좋은 선물이라 보이들에게 빈병을 팁으로 주기도 합니다.

그런데 빈병을 그냥 줄 수가 없으니 군인들은 보스턴에서 발간

되는 에브리 새터데이지에 싸서 조선 관리의 가슴에 안기고는 기념사진을 찍었습니다. 이게 바로 빈 배스 맥주병을 가슴에 안고 선 조선인의 모습을 담은, 그 유명한 사진입니다. 그런데 이 사진에는 흥미로운 게 하나 있습니다. 사진에 실린 에브리 새터데이 1면에는 "모든 민족은 개인과 마찬가지로 도덕적 책임감을 가지고 행동하라"고 주장한 찰스 섬너의 사진이 크게 실려 있었던 것이죠. 우리가 은자의 나라에 선물로 줘야만 하는 것은 바로 이런 사상입니다. 하지만 조선인들은 이 사상을 받아들이지 않았습니다. 그 결과, 로저스 소장이 이끄는 다섯 척의 원정대는 조선의 호랑이 사냥꾼들과 맞서 소소한 승리를 거두기는 했지만, 결국 퇴각하고 말았고 극동에서는 미국 군대가 조선에 패했다는 소문이 돌았습니다. 조선인들은 왜 친구로 지내자고 손을 내미는 미국인을 내치는 것일까요? 선천적으로 은자의 기질을 타고나서 그런 것일까요? 여기서 지켜본바, 그건 아닙니다. 이들은 은자들이 아니라 상처 입은 짐승들입니다. 그래서 가까이 다가가면 당장이라도 죽어버릴 듯 울부짖는 것입니다. 도대체 누가 이 선량한 야만인들에게 상처를 입혔단 말입니까? 그 사람은 바로 프레스턴 씨입니다. 무슨 느닷없는 얘기인가 싶겠지만, 프레스턴 씨가 맞습니다. 물론 당신과는 친척 관계라는 프레스턴 브룩스가 아니라 W. B. 프레스턴이라는 사람이죠.

1866년 운동 삼아 제너럴셔먼호라는 범선을 타고 다니던 프레스턴은 텐진, 즈푸 등지를 오가다 은자의 나라 북부 도시 평양에 가면 왕릉이 순금으로 되어 있다는 중국인들의 허풍(중국인들이 샌프란시스코를 금산이라고 부른다는 점을 기억하십시오)을 말 그대로 믿고는 중무장한 채로 강을 거슬러올라가기 시작했습니다. 찰스 섬너가 모든 인종이 동등한 하나의 인간, 즉 진정한 미국인이 되는 것을 상상한 것에 비하면 프레스턴의 상상은 저열하기 그지없었습니다. 그 저열한 상상에 걸맞은 대가를 프레스턴은 치렀습니다. 그 이태 전, 링컨 대통령의 충실한 군인이었던 윌리엄 셔먼 장군이 바다로의 진군을 통해 남부 서배너를 해방시켰다면 제너럴셔먼호는 죽음으로의 진군을 감행한 셈이었습니다. 제너럴셔먼호는 불타버리고 프레스턴을 비롯한 선원들은 모두 살해됐으니까요. 아시겠습니까? 다 죽었단 말입니다, 모조리. 국무성이 북경 주재 미국공사 로와 아시아함대 사령관 로저스 소장에게 조선 원정에 나서라고 해 다섯 척의 함대가 조선으로 향한 것은 이 사건 때문입니다. 히고마루호의 독일인 선장에게서 이 얘기를 전해들을 때, 내 마음이 어땠는지 아십니까? 미국인 역시 황금의 산을 상상한다는 사실에 수치심을 느꼈습니다. 그다음에 그런 생각이 들더군요. 어쩌면 우리는 저마다 자신이 처한 상황에서 프런티어를 상상하는 것일지도 모른다. 그 점에서는 미국인이나 중국인이나, 심지어는 색줄멸이나 매한가지다. 그런 자괴심이 들었기에 나는 프레스턴을 진심으로 증오했습니다. W. B. 프레스턴 말입니다. 당신과 친척이라는 프레스턴 브룩스가 아니라. 나는 이런 종류의 사람입니다. 그런데도 내가 당신과 당신 집안을 모욕했다고 생각합니까? 내가 링컨 대통령과 앨런 핑커턴을, 또한 재건된 미합중국을 언급한 까닭은 당신과 같은 남부 출신들을 얕잡아봐서가 아닙니다. 나는 미합중국의 본질이 무엇인가를 묻고 싶었던 것입니다. 당신은 어떻게 생각하십니까? 당신이 상상하는 미합중국은 프레스턴의 나라입니까, 섬너의 나라입니까? 서로 처한 입장에 따라 당신이 상상하는 나라와 내가 상상하는 나라가 서로 다를진대, 그렇다면 미합중국이란 실재가 없는 허상에 불과하단 말입니까? 당신은 이 세계가 어떻게 구성되는지 전혀 이해하지 못합니다. 남부연합의 그 멍청한 정치인들과 마찬가지입니다. 닷지 양을 사랑하기는 합니까? 그것도 혹시 망상에 불과한 것은 아닙니까? 제기랄. 나는 지금 조수 간만의 차가 삼십 피트에 달해 용감한 미합중국 군대도 상륙작전에 실패한 극동의 작은 왕국에 와 있는데, 돈은 이제 다 떨어졌단 말입니다. 까놓고 얘기합시다. 한 여인을 미합중국으로 데려가는 일을 할 뿐인데, 그게 양키면 왜 안 된단 말입니까? 어쨌든 당신의 영원한 사랑을 증명하기만 하면 되는 일인데, 뭐가 그렇게 복잡하단 말입니까? 모쪼록 다시 한번 생각해보시면 좋겠습니다. 애당초 나는 당신과 당신의 가문을 모욕할 생각은 전혀 없었습니다. 나는 우리가 속한 나라에 대해, 그 나라의 이념에 대해 말했을 뿐입니다. 하지만 이 지경에 이르고 보니 그게 또다른 황금의 산은 아닌지 의심스럽군요. 하여 나는 내일 서울로 들어갈 계획입니다. 제게는 이제 밀린 호텔비를 갚을 능력도 없다는 것이 확실해졌으니 말입니다. 당신과 닷지 양의 사랑을 증명할 길은 단 하나뿐이라는 걸 명심하십시오. 행운이 아직 남아 있기를.

1888년 6월 27일 서울

조지 워싱턴 브룩스 씨에게

저는 조선에 있는 미국공사관 존 L. 파커 서기관이라고 합니다. 최근 조선의 수도인 서울에서 모종의 사건이 벌어졌는데, 이 사건에 귀하의 대리인이 연루돼 소식을 전합니다. 이번 달 초순부터 조선인들 사이에서 유언비어가 돌기 시작했습니다. 내용은 외국인들이 조선 아이들을 납치해 잡아먹거나 약으로 만들고 아이들의 눈알을 이용해 사진을 인화한다는 것이었습니다. 주중미국공사관에서 보낸 외교행낭을 통해 1860년 톈진에서도 비슷한 유언비어로 인해 외국인을 상대로 한 폭동이 벌어졌다는 사실을 알았으므로 공사관측에서는 조선 정부에 엄중 대처할 것을 경고하는 한편, 조선에 거주하는 미국인들에게는 외출을 삼가고 부득이한 경우 자위권을 행사할 것을 통고했습니다. 덕분에 유언비어는 곧 가라앉았고 외국인들이 입은 피해는 거의 없었는데, 유일한 예외가 있다면 바로 귀하의 대리인인 벤저민 스티븐슨입니다.

벤저민 스티븐슨은 6월 4일 도보로 제물포를 출발해 그다음날 아침 서울의 성문 안으로 들어왔습니다. 먼저, 이상한 유언비어가 나도는 상황이었으나 기본적으로 조선인들이 외국인 개개인에게는 호의적이라는 점을 알려드립니다. 벤저민 스티븐슨이 걸어가는 동안, 호기심 많은 조선인 몇몇이 그를 따라붙기는 했으나 물리적인 충돌은 없었습니다. 문제는 벤저민 스티븐슨이 언덕을 다 내려와 미국공사관 쪽으로 방향을 틀었을 때 일어났습니다. 그 지점에서 벤저민 스티븐슨은 조선인 아버지가 아이를 구타하는 광경을 목격했습니다. 조선에서는 흔하게 일어나는 일이었지만, 미국인에게는 쉽게 이해할 수 있는 일이 아니지요. 하지만 대개 이방의 도시에서 거주하는 외국인은 원주민의 일에 관여하지 않는 것이 보통이고 그게 또 예의인데, 벤저민 스티븐슨의 인류애는 좀 남달랐던 모양입니다. 벤저민 스티븐슨은 뜻하지 않은 분쟁에 대비한다는 당연한 생각으로 들고 있던 사진기로 그 광경을 촬영한 뒤, 그 야만적인 폭행을 말리려고 했습니다. 짐작하시겠지만, 사진기와 아이가 관련된 유언비어가 가라앉지 않았던 당시로서는 이건 대단히 위험한 행동이었습니다. 벤저민 스티븐슨이 그 조선인으로부터 아이를 떼어놓았을 때, 모여 있는 일단의 조선인들이 벤저민 스티븐슨에게 달려들었습니다. 벤저민 스티븐슨은 육십 피트가량 도주하다가 집단적으로 얻어맞은 뒤, 정신을 잃었습니다. 더 좋지 않은

건, 넘어지면서 그의 얼굴이 시궁창에 처박혔다는 점입니다. 이 때문에 벤저민 스티븐슨은 말라리아에 걸렸습니다.

벤저민 스티븐슨은 현재 조선 국왕의 지원을 받는 한 병원에 입원중입니다. 이 병원은 미국인 의료 선교사들이 운영하고 있습니다. 따라서 크게 염려하지 않아도 될 것입니다. 이 병원에서 간호사로 일하고 있는 엘리자베스 닷지 양에 따르면 심신이 꽤 쇠약한 상태이긴 하지만 빠르면 이 주일 안에 걸어다닐 수 있을 정도까지 병이 나을 것이라고 합니다. 그렇긴 해도 현재로서는 병색이 완연한 스티븐슨 씨의 간곡한 부탁으로 그를 대신해 이 편지를 보내게 됐습니다. 지금이라도 귀하의 사랑을 증명할 마음이 있다면 서울의 미국공사관으로 보내는 지급우편에 귀하의 상상력을 보여달라는 말과 함께, 조금 더 늦어지면 은자의 나라에 있는 자신이 몸소 상상의 무한한 힘을 보여줄 수밖에 없다는 말을 꼭 덧붙여달라고 스티븐슨 씨는 말했습니다. 귀하를 대신해 이방의 나라에서 봉변을 당한 병자의 빠른 쾌유를 빌어주시기 바랍니다.

1888년 10월 17일 서울

존경하옵고 친애하는 조지 워싱턴 브룩스 씨에게

잘 지내시는지요? 브로드웨이에도 지금쯤은 가을 햇살이 드리워지는지요? 오랜만에 연락을 드리게 됐습니다. 미국공사관의 파커 씨가 저를 찾기에 가봤더니 귀하께서 보낸 편지가 도착해 있더군요. 너무 늦게 도착한 수표와 함께 말입니다. 미국공사관을 나오는데 가을 하늘이 얼마나 드높던지 저도 모르게 걸음을 멈추고 올려다봤습니다. 브룩스 씨, 저는 가을 공기에서 후추 냄새가 풍기는 은자의 나라에 있습니다. 그런데 브룩스 씨, 조선에 사는 제게 미합중국의 수표가 다 무슨 소용이 있겠습니까? 이처럼 멋진 하늘이 있는데 말입니다. 귀하는 정말 이 세계가 어떻게 움직이는지 아무것도 모릅니다.

그간 제가 어떻게 지냈는지 궁금하실 테니 근황을 알려드리겠습니다. 여기서 저는 요코하마에서 만났던 송과 함께 국왕 일가를 비롯해 왕실의 이모저모를 사진에 담는 왕립사진관을 운영하고 있습니다. 조선 국왕은 사진을 찍을 때마다 늘 같은 표정으로 늘 같은 자세를 취합니다. 하지만 예전의 사진과 인화한 사진을 비교해보면 그 안색에서 뭔가가 조금씩 저문다는 사실을 느낄 수 있습니다. 가을볕이 조금씩 스러지는 것처럼. 그럴 때면 제가 지금 대단히 위태로운 나라의 국왕을 사진에 담고 있다는 걸 새삼 깨닫게 됩니다. 그런 깨달음이 쌓여가면서 그 얼굴이나 이 나라에 비낀 불안함을 이해할 수 있는 마음이 조금씩 생겨났습니다.

사방이 성벽으로 둘러쳐진 이 중세풍의 도시는 성벽 안에서 바라볼 때 그 진가를 보여줍니다. 성벽 바깥에서는 제아무리 상상해도 그 광경을 떠올릴 수는 없습니다. 미국인들이 보기에는 아무짝에도 소용없을 것 같은 물건들로만 즐비한 상점가 앞을 가득 메운 흰 두루마기 차림의 사람들, 성문을 닫을 시간이면 낮은 초가집이 즐비한 도시에 은은하게 울려퍼지는 종소리, 남자들이 통행금지가 되는 저녁이면 마술에서 풀려난 것처럼 거리로 쏟아지는 여인들, 시궁창 속에서도 가을하늘처럼 티 없이 맑은 웃음을 지으며 뛰어노는 벌거벗은 아이들과 그만큼 더러운 개들, 가끔씩 야경꾼들이 두들기고 지나가는 막대 소리에 겹쳐 들려오는 다듬잇돌 소리와 개구리 우는 소리…… 조용한 밤의 한가운데서 멀찌감치 이런 저런 소리가 들려오는 밤이면 저는 병원에서 돌아온 착한 아내를 위해 휘트먼의 시를 읊습니다. "일찍이 붐비는 도시를 스치며 나는 훗날을 기약해 그 풍경, 그 건물, 그 풍습, 그 전통을 머릿속에 새겨 넣었지만,/이제 와 내가 그 도시에 대해 기억하는 것이라고는 거기서 우연히 만나 사랑으로 나를 감금시킨 한 여인일 뿐." 해가 뜨고 해가 지고, 달이 뜨고 달이 지도록 우리는 함께했으니 다른 것은 모두 잊은 지 오랩니다. 내가 시를 읊으면 아내는 〈소박한 선물〉이란 노래로 화답합니다. 이 소박한 선물, 이 편안한 선물, 마침내 얻게 된 선물. 저는 그 선물을 마음껏 누리고 있습니다.

태평양을 건너오는 동안, 제 인생에서 하루가 사라졌습니다. 제물포에서 귀하의 편지가 오기만을 기다리면서 술 취해 있는 동안, 저는 문득문득 그 하루에 대해 생각하곤 했습니다. 제 인생에서 사라진 하루, 그 하루는 도대체 어디로 간 것일까요? 그리고 그 며칠 뒤, 저는 조선인들에게 두들겨맞아 사선을 넘나드는 지경에까지 이르렀습니다. 그 꼴을 당하고 나니 갑자기 영원한 사랑이라든가, 인간의 꿈이라든가, 자유라든가, 진보라든가 그런 것들이 죄다 사라진 그 하루와 같은 것은 아닐까 하는 의심이 들더군요. 어떤 점에서 귀하의 미합중국과 제 미합중국이 절대로 하나일 수 없는 상상의 소산에 불과하듯, 은자의 나라에서 찾은 제 진실한 사랑 역시 사라져버린 그 하루 같은 것일지 모릅니다. 하지만 그래서 어쩌란 말입니까? 제 인생에서 실제로 하루가 사라졌든 아니든, 우리가 진짜로 사랑하든 그렇지 않든, 그런 것은 중요하지 않습니다. 이 세계는 상상하는 대로 구성된다는 점이 중요합니다.

우리는 조선에서 잘살고 있습니다. 귀하가 믿는 사랑이 어떤 것인지는 모르겠으나 굳이 날짜변경선을 넘어 이 먼 동아시아까지 직접 오실 필요는 없습니다. 와봐야 귀하가 찾는 엘리자베스 닷지 양은 여기에 없습니다. 다만 엘리자베스 스티븐슨 부인이 있을 뿐입니다. 이곳에서 우리는 늘 전날의 몸으로 다음날을 살아갑니다. 이곳이 왜 은자의 나라인지 아십니까? 총칼을 앞세우고 여기로 찾아온다고 해도 말릴 생각은 없습니다만, 우리를 찾지는 못할 것이기 때문입니다. 왜냐하면 인간은 자신이 상상한 것만을 볼 수 있을 뿐인데, 이곳에서 살아가는 우리에 대해 귀하는 그 무엇도 상상할 수 없을 테니 말입니다. 제 인생에서 사라져버린 그 하루를 생각하면 누구도 온전한 존재로 날짜변경선을 넘어올 수는 없는 게 아닌가 하는 생각이 듭니다. 부디 행운을 빕니다.

다시 한 달을 가서
설산을 넘으면

1

나는 이렇게 썼다. "122행의 앞 세 글자는 빠져 있다. 빠진 글자를 순서대로 추정하자면, 121행의 마지막 글자 포捕에서 시작해야 한다. 고대 한어에서 '捕'자는 포蒲자와 같은 글자다. 이 글자 다음에 빠진 글자를 추정하려면 123행의 자蔗자를 고려해야만 한다. '蔗'자 앞에는 희미하게 지워진 글자가 있는데, 남아 있는 형태로 봐서 이 글자는 감甘자가 확실하다. 감자甘蔗란 인도에서 나는 사탕수수를 뜻한다. 사탕수수는 작물의 이름이다. 이는 120행의 '土地宜大麥小麥 全無黍粟及稻', 즉 '땅은 보리와 밀에 알맞고, 기장·조·벼는 하나도 없다'라는 문장과 부합한다. 그러니까 120행부터 123행까지는 건타라국建馱羅國의 작물을 다루고 있다. 다시

121행의 포蒲자로 돌아가면 이다음에 올 글자는 도桃자나 도陶자가 거의 확실하다. '포도'라는 단어는 라틴어 'botrus'를 음사해서 만들었다. 이 단어의 자취는 현대 영어에도 'botryoid', 즉 알알이 맺힌 포도송이와 같은 형태를 뜻하는 형용사에 남아 있다. 음사한 탓에 '푸타오'라는 발음에 해당하는 단어들이 번갈아가며 사용됐다. 그래서 초기에는 포도蒲桃, 蒲陶가 모두 포도를 지칭하는 단어로 쓰였다."

독서등 불빛에 기대 읽는 각주는 흐릿했다. 그는 이렇게 생각했다. '蒲'자는 '蒲'자와 통한다. 따라서 이다음에 올 글자로는 '桃'자나 '陶'자가 합당하다. 하지만 그중 어떤 글자를 썼느냐는 혜초만이 알 것이다. 우리는 그저 상상할 뿐이다. 몇 년 전 연애소설을 탐닉하던 당시 그가 낯선 주인공들의 삶을 떠올리고 그들이 일 년 뒤, 혹은 삼 년 뒤 어떻게 될 것인지 상상했듯이. 두 남녀가 만나 느닷없이 사랑에 빠지는 일은 세상에서 가장 진부한 일이다. 그들이 어떻게 될지는 누구나 쉽게 추정할 수 있다. 별다른 일이 없다면 결혼하게 될 것이고, 또 별다른 일이 없다면 아이를 낳게 될 것이다. 별다른 일이 없다면 함께 인생의 여러 가지 모습을 보게 될 것이고, 또 별다른 일이 없다면 한 사람의 죽음을 다른 사람이 지켜보게 될 것이다. 그러니까 별다른 일이 없다면. 그러니까 '蒲'자 다음에는 '桃'자나 '陶'자가 오는 게 당연하다고 여길 수 있다면. 하지만 그렇다고 해서 반드시 '蒲'자 다음에는 '桃'자나 '陶'자가 올 수 있는 것은 아니다. 마찬가지로 두 남녀가 사랑한다고 해서 결혼해 아이를 낳을 수 있는 것은 아니다.

그 구절에서 몇 행 앞으로 시선을 옮기면 다음과 같은 문장이 나온다. "其大勃律 元是小勃律王所住之處 爲吐蕃來逼 走入小勃律國坐 首領百姓在彼大勃律不來." 이는 '대발률은 원래 소발률의 왕이 머물던 곳이었는데, 토번이 내침하자 소발률로 도망친 왕은 거기에 눌러앉아버렸다. 수령과 백성들은 대발률에서 따라오지 않았다'라는 뜻이다. 역사적으로 볼 때 발률은 대발률과 소발률, 두 개의 나라로 나뉜다. 대발률은 지금의 인도 북부 발티스탄 지역에 있었는데, 전통적으로 인도에 속했다. 하지만 파키스탄 북부 길기트 지역에 있던 소발률은 세계의 경계였다. 동서남북 어디서 바라보든 이 지역은 그들이 아는 세계의 끝이었다. 소발률은 서쪽으로 아라비아인 대식국, 남쪽으로 인도인 천축국, 동쪽으로 티베트인 토번국, 북쪽으로 중국인 당에 접해 있었다. 페르시아를 물리친 뒤, 힌두쿠시 산맥을 넘어온 알렉산드로스가 마침내 도달한 세계의 끝도, 파미르 고원을 넘어온 고선지가 결국 이르게 된 세계의 끝도 바로 이 지역이었다. 혜초에게도, 이븐 바투타에게도 소발률은 마찬가지의 의미였다.

동양 문화와 서양 문화의 경계인 이 지역을 지나 계속 여행한 사람은 마르코 폴로다. 하지만 마르코 폴로가 실제로 소발률에 들어갔는지는 의심스럽다. 마르코 폴로는 『동방견문록』에 이렇게 썼다. "내가 여러분에게 말한 이 사흘 거리를 다 가면, 동북쪽과 동쪽 사이로 거의 사십 일 거리를 줄곧 산과 능선과 계곡을 지나고 수많은 강과 황야를 거쳐서 기행해야 한다. 이 사십 일 거리 내내 집도 숙소도 없기 때문에 여행자들은 스스로 음식을 갖고 가지 않으면 안 된다. 이 지방은 벨로르라고 불리는데, 사람들은 매우 높은 산에 사는 우상숭배자들로서 무척 야만적이며 오로지 짐승들을 사냥해서 먹고산다. 그들의 의복은 동물 가죽으로 만들어졌고, 그들은 힘이 세고 사악한 사람들이다." 한편 혜초보다 먼저 이 지역을 다녀간 현장은 『대당서역기』에 다음과 같이 썼다. "발로라국은 주위가 사천여 리나 되고 대설산 속에 있으며 동서는 길고 남북은 좁다. 맥류와 콩이 많고 금과 은이 나며 자금資金이 많아 나라가 넉넉하다. 날씨는 몹시 춥고 인품은 사납다. 인의仁義는 얄팍하고 예절을 무시하며 행동은 조잡하다. 의복은 가죽옷이고 문자는 인도와 대체로 같으며 언어는 다른 나라들과 다르다."

마르코 폴로와 현장이 기술한 내용은 『론리 플래닛』에 수록해도 될 정도로 정확하다. 1988년 길기트로 찾아간 그들은 곧 거기에는 금도 은도 없으나, 힘이 세고 사악한 사람들이 많다는 사실을 알게 됐다. 그리고 무엇보다도 길기트에서는 대설산을 볼 수 있었다. 그중에서도 가장 높은 대설산을 찾아가는 이방인들은 많았다. 최초로 이 대설산의 정상에 오른 사람은 독일의 헤르만 불이었다. 불은 이렇게 말했다. "며칠 후 나는 이 산기슭에 설치된 베이스캠프에서 텐트 앞에 누워 아픈 발을 돌보며 사천 미터보다 더 높은 쌍두봉을 몇 번이나 쳐다봤다. 그 쌍두봉 뒤에는 내가 기억하는 고지대의 만년설이 있다. 하늘을 향해 하얀 자락을 이루며 눈에 띄게 돋보였다. 나는 그 고지대의 만년설 상부를 나의 심안心眼으로 몇 시간 동안 살펴봤다. 그것은 내게 하나의 꿈처럼, 다른 사람들은 경험할 수 없는 꿈처럼 보였다. 이해할 수는 없지만 현실적인 꿈처럼 다가왔다."

헤르만 불은 잘 단련된 28세 청년의 몸으로 정상을 단독 등정해 며칠 뒤 40세의 늙은 몸으로 하산했다. 반쯤은 얼이 나가 있었다. 그는 자신이 한 일의 의미를 깨닫지 못했다. 왜냐하면 그건 꿈이었으니까. 매우 현실적인, 하지만 결코 이뤄질 수 없는 꿈이었으니까. 북위 35도 14분 32초, 동경 74도 35분 40초에 위치한, 높이 8,125미터의 이 대설산의 이름은 낭가파르바트이다. 낭가파르바트는 산스크리트어로 '벌거벗은 산'이라는 뜻이다. 문자는 인도와 대체로 같으며 언어는 다른 나라들과 다르다는 현장의 말 그대로 다른 지역과 달리 시나어를 쓰는 디아모로이 계곡의 주민들은 이 산을 '디아미르'라고 부른다. 이는 '산 중의 제왕'이라는 뜻이다.

방콕으로 향하는 비행기에 올라탔을 때부터 그는 머릿속에 떠오르는 것들을 죄다 수첩에 기록했다. 몇몇 사소한 고민거리들, 문득 떠오른 일들과 좀체 가라앉지 않는 의문들, 다른 사람들에게 말해주고 싶은 얘기들, 평생 단 한 번 스쳐지나가는 게 분명할 풍경들, 껌 한 통에 이르기까지 자잘한 구입 물품과 그 가격, 시간대별 이동 경로와 방법, 지금 그가 선 자리의 경도와 위도와 고도 등 안팎에서 벌어지는 모든 일들을 그는 짧은 단어와 다양한 기호로 이뤄진 불완전한 문장으로 남겼다. 그건 상당히 오래된 습관이었다. 그에게는 그런 수첩이 스무 권 가까이 있었다. 하루의 일정이 모두 끝나면 머리맡에 램프를 밝혀두고 수첩의 그 불완전한 문장들을 따로 준비한 공책에다 옮겨적었다. 여러 번 차를 끓여 마셔 입안이 텁텁해지도록 그는 그 일에 몰두했다. 해가 떨어진 뒤, 지루한 저녁시간을 보내는 데 그보다 더 좋은 일은 없었다.

새 공책을 사면 그는 언제나 공책의 표지 뒷면에 다음과 같은 릴케의 글을 적어놓았다. 대학교 입학시험을 준비하던 고등학교 시절부터 공책을 사면 으레 이 문장을 적었으니 언제라도 그 문장은 온전히 외울 수 있다. "결국 우리에게 필요한 것은 오직 용기다. 아주 기이하고도 독특하고 불가해한 것들을 마주할 용기. 이런 면에서 인류가 비겁해진 결과, 삶에 끼친 피해가 얼마나 큰지 모른다. '환상'이라고 하는 경험, 이른바 '영적 세계'라는 것, 죽음 등과 같이 우리와 아주 가까운 것들이, 예사로 얼버무리는 사이에 우리 삶에서 모두 사라져버렸다. 그러는 사이 그런 것들을 느끼는 데 필요한 감각들은 모두 퇴화되고 만 것이다. 신에 대해서는 말할 것도 없다." 릴케의 이 문장은 그가 왜 밤마다 그토록 오랜 시간을 들여 곱은 손에 입김을 불어가며 공책에다 글을 쓰는지 잘 말해줬다. 더이상 쓸 수 없을 때까지 계속 써나갈 때 그는 가닿을 수 있는 마지막 지점에 이르렀다. 그 지점에서 그의 문장은 굳게 입을 다물었다.

그리고 꿈은, 문장이 끊어진 자리에서 시작했다. 공책에 글을 써가는 동안에 그는 어떻게 시간이 흘러가는지 느끼지 못했다. 하얀 봉우리와 차가운 대기와 반사되는 빛의 시간은 강물처럼 끝없이 이어지지만, 인간의 시간은 때로 깊은 크레바스처럼 어두운 심연 속으로 빠져든다. 공책을 덮은 뒤에 그는 언제나 램프의 불을 끄고 침낭 속으로 들어갔다. 오래전부터 그는 그 꿈을 바라보고 있었다. 밤새 세찬 바람이 그의 잠 속으로 밀려들었다가는 다시 빠져나가는 동안, 그 침식된 경계에서 납득할 수 없는 몇몇 기억들이 일었다가는 사라졌다. 그 기억들은 때로 피어나는 철쭉처럼 한데 엉겨들기도 했고, 비 내린 다음날의 구름처럼 사방으로 흩어지기도 했다. 그러는 사이에 그는 몇몇 소망들을 모았다가는 다시 버렸다. 현실과 꿈의 경계에서는 늘 그런 일들이 벌어졌다.

그러므로 더이상 나아갈 수 없는 곳에서 조금 더 밀고 나가는 일에 대해서 그가 관심을 두는 건 당연한 일이었는지도 모른다. 그의 공책에 적혀 있는 바에 따르면 그들은 1988년 5월 26일, 경유지인 방콕에서 파키스탄 에어라인으로 갈아탄 지 네 시간 이십 분 만에 이슬라마바드 공항에 도착했다. 그날 저녁, 이슬라마바드에 있는 화이트 팰리스 호텔 객실 침대에 누워 그는 수첩에 적힌 "소발률의 그 왕은 어디로? → 시간이 나면 물어볼 것"이라는 문장을 바라보고 있었다. 그는 그 문장을 다음과 같이 풀어썼다. "검은 피부의 스튜어디스는 승객들에게 캔디를 권하면서 지나갔다. 무심코 받아들고 입에 넣었더니 너무 달았다. 이내 나는 캔디를 손바닥에 뱉었다. 승객들은 대부분 잠들어 있었다. 문득 궁금함이 생겨 가방에 넣어둔 『왕오천축국전』을 꺼냈다. 독서등을 밝혔더니 옆자리에 앉은 이가 몸을 뒤척였다. 나는 소발률로 도망쳤다는 그 왕의 다음 얘기가 궁금했다. H는 이렇게 주석을 달아놓았다. '동서남북의 모든 나라들이 소발률을 자신의 영역이라고 여겼다. 소발률에는 그리스와 페르시아와 아랍과 인도와 중국과 티베트의 문화가 혼재했다.' 모든 나라에게 소발률 너머는 이방의 땅이었다. 거기가 바로 지금 내가 가는 곳이다. 모든 게 혼재하는 곳, 수령과 백성을 버려두고 왕 혼자서 도망간 곳."

그는 언제나 진실과 거짓, 현실과 환상, 삶과 죽음이 뒤섞여 있는 곳에 매료됐다. 그러므로 현지 시각으로 새벽 한시 사십분에 이슬라마바드 공항에 도착했을 때, 그는 약간 흥분된 상태였다. 물론 얼굴이 붉게 달아오른 사람은 그 혼자만이 아니었다. 대원들은 히말라야 등반은 말할 것도 없고 해외원정 자체가 처음인 경우가 대부분이었다. 김포공항을 떠나올 때만 해도 히말라야의 만년설과 빙하를 상상했지만, 정작 이슬라마바드 비행장에서 그들을 기다리고 있던 건 몬순이었다. 온 세상을 떠내려가게 만들려는 듯 장대비가 쏟아져내렸다. 아직까지 서남아시아에서 한국인을 쉽게 찾아보기 어려웠던 시절이라 히말라야 원정대가 온다는 소식에 깊은 밤이었음에도 대사관 직원들이 나와 원정대원들을 환영했다. 몇 개의 등만 밝혀놓은 공항 로비에서 간단하게 환영식을 거행한 뒤, 현지 대행사 직원의 안내를 받아 이슬라마바드의 숙소인 화이트 팰리스로 가는 동안에도 원정대를 감싸던 기묘한 흥분 상태는 쉽게 가시지 않았다. 낡은 일제 20인승 버스는 창문을 열지 못해 후텁지근했다. 누구도 입을 여는 사람이 없었다. 모두들 어둠 속에서 상체를 꼿꼿이 세우고 앞쪽만 바라보고 있었다.

어두운 도로를 사십 분 정도 달린 버스는 반듯하게 구획이 나눠진 이슬라마바드로 들어섰다. 그는 소발률로 도망간 그 왕이 어떻게 됐는지 궁금해졌다. 『왕오천축국전』 122행에서 전해오지 않는 앞의 세 글자를 추정하는 데 그토록 공을 들였던 나였으나 소발률로 도망간 왕이 그 이후에 어떻게 됐는지에 대해서는 책에 아무런 언급도 하지 않은 때문이었다. 그가 나는 과연 알고 있을까 하는 생각을 할 즈음, 버스는 숙소에 도착했다. 그때까지 다른 짐은 통관절차를 마치지 못했으므로 사람들은 저마다 작은 배낭만 둘러메고 버스에서 내렸다. 호텔측에서는 현관문에다 무성의한 글씨체로 다음과 같이 써놓은 종이를 붙여놓았다. Welcome! The South Korean Nanga Parbat Expedition. 애당초 종이의 네 모서리마다 테이프를 붙여놓았겠지만, 오른쪽 아래 모서리의 테이프는 이미 떨어져나가고 없었다. 종이의 한쪽 귀가 습기 머금은 바람에 하늘거렸다. 호텔에 들어간 원정대장이 가장 먼저 한 행동은 그 종이의 문장 중에서 'South'를 삭제하라고 명령한 일이었다.

원정은 이슬라마바드에서 마이크로버스를 타고 북동부 길기트까지 이동하면서 시작됐다. 인도양의 열기를 머금고 북쪽으로 몰아치던 몬순은 고산에 막혀 더이상 골짜기를 빠져나가지 못했다. 몬순의 열기는 그대로 그의 몸으로 옮겨갔고 그는 몸의 어디에 그 많은 물들이 숨어 있는지 궁금해질 정도로 많은 땀을 흘렸다. 이따금 길은 끊어졌고 그럴 때면 마이크로버스는 길에서 벗어나 깊게 팬 하상河床으로 내려갔다. 마이크로버스는 금방이라도 전복할 것처럼 흔들렸다. 서로 엉겨붙은 머리카락의 끝에서 땀방울이 튀었다. 한번은 더이상 나아가지 못하고 버스가 멈춰 선 적도 있었다. 버스에서 내려 앞쪽을 살피고 돌아온 보조 운전사의 말을 들은 파키스탄 운전사는 곧바로 시동을 꺼버리며 소리쳤다. No Way! 그 말에 원정대원들은 다들 강가로 달려갔다. 하지만 누구도 손을 담그지는 않았다. 진회색 강물은 끓는 용암처럼 흐릿했다. 고향은 아주 멀리 있었고 이방의 강에 그들의 얼굴은 비치지 않았다. 그제야 자신들이 어디에 왔는지 깨달은 대원들을 태우고 버스는 다른 통로를 찾아 왔던 길을 되짚어나갔다.

길기트가 가까워지면서 길은 외길 낭떠러지를 따라 고도를 높이기 시작했다. 모퉁이를 돌아설 때마다 멀리 만년설을 뒤집어쓴 고산의 봉우리들이 두 눈에 들어왔다. 땀으로 범벅이 된 몸으로 바라보는 설산의 모습은 환각에 가까웠다. 봉우리는 결코 이뤄질 수 없는 꿈의 형상으로 보였다. 1988년 낭가파르바트 원정대는 수많은 난관에 부딪혔지만, 그 최초의 난관을 말한다면 아마도 몬순의 열기 속에서 올려다보던 하얀 봉우리들이리라. 사람의 발길이 닿지 않은 그 하얀 봉우리들은 여름밤의 뒤척이는 잠 속으로 밀려들었다가는 흔적도 남기지 않고 사라지는 꿈의 형상을 닮아 있었다. 완전히 잠들지도, 그렇다고 깨어 있지도 않은 그 어렴풋한 경계에서 간절히 원하지만 결코 가질 수 없는 그 꿈들은 우리 영혼을 유혹한다. 좌절을 모르는 그 꿈들은 자신을 갈구하는 인간들에게 그 모든 패배의 순간을 전가했다.

그 광경은 원정대를 침묵 속으로 밀어넣었다. 바라보는 것만으로 원정대는 자신들의 꿈에 압도당했으므로, 그리하여 그제야 자신들의 꿈이 얼마나 위대한 것인지 깨달았으므로. 설산의 봉우리를 앞다퉈 바라보던 시간이 지나고, 그 설산을 찬탄하고 감격하던 시간이 지나고, 이윽고 그 모든 말들이 끊어지고 말들이 끊어진 자리에서 대원들은 저마다 다른 곳을 바라봤다. 열어놓은 창문으로 쉬지 않고 바람이 밀려들었다. 그는 수첩을 펼쳐놓고 거기에 옮겨 적은 『왕오천축국전』의 문장을 거듭해서 읽었다. 눈썹과 머리칼을 타고 뚝뚝 흘러내리는 땀을 오른손으로 닦은 뒤, 더운 바람에 펄럭이는 수첩을 붙잡고 있노라면 손끝이 닿는 자리마다 잉크가 번졌다. 버스는 쉬지 않고 흔들렸으므로 글자가 번지지 않았더라도 그 문장을 이미 읽을 방법은 없었다. 그는 이미 그 문장을 다 외워버렸다. 從此已東 並是大唐境界 諸人共知 不言可悉.

그 문장은 총 227행 중 216행에 나왔다. '여기서부터 동쪽은 모두 당나라의 경계 안이다. 모든 사람들이 공히 아는 곳이니 굳이 말하지 않아도 알 수 있다.' 이 문장에서 나는 '실悉'자에 다음과 같이 주석을 달아놓았다. "'悉'자는 고대 한어에서 '알다'라는 뜻으로 사용됐다. 그런데 이 글자의 의미에는 다할 '진盡'자가 숨어 있다. '悉'자에는 알아낼 수 있는 모든 부분을 다 알게 됐다는, 그리하여 이제 더이상 이해하지 못할 바가 없게 됐다는 뜻이 담겼다. 혜초의 여행이 실질적으로 끝나게 된 것은 바로 여기서부터다." 만약에 길이 좋았더라면, 그래서 버스가 그토록 심하게 흔들리지만 않았더라면, 그래서 볼펜을 들고 그 문장의 여백에다 글을 쓸 수 있었더라면, 그는 다음과 같이 썼을 것이다. 패배는 내 안에서 온다. 여기에 패배는 없다. 마음을 서늘하게 하는 하얀 봉우리, 속옷까지 흠뻑 젖어들게 하는 더위, 진회색 강물로 섞여드는 맑은 물, 견딜 수 없을 정도의 목마름, 낮의 사물과 밤의 사물이 서로 자리를 바꾸는 시간, 형언할 수 없을 정도로 천천히 밀려드는 피로감, 물안개처럼 피어나는 습기 찬 이끼의 냄새, 여기에 좌절은 없다. 아마도.

길기트에서 하룻밤을 묵은 뒤, 원정대는 다시 캐러밴이 시작되는 타라싱을 향해 출발했다. 길기트에서 남서쪽으로 삼십 킬로미터 정도 떨어진 소읍 분지까지는 인더스 강을 따라 놓인 길이 어느 정도 괜찮았지만, 거기서 아스토르 다리를 이용해 인더스 강을 건넌 뒤부터는 유실된 곳이 매우 많았다. 그러니까 본격적인 캐러밴은 인더스 강을 건너면서부터 시작된 셈이다. 아스토르 다리를 건너자, 라키오트 방향으로 메르헨비제, 라키오트봉, 모렌코프, 실버자텔, 실버프라토, 실버암봉, 정상 등 낭가파르바트의 모습이 한눈에 들어왔다. 낭가파르바트가 가깝게 보이자, 원정대장은 흔들리는 마이크로버스 안에서 일어나 1988년 한국 낭가파르바트 원정대의 임무에 대해 역설했다. 분명히 의의가 아니라 임무라고 말했다. 그 꿈이 제아무리 압도적이라고 해도 원정대는 낭가파르바트를 '정복'해야만 했다. 아마도…… 어떤 희생을 치르더라도. 낭가파르바트를 정복하지 않고 다시 한국으로 돌아가는 일은 없을 것이라는 점을 원정대장은 여러 차례 강조했다.

하지만 그즈음, 그는 어렴풋이 눈치를 채고 있었다. 그러니까 꿈은 절대로 패배하지 않는다는 것을. 패배하는 것은 오직 인간뿐이라는 것을. 천신만고 끝에 도착한 타라싱에서 원정대의 짐을 베이스캠프까지 옮겨줄 저소低所 포터들을 모집하는 순간에도, 또한 터무니없이 부족한 예산 때문에 저소 포터들과 실랑이를 벌이는 순간에도, 결국 협상이 무위로 돌아가 타라싱 주위에 텐트를 치고 낭가파르바트를 그저 바라보면서 이틀을 보내는 동안에도 그는 그 생각에만 빠져 있었다. 그는 쉬지 않고 수첩에다 글을 썼다. 글을 쓰지 않아도 되는 순간이 찾아올 때까지. 원정대는 타라싱에서만 이틀을 허비했고 그만큼 예산을 더 초과했다. 원정대장은 초조해질 수밖에 없었다. 서울올림픽이 열리던 그해, 한국에서는 몇 개의 원정대가 조직돼 히말라야로 떠났다. 서울올림픽을 기념하기 위해 조직된 원정대였으므로 실패는 있을 수 없었고 그들은 모두 등정에 성공했다. 그러니까 1988년 한국 낭가파르바트 원정대만 제외하자면.

2

애당초 그에게는 많은 문장들이 있었다. 처음에는 그 문장들이 자신을 그토록 위로해주리라고는 그도 생각하지 못했다. 여러 날 고통에 가득찬 불면의 밤을 견디다못해 책을 읽다보면 잠이 오지 않을까 해서 소설을 펼쳤고 다음과 같은 문장을 읽게 됐다. "이제껏 카터는 어떤 상황에 부딪히더라도 모든 것을 쉽게 해결할 수 있었다. 그런데 지금은 주변의 다른 평범한 사내들보다 훨씬 어색한 모습으로 서 있었다. 이 아름다운 아가씨와 밖에서 따로 만날 기회를 만들어야 하는데 도무지 방법을 알 수 없었다. 그래서 지금까지 책에서 읽었거나 사람들에게서 들은 지식을 총동원해 여점원들의 성격이나 습관 등을 생각해내려고 머리를 짜냈다." 그는 세 번에 걸쳐서 그 문장을 큰 소리로 읽었다. 그러고는 책을 덮고 자신의 울음소리를 가족들이 듣지 않도록 이불을 뒤집어썼다. 그 사건 이후, 술에 취하지 않은 맨정신으로는 처음 운 셈이었다. "지금까지 책에서 읽었거나 사람들에게서 들은 지식을 총동원해"라는 부분에서 그는 소설 속 주인공이 꾸는 꿈을 짐작할 수 있었기 때문이다. 별다른 일이 없는 한, 그 꿈들은 그가 가졌던 꿈들과 크게 다르지 않았을 것이다.

느닷없이 터져나온 눈물은 마음을 한결 더 우울하게 만들었다. 울음을 터뜨리기 전까지만 해도 일어난 일을 부인하던 마음이 울음을 계기로 자신에게 일어난 모든 일을 사실로 받아들이는 것 같았기 때문이다. 총동원해. 그 문장을 통해 그는 세상에는 아무리 모든 것을 총동원해도 이뤄질 수 없는 꿈이 있다는 걸 납득했다. 눈물이 흐르고, 그다음에 우울이 지나갔으며, 마지막으로 그는 자신의 슬픔을 납득했다. 그런 일을 겪고도 자신은 살아남았으므로 또 뭔가를 배워야만 한다는 사실이 그를 괴롭히면서도 위로했다. 그렇게 해서 잠이 오지 않는 밤마다 그는 집에 있는 책을 한 권씩 읽어나가기 시작했다. 내용이나 주제가 무엇인지는 그에게는 중요하지 않았다. 중요한 것은 한때 자신도 지녔음직한, 소설에 나오는 순진한 기대나 막연한 소망의 문장들을 하나하나 버리고 자신에게 닥친 슬픔을 배워가는 일이었다. 이제는 그가 소유할 수 있는 삶이란 그런 것들뿐이었다. 하룻밤을 보내는 데에는 가로쓰기로 인쇄된 책이라면 두 권, 세로쓰기로 인쇄된 책이라면 한 권 반 정도가 적당했다. 그보다 적은 분량이면 어김없이 새벽을 뜬눈으로 지새워야만 했기 때문에 자연스레 그 속도가 원칙이 됐다. 그러는 동안, 그는 몇 개의 문장을 더 찾아냈다.

"나는 달리 어떻게 하면 될지 알 수 없는 상황에 빠졌소. 내가 당신과 결혼하기 전에는 당신이 내게 오지 않을 것 같아 나는 모든 것을 버리고 당신을 얻기로 결심한 것이오. 지금 우리는 다른 도시로 가는 길이오" 혹은 "'그런데, 결혼하면 어디로 갈 생각인가?' 목사가 다정하다고까지 할 수 있는 태도로 물었다. 듀란트는 흠칫 놀랐다. '이민 갈 생각입니다.' 그가 말했다. '캐나다로? 아니면 어디로?' '캐나다로 갈 것 같습니다.' '그래, 그거 아주 좋구먼'" 같은 문장들. 전에 읽었던 책도 있었고 사놓고서는 그냥 던져놓은 책도 있었으며 여동생이나 아버지가 산 책도 있었지만, 한 달 정도가 지나자 집에 있는 모든 책을 읽어버렸다. 밤에는 닥치는 대로 책을 읽고 낮에는 어두운 방에서 잠만 자는 그를 가족들은 그냥 내버려뒀다. 어차피 집에는 책이 그다지 많지 않았는데다가 뭔가에 빠져 있을 때 그에게 필요한 것은 거기서 다시 빠져나올 수 있을 만큼의 시간이라는 걸 알고 있었으니까. 그렇기 때문에 두 달 만에 그가 학교에 가봐야겠다고 말했을 때, 아침밥을 먹고 있던 식구들은 아침에 그를 볼 수 있어서 반갑다는 마음에 더해 이제 모든 게 다 지나갔구나는 생각을 하게 됐다.

그러나 그렇게 말하는 그의 손에는 도서대출증이 있었다. 도서대출증으로는 학교 도서관에서 두 권씩 열흘 동안 책을 빌릴 수 있었다. 그가 집을 나간 뒤, 그의 아버지가 여동생에게 물었다. 저 놈 머릿속에 도대체 무엇이 들어 있느냐? 수저를 들고 멍하니 그의 뒷모습을 바라보던 여동생이 말했다. 오빠 머릿속에 뭐가 들었는지는 모르지만, 오빠 학교 도서관에는 뭐가 들어 있는지 알아요. 그 말에 아버지는 말을 잊었다. 오빠 학교 도서관은 오십만 권의 장서 보유량을 자랑하죠. 여동생은 느릿느릿 말했고 아버지는 곧바로 밥맛을 잃어버렸다. 설마 그걸 다 읽겠다는 뜻은 아니겠지? 태어나서 지금까지 그를 가까이에서 지켜본 가족들의 의견에 따르자면, 그건 누구도 알 수 없었다. 가족들이 아는 한 그는 언제나 자신을 매료하는 게 있으면 거기에 한없이 몰두하고 탐닉했다. 이번에는 그게 책이라는 걸 가족들은 짐작할 수 있었지만, 그간의 행태로 봐서는 내버려두면 그는 다시 자신의 자리로 돌아왔다. 그 사실이 그에게는 치명적인 고통이라는 걸 알지 못했기 때문에 가족들은 그렇게 결론 내릴 수 있었고 다시 식사를 계속할 수 있었다.

교문 앞 아스팔트에 물이 뿌려져 있었기 때문에 그는 전날 시위가 있었음을 짐작했다. 학기중이었으니까 마음만 먹으면 친구들을 만날 수 있었겠지만, 그는 곧장 도서관으로 걸어갔다. 1986년의 캠퍼스라면 어디서나 규범에서 벗어나고자 하는 젊은 욕망들로 가득했다. 때로 그런 욕망은 캠퍼스를 진동시키는 구호와 함성으로 터져나왔지만, 그는 교문에서 도서관으로 이어지는 길만 밟고 다녔다. 그는 여전히 동서고금의 연애소설 속에 들어 있는 문장들을 통해 위안을 받았다. 도서관을 오가는 길에 친구들을 만나는 경우도 있었다. 가족들과 마찬가지로 친구들 역시 그가 왜 책만 들여다보는지 이해하지 못했다. 그에게 무슨 일이 일어난다는 사실은 짐작할 수 있었지만, 그게 정확하게 어떤 일인지는 그 누구도 몰랐다. 한번은 지나가다가 그를 만난 친구 하나가 그를 불러세워서는 실연했느냐고 물은 적이 있었다. 친구의 말에 그는 아직은 실연한 게 아니라고 대답했다. 친구는 한심하다는 듯이 그를 바라보다가 어깨를 툭 쳤다. 다 그러고 사는 거야. 친구의 말은 그가 읽는 소설 속 주인공들의 이뤄지지 못한 꿈만큼의 위안도 주지 않았다. 그가 아무런 반응도 보이지 않자, 친구는 그가 들고 있던 두 권의 책을 가리키며 "그런 따위의 책을 읽는다고……"까지 말하다가 입을 다물고 자리를 떠나버렸다.

그러나 가족들과 친구들의 우려에도 불구하고 그는 도서관에 있는 모든 책을 읽지 않았다. 그 얼마 뒤, 그는 더이상 '그런 따위의 책', 그러니까 연애소설 읽는 일을 그만뒀다. 그 계기는 아주 간단했다. 어느 날, 사서에게서 신청한 책을 건네받은 뒤, 학번과 이름을 적으려고 책 뒤에 꽂힌 도서대출카드를 꺼냈다. 그 순간, 그는 가슴이 철렁 내려앉는 느낌을 받았다. 도서대출카드에는 단 한 사람의 이름만 적혀 있었는데, 바로 여자친구의 이름이었다. 그제야 그는 신청한 책이 아닌 다른 책을 받았다는 사실을 깨닫게 됐다. 하지만 그는 그 책을 다시 돌려주는 대신에 도서대출증의 청구기호를 고친 뒤, 그 책을 들고 돌아왔다. 결국 그 책은 그의 원칙을 깨뜨린 첫 책이 되고 말았다. 매일 두 권의 책을 빌리기 시작한 이래, 처음으로 그는 반납 기한을 넘겼으며, 그다음에는 그 책을 잃어버렸다고 사서에게 말한 뒤 그녀가 시키는 대로 학교 앞 서점에서 같은 책을 사왔다. 물론 도서관의 책은 그에게 있었다. 반납된 날짜를 고려할 때, 그 책은 여자친구가 읽은 마지막 책일 가능성이 많았다. 그 책을 반납하고 며칠이 지난 뒤, 여자친구는 한강으로 투신해버렸으니까. 여자친구는 "부모님, 그리고 학우 여러분! 용기가 없는 저를 용서해주십시오. 야만의 시대에 더이상 회색인이나 방관자로 살아갈 수는 없었습니다. 후회는 없어"라는 내용의 유서만 남겼다. 처음 그 얘기를 들었을 때, 그는 여자친구가 죽었다는 사실을 자각하지도 못한 채 서운하다고만 생각했다. 그토록 사랑했다면 최소한 유서에다 자신에 대해서는 언급했어야 하는 게 아닌가. 유서의 어디에도 그의 흔적은 남아 있지 않았다. 여자친구에게 그는 은밀한 존재였거나, 아니면 아무런 의미도 없었음이 분명했다.

그로부터 아홉 달 동안, 그는 소설을 쓰는 데만 몰두했다. 물론 그는 오래전부터 수첩에다 자신에게 일어나는 모든 일들을 적은 뒤, 밤이면 그 수첩에 적힌 내용을 온전한 문장으로 고쳐쓰는 훈련을 해왔기 때문에 자신에 대한 글을 쓰는 일이 그다지 낯설지 않았다. 하지만 하루에 일어난 일들을 공책에 적어나가는 일과 소설을 쓰는 일은 많이 달랐다. 소설 안의 모든 문장은 서로의 인과관계에서 단 한순간도 벗어날 수 없었다. 개개의 문장은 모든 문장의 영향력 안에 있었다. 그 어떤 문장도 외따로 존재할 수 없었다. 짐작하겠지만, 그가 쓴 소설에는 그와 죽은 여자친구가 등장했다. 그는 자신과 여자친구에게 일어난 모든 일들을 문장으로 옮기려고 했으나, 처음에는 단 한 문장도 쓸 수 없었다. 억지로라도 문장을 써내려가기 위해서 그는 안간힘을 다 썼다.

오랫동안 등반일지를 써왔기 때문에 그는 그게 삶의 어떤 영역에 속하는지 잘 알고 있었다. 산악부에 들어간 신입생들은 가장 먼저 선배가 내미는 등산화에 가득찬 막걸리를 단숨에 들이켜는 법을 배웠고 그다음에는 등반일지를 작성하는 법을 배웠다. 대부분의 산악부원들은 등반일지를 쓰는 걸 달갑게 여기지 않았지만, 그는 점차 그 일을 즐기게 됐다. 산악부에 들어가서 처음 등반한 곳은 도봉산이었다. 그 당시만 해도 산악부의 규율은 군대를 방불케 할 만큼 엄격했다. 신입생이라면 새벽 네시까지 졸음을 참아가며 선배들이 권하는 술을 받아 마신 뒤 겨우 잠들었다가 해가 뜨면 선배들보다 먼저 일어나 2학년생들을 도와 밥을 지어야 했다. 그런 몸으로 선인봉에 매달렸기 때문에 온전히 버텨낼 수 없었다. 중간쯤 올라가니 육체적 한계에 도달했다는 느낌이 들었다. 몇 번이나 다시 생각해봤지만, 그 생각에는 변함이 없었다. 그럼에도 그는 결국 정상에 올랐다. 거기가 바로 육체적 한계를 넘어선 지점일 것이다. 그 지점은 어떤 사람의 등반일지에도 나오지 않는다. 현실과 꿈이 서로 뒤섞인 공간이라 어떤 논리도 거부하기 때문이다. 등반일지를 쓸 때, 그 지점을 이해하기 위해 안간힘을 쓰는 것처럼 그는 자신이 납득할 수 없는 여자친구와의 일을 이해하기 위해 거듭해서 문장을 고쳐썼다. 하지만 그가 결국 깨닫게 된 것은, 아무리 해도, 그러니까 자신의 기억을 아무리 '총동원해도' 문장으로 남길 수 없는 일들이 삶에서도 존재한다는 사실이었다.

글을 쓰는 동안에는 숙면을 취할 수 있었다. 새벽에 일어난 그는 도시락을 싸들고 학교 도서관으로 갔다. 1층 열람실 구석자리에 앉아서 그는 대학노트에다 소설을 쓰기 시작했다. 오십 분 동안 글을 쓰고 십 분 동안 휴식을 취했다. 문장은 몹시도 더디게 진행됐다. 인과관계에 어긋나는 일들은 문장으로 남기지 않았다. 소설이 점점 완성돼갈수록 소설 속 여자친구의 삶에서 자신이 점점 지워진다는 사실을 그는 깨달았다. 여자친구에게 현실의 그는 은밀한 존재, 혹은 무의미한 존재 중 하나였을 수 있겠지만, 소설 속에서 그는 분명히 무의미한 존재였다. 은밀한 존재는 현실의 인과관계에서 벗어나 있기 때문에 소설 속의 문장으로는 들어올 수 없었다. 자신이 쓰는 소설 속에서 그는 조금씩 지워지고 있었다. 자신이 간절하게 원했던 꿈이며 그럴듯하게 보였던 미래며 삶의 목적이 되었던 몇몇 순간들이 하나씩 사라졌다. 그와 여자친구 사이에 일어났던 모든 일들은 오직 그 마지막 순간, 그러니까 여자친구의 투신에 논리적으로 부합되느냐 아니냐에 따라서 문장으로 남길 것이냐, 그러지 않을 것이냐가 결정됐다. 하여 둘이 사랑했던 모든 순간들은 그가 쓰는 소설에서 사라졌다. 결국 그가 쓸 수 있는 문장들은 등반일지에 적는 것과 같은 것들, 식사의 시기와 장소와 종류, 혹은 그날 불어온 바람의 세기와 방향, 그것도 아니라면 만난 장소와 대화를 나눈 시간 등이 다였다. 그러니까 그와 죽은 여자친구가 서로 소통하지 못했던 부분만 빼고, 소통할 수 있었던 것들만 문장으로 쓸 수 있다면 그게 다였다.

도서관 밖에서는 연일 확성기를 동원한 집회가 계속 이어졌고 오후가 되면 교문 밖으로 진출하려는 시위대를 막아선 전경들이 쏘아대는 최루탄 터지는 소리가 들렸지만, 그는 구석자리를 지키고 앉아서 자신이 봐도 재미없기 짝이 없는 소설을 쓰고 있었다. 한번은 시위대 중 한 명이 도서관으로 들어와 학생들이 붙잡혀가고 있으니 도와달라고 호소했다. 그의 호소에 대부분의 학생들은 술렁거렸지만, 그런 순간에도 그는 오직 소설에만 열중했다. 소설 속의 두 주인공은 충분히 불행했다. 그 소설만 보면 그와 여자친구는 서로 사랑했다고 볼 수 없었다. 둘 사이에는 최소한의 인간적인 교류도 없었다. 그들은 그저 마주앉아서 다른 생각에 잠겨 있었을 뿐이다. 그들은 현실에서 한 발자국도 벗어나지 못했고 꿈을 공유한 적도 없었으며 나란히 서서 같은 곳을 바라보지도 않았다. 소설 속에서는. 그러니까 1986년 그가 쓰던, 그 재미없는 소설 속에서는. 건국대 사태, 금강산 댐 소동, 김일성 사망설 등은 그다음 해에 벌어질 한 시대의 종말을 예고하는 들끓음이었지만, 그런 열기도 그만은 피해갔다. 소설을 쓰면 쓸수록 그는 그 누구와도 소통할 수 없는 존재로 변해갔다.

소설을 다 쓴 뒤, 그는 편지 한 장을 썼다. 수신인은 학교를 졸업한 산악부 선배였다. 그가 산악부에 발길을 끊은 지는 일 년이 다 되어가고 있었다. 편지에다 그는 이렇게 썼다. 말할 수 없는 이유로 산악부에 나가지 않았던 지난 일 년 동안, 자신은 반드시 히말라야에 가겠다는 꿈을 키웠다. 그 꿈을 위해 자신은 충분히 체력 단련을 했다. 산악부 OB들을 중심으로 내년에 고줌바캉 원정대를 꾸린다는 소식을 들었다. 가능하다면 자신도 훈련대원이 되고 싶다. 경험이 부족하기는 하지만, 최종 원정대원에 선발될 자신이 있으니 기회를 달라. 쉽지 않은 부탁이라는 걸 잘 안다. 하지만 자신은 꼭 히말라야에 가고 싶다. 선배는 편지를 받자마자 그에게 연락해왔다. 그를 만난 자리에서 선배는 지난 일 년 동안, 그가 어떻게 지냈는지 전해들었다고 했다. 네가 소설을 쓴다는 소문이 파다하더구나. 형도 학교 다닐 때는 시를 쓰셨잖아요. 너무 몸만 움직이면 좋지 않으니까 정신적인 일을 좀 한 거죠. 실연 때문은 아니고? 아직까지는 실연한 게 아니에요. 그냥 인생의 밑바닥에서 조금 지냈을 뿐이에요. 거기도 환하더라구요. 그게 다예요. 그다음에는 혼자서 체력단련을 했어요. 도서관 구석자리에 앉아서? 경험이 부족한 것 같아서 이런저런 책들을 읽었어요. 인간성에 대해서 아직까지는 희망을 버리지 않고 있으니까. 그걸 이해하지 못하면 우리는 외딴섬이나 마찬가지 존재죠. 그의 말에 선배는 아무런 대꾸도 없었다.

눈이 있으면, 이라고 선배는 말을 꺼냈다. 네 꼴을 한번 보라구. 지금 네 몸에게 가장 어울리는 곳은 소파나 침대야. 히말라야가 아니고. 히말라야는 잊어버리고, 혹시 등단하게 된다면 술이나 사라. 고줌바캉은 내게 맡기고. 선배는 술을 들이켜며 말했다. 그는 고개를 숙이고 중지 첫 마디에 굳은살이 생긴 오른손을 내려다봤다. 소설을 써보니 자일을 잡을 때와는 굳은살이 잡히는 자리가 달랐다. 1학년 겨울방학에 산악부에서 설악산에 동계등반을 갔었어요. 그때만 해도 형이 얼마나 무서웠는지 몰라요. 신입부원들 사이에서는 형이 무서워서 몰래 도망가려던 애도 있었어요. 그때 등산화를 텐트 바깥에 내놓고 잠을 잤다고 해서 형에게 얻어터진 적이 있었죠. 때리고 나서 형이 신입생들에게 물었어요. 아프냐? 우린 당연히 안 아픕니다, 라고 소리쳤고요. 그때 형이 그랬어요. 아프면 그 아픔을 고스란히 다 느끼라고. 아픈데도 아프지 않다고 말하는 것은 거짓말이다. 왜 그런 거짓말을 하는가 하면 죽기 싫어서다. 그래서 눈물은 조롱거리가 되고 아픔은 비난받고 두려움은 무시되며 믿음은 당연하다고 여긴다. 하지만 산악인은 그 모든 것을 있는 그대로 받아들이는 사람이다. 그게 설사 죽음이라고 하더라도. 진정한 산악인은 그 모든 거짓말에 맞서기 위해 산에 오른다. 기억력이 좋구나. 하지만 듣고 보니 내가 한 말이 아니다. 형이 한 말이 맞아요. 그때 형이 무서워서 몰래 도망가려고 했던 신입생은 나였어요. 하지만 나는 도망가지 않았잖아요. 형의 그 말을 듣는 순간, 나는 진짜 산악부원이 됐던 거예요. 너는 거짓말에 쉽게 속는 사람이구나. 그건 형도 마찬가지라고 생각해요. 지난 일 년 동안, 나는 체력훈련을 해왔어요. 오직 히말라야에 가기 위해서 말입니다. 꼭 가고 싶어요. 훈련대원이라도 괜찮아요. 나는 테스트를 통과할 테니까. 망신이나 당하지 않으면 다행이다. 고마워요, 형. 그는 선배의 손을 덥석 잡았다. 선배는 뜨악한 표정이었다.

일일훈련, 야간 산행훈련, 주말훈련을 모두 빠지지 않고 그는 참가했다. 불어난 몸과 둔해진 몸놀림 자체가 이미 망신이었기 때문에 나이가 많아도 한참 많은 선배들에게 뒤처진다고 해도 그다지 신경쓰지 않았다. 중요한 건 하루라도 빨리 몸을 만들어 최종 원정대원에 선발되는 것이었다. 다행히 직장에 다니는 선배들에 비해서 연습할 수 있는 시간이 많아 두 달 정도가 지나면서 그는 어느 정도 예전의 체력을 되찾을 수 있었다. 원정대원을 선발하는 마지막 동계훈련은 이듬해 2월, 울릉도 성인봉에서 있었다. 서울을 떠나기 전, 자신이 쓴 소설을 어떻게 할까 하다가 그는 여자친구가 마지막으로 도서관에서 빌려본 책을 떠올렸다. 그 책의 곳곳에 여자친구는 밑줄을 그어놓았는데, 그중에는 다음과 같은 문장도 있었다. “풍속이 지극히 고약해서 혼인을 막 뒤섞어서 하는바, 어머니나 자매를 아내로 삼기까지 한다. 파사국에서도 어머니를 아내로 삼는다. 그리고 토화라국을 비롯해 계빈국이나 범인국, 사율국 등에서는 형제가 열 명이건 다섯 명이건, 세 명이건 두 명이건 간에 공동으로 한 명의 아내를 취하며, 각자가 부인을 얻는 것은 허용하지 않는다.” 투신하기 전에 줄 친 문장치고는 기이하기만 했다. 그는 그 책 『왕오천축국전』을 옮기고 주석을 단 사람에게 자신의 소설을 우송하기로 마음먹었다. 그는 자신이 소설에 쓰지 않은 나머지 일들은 모두 히말라야로 가져갈 작정이었다. 고줌바캉 원정대에 선발되기만 한다면.

제2차 동계훈련에서 돌아와 집에 있는데 어느 날 산악부 선배가 그에게 전화를 걸어 고줌바캉 원정대원 선발에서 그가 떨어졌다고 통보했다. 그가 아무런 대꾸도 하지 않자, 선배는 나지막이 미안하다고 말했다. 너는 아직 젊으니까 지금이 아니더라도 히말라야에 갈 기회는 많을 거야. 괜찮아요. 아마도 내가 나쁜 마음을 먹고 있어서 히말라야가 오지 말라고 하는 모양이네요. 나쁜 마음이라니?

선배가 소리 높여 물었다. 너 혹시? 그런 선배의 귀에다 대고 차마 사실은 히말라야에서 죽고 싶어서, 라고 말할 수는 없었다. 경로사상이 부족하니 다음에 오라는 뜻인가보네요. 주마링도 잘 못하는 늙은이들 제치고 먼저 히말라야 정상에 올라서려고 했으니. 늙은이들 핑계대지 말고 니 인생 자기확보할 생각이나 해라. 안자일렌할 마음이 없으면 애당초 여자 따위는 만나지 말고. 히말라야에 가서 내가 잘 말해줄 테니까. 어차피 제 인생행로가 화이트 아웃인데, 사정 봐가면서 자일 걸 처지가 아니에요. 어째 너는 등정보다는 등단에 더 어울릴 것 같은데, 이게 나 혼자만의 느낌은 아닌 것 같다. 이번에도 너는 팀 기여도 점수에서 꽤나 깎였어. 내가 하고 싶은 말이 뭔지 잘 알겠지? 그러니까 알파인 스타일로 움직이라는 뜻 아닙니까? 혼자서 세상 고통 다 짊어지지 말란 말이야. 선배가 소리쳤다. 그 전화를 끊고 나서 그는 이제 모든 게 지나갔다는 느낌을 받았다. 모든 게 끝났다. 그는 결국 살아남았다. 소설을 쓰기 시작할 때, 그는 자신이 패배했다고 생각했지만, 패배한 게 아니었다. 그러니까 그가 쓴 소설의 첫 문장은 다음과 같았다. 패배는 내 안에서 온다. 여기에 패배는 없다.

그 문장은 며칠 뒤 집으로 배달된 편지에 다시 나왔다. 편지에는 이렇게 씌어져 있었다. "우연한 기회를 통해 귀하가 쓴 소설을 읽게 됐습니다. '패배는 내 안에서 온다. 여기에 패배는 없다'라고 시작되는 도입부가 참 마음에 들었습니다. 몇 가지 부족한 부분은 있지만, 문장에 패기가 넘치고 인간에 대한 이해가 가득하다는 사실을 발견했습니다. 이 시대를 살아가는 젊은이들이 공감할 수 있는 부분이 많았습니다. 가능하면 만나뵙고 이런저런 얘기를 들어보고 싶으니 아래의 연락처로 전화를 한번 주십시오." 처음에 그는 그 편지의 내용을 이해하지 못했다. 그도 그럴 것이 그는 출판사로 소설 원고를 보낸 적이 없었기 때문이다. 곧 그는 자신이 보낸 원고가 출판사로 넘겨졌을 가능성에 대해 생각하게 됐다. 그 원고는 여자친구의 죽음을 납득하기 위해서 쓴 원고였지, 출판하려고 쓴 게 아니었다. 우습게도 등정보다는 등단이 더 어울릴 것이라는 선배의 말이 적중한 셈이었지만, 쓰지 못한 사연이 훨씬 더 많은 그 소설을 출판하고 싶은 마음은 전혀 없었다. 그는 즉시 출판사에 전화를 걸어 어디서 그 원고를 받았느냐고 물었다. 편집장은 내 이름을 말했다. 그렇다면 아마도 그분이 오해를 했던 모양이네요. 저는 출판사를 알아봐달라고 원고를 보낸 게 아니었습니다. 그럼 왜 보낸 것입니까? 편집장이 물었다. 별 미친 녀석 다 보겠네, 여기가 출판사인 줄 알아? 그렇게 말하며 바로 쓰레기통에 버리리라 생각하고 보낸 겁니다. 댁에는 쓰레기통이 없나요? 다 찼습니다. 워낙 쓰레기 같은 원고가 많아서. 어쨌든 지금은 쓰레기통을 다 비웠으니까 돌려주십시오. 자, 들어보세요. 당신 소설 재미있어요. 누구도 그런 말 한 적 없죠? 재미있다고. 아버지만은 재미있다고 하셨습니다. 이런 소설을 아버님께 보여드렸단 말입니까? 사랑도 없이 만나고 사랑도 없이 연애하고 사랑도 없이 섹스하는…… 제 취향이 좀 독특합니다. 어쨌든 신경쓰지 마시고 원고를 돌려주세요. 재미있어요. 다들 요즘 대학생이라면 데모만 하는 줄 아는데…… 어서 돌려주세요. 안 그러면 화염병 잘 던지는 애들 몇 명 풀어서 출판사를 불질러버릴 테니까. 그럼 와서 직접 찾아가세요. 괜히 우편사고 나서 출판사 불나는 꼴 보기 싫으니.

다음날 그는 출판사로 찾아갔다. 소설을 찾으러 왔다고 그가 말하자, 직원 중 하나가 그건 편집장이 가지고 있는데 지금은 기획위원들과 회의중이니 기다리라고 말했다. 그는 직원이 권하는 대로 편집장 책상 앞에 놓인 소파에 앉았다. 금방 끝날 것이라던 회의는 생각보다 길었고 소파에 앉아 있던 그는 깜빡 잠이 들었다. 아주 짧은 순간 잠들었지만, 꿈과 현실의 희미한 경계 속에서 그는 여러 가지의 꿈을 꿨다. 그때까지도 그는 죽은 여자친구의 꿈을 계속 꾸고 있었다. 여자친구와 그는 낯선 지방을 여행하고 있었다. 아마도 멀리 보이는 봉우리가 만년설로 뒤덮여 있었으니까, 그즈음 그가 줄곧 생각하고 있던 히말라야의 이미지가 꿈속으로 옮겨간 것이리라. 나무가 없는 황량한 벌판을 둘이서 걸어가고 있었는데, 여자친구가 조금만 더 가면 오아시스가 나온다고 말했다. 그 말에 그는 언제 가봤느냐고 물었다. 여자친구는 지난번에 함께 가보지 않았느냐고 물었다. 하지만 아무리 기억하려고 해도 그는 기억할 수 없었다. 여자친구는 차근차근 오아시스에 대해 설명했다. 둘이서 함께 가본 적이 있는 그 이상한 나라에 대해. 누이와 결혼하고 어머니를 아내로 삼는 나라에 대해. 함께 갔었잖아. 여자친구가 말했다. 우리가 언제 그런 곳까지 갔었어? 아무리 기억을 되살려봐도 그는 그런 나라에 가본 일이 없었다. 우리가 사랑하는 동안에. 우리가 사랑하는 동안에? 하지만 그는 기억할 수 없었다. 꿈속이었지만, 그 사실이 무척이나 괴로웠다. 하지만 더 괴로운 것은 여자친구에 대한 꿈을 꾸다가 깨어나는 일이었다. 그럴 때면 늘 그는 "걔는 죽었어. 걔는 죽었다구"라는 문장과 함께 눈을 떴다. 꿈속에 있다가 사랑하는 누군가가 죽어버린 다음의 세계로 눈을 뜨는 일은 언제라도 괴로웠다.

그가 눈을 뜨니 두 사람이 소파에 앉아 있었다. 한 사람은 그에게 편지를 보낸 편집장이었고 한 사람은 편집장에게 그의 공책을 건네준 나였다. 편집장은 대뜸 무슨 일을 하기에 낮에 잠을 자느냐고 물었다. 취향이 독특한 일을 하고 있습니다. 그게 뭔가요? 대학교에 다닙니다. 희한한 일이지만, 곧 졸업도 할 거예요. 편집장은 껄껄거리며 웃었다. 제 소설을 찾으러 왔습니다. 어서 주세요. 그제야 편집장은 그에게 나를 소개했다. 그는 눈을 돌려 나와 시선을 맞췄다가 금방 눈길을 돌렸다. 그가 시선을 돌린 뒤에도 나는 물끄러미 그를 바라봤다. 원래 피부가 그렇게 까매요? 내가 물었다. 눈 때문이에요. 무슨 눈? 하늘에서 내리는 눈 말입니다. 올겨울에는 눈이 온 적이 별로 없지 않나요? 그리고 눈하고 까만 피부하고 무슨 상관이에요? 동계훈련 기간 동안 눈 쌓인 성인봉에서 지냈기 때문에 그의 얼굴은 시커멓게 타버렸다. 하지만 설명하자니, 구구절절 얘기가 길어질 것 같아서 그는 원래 피부가 그렇게 까만 것이라고 대답했다. 그건 나랑 똑같네. 나도 태어날 때부터 온몸이 까맸는데. 그는 다시 나를 바라봤다. 나는 그 시선을 피하지 않고 웃다가 말했다. 보내준 소설 잘 읽었어요. 그런데 아직 나이가 어려서 그런지 여자의 마음에 대해서는 잘 모르더군요. 여자친구는 당신을 아주아주 많이 사랑했어요. 당신은 그 사실을 인정하기 싫어서 그렇게 기나긴 소설을 썼지만 말이에요. 그렇다고 여자친구의 사랑이 없어지는 건 아니에요. 당신이 쓴 그 소설에도 나와 있고, 여자친구의 유서에도 나와 있고. 유서 어디에 그런 게 나와 있습니까? 유서 어디에도 당신에 관한 얘기가 없다는 그 자체가 그걸 말해주는 것이죠. 죽는 순간까지도 당신에게는 용서해달라는 말을 하지 않았잖아요. 당신과는 용서를 구할 일이 없을 만큼 사랑했으니까. 내 말에 그는 고개를 흔들었다. 내가 계속 얘기했다. 무슨 보고서를 쓰듯이 아무런 해석도 하지 않고 둘 사이에 일어난 일만 적어놓은 게 당신이 쓴 소설이잖아. 그것만 해도 한 권 분량이 되는데, 여자친구는 유서에다 당신의 얘기는 하나도 적어놓지 않았어. 그렇다면 정말 후회 없이 사랑했기 때문에 유서에는 쓰지 않았다고 할 수 있지 않나요? 내 말이 틀렸나요? 그는 나를 쳐다봤다. 나는 당신들이 부러워. 당신들은 사랑의 모든 국면을 다 경험했어.

심지어 죽음까지. 출판사로 가서 소설만 돌려받아서 금방 돌아오려던 그의 계획은 수포로 돌아갔다.

그날 저녁에 그는 출판사의 기획위원들과 함께 술을 마셨다. 나 때문에 따라간 자리였다고 그는 썼지만, 나와는 거의 얘기를 나누지 못했다. 박종철이가 죽었으니, 이번에는 그냥 넘어가기 어려울 거야. 군부가 가만히 있을까? 그러니까 잘해야지. 뭘 잘해? 학생들 움직임이 심상치 않은데, 한 명만 더 죽는다면 아마 나라가 뒤집힐 거야. 치안본부에서 탁 치면 되겠네. 술자리에서는 혼란스런 시국을 둘러싼 얘기가 두서없이 오갔다. 그러다가 편집장이 그의 소설 얘기를 꺼냈다. 이런 시국에 그런 소설이 먹혀들까? 누군가 그렇게 말했다. 그렇지, 그런 소설이…… 다른 사람이 그 말을 되받았고 좌중은 일제히 입을 다물었다. 그는 자신의 소설을 두고 얘기하는 게 영 거북해서 화장실로 갔다. 술이라면 누구보다도 자신있다고 생각했는데, 동계훈련에서 너무 무리한 탓이었는지 그날만은 그도 아주 빨리 취했다. 비틀거리며 화장실에서 돌아오는데, 누군가 말했다. 난 마음에 안 들어. 데모하느라 죽어가는 애들도 있는데, 연애 따위가 다 뭐야! 하지만 그가 걸어오자 다시 대화는 끊겼다. 그가 자리에 앉는 동안에도 말을 꺼내는 사람이 없었다. 분위기를 돌린답시고 편집장이 모두에게 건배를 청한 뒤, 빈 잔마다 술을 따르기 시작했다. 그러자 사람들은 다시 두서없는 얘기를 떠들어대기 시작했다. 모두에게 술을 따른 뒤, 편집장은 마지막으로 그에게 술을 따르려다가 그만 그의 앞에 놓인 물잔을 엎질렀다. 잔 속에 들어 있던 물이 상을 타고 흘러내려 그의 바지를 적셨다. 술에 취한 탓이었는지, 아니면 그 자리의 분위기를 견디지 못한 탓이었는지 그는 저도 모르게 욕설을 내뱉었는데, 하필이면 편집장이 물잔을 엎지르는 소리에 다들 말을 멈췄기 때문에 모두들 그의 욕설을 들을 수 있었다. 에이, 씨발. 다 젖었잖아.

기획위원들은 대부분 교수들이었다. 그러니 그 자리에 앉은 대학교 4학년생이 할 만한 말은 아니었다. 그럼에도 그 말은 그의 머리를 폭발시키는 뇌관과 마찬가지였다. 느닷없는 욕설에 놀라 다들 자신을 바라보자, 그는 교수들을 향해 마구 욕설을 내뱉었다. 그는 욕설을 내뱉으면서도 자신이 왜 그러는지 이해할 수 없었다. 하지만 가슴 깊은 곳에서 욕설은 계속 터져나왔다. 그의 입을 막으려고 편집장이 자리에서 일어나는 통에 상이 흔들리면서 술병과 잔이 뒤집혔다. 교수들 중에서 하나가 소리쳤다. 닥쳐, 닥쳐! 닥쳐, 이 새끼야! 닥쳐! 하지만 그의 욕설은 그치지 않았다. 그도 어쩔 수 없었다. 편집장에게 입을 틀어막혀서도 계속 욕설을 내뱉으려고 애쓰는 자신의 모습을 지켜보면서 그는 미친 게 아니라면 있을 수 없는 일이라고 생각했다. 편집장은 그를 잡아서 밖으로 끌어내려고 했다. 두 사람은 몇 번 실랑이를 벌였다. 그러다가 그는 꼴이 좀 우습게 됐다고 생각했다. 그런 생각이 몸의 힘을 빼게 만들었는지 그는 편집장의 손에 이끌려 밖으로 나갔다. 편집장이 주먹을 쓴다면 자신도 맞받아치리라 내심 마음먹고 있었는데, 의외로 편집장은 그의 구겨진 옷자락을 펴주면서 말했다. 오늘은 술 많이 마셨으니까 그냥 가게나. 얘기는 다음에 하고. 차비는 있나? 그는 고개를 끄덕였다. 걸어가면 되니까요. 미안하게 됐습니다. 괜찮아. 괜찮아. 오늘은 그냥 가. 얘기는 다음에 하고. 그리고 그 원고는 출간할 마음이 없다고 하니까 내가 우편으로 보내줄게. 그 말과 함께 편집장은 술집 안으로 들어갔다. 그는 그 자리에 쪼그리고 앉았다. 여전히 바람이 차가운, 초봄의 밤이었다.

가만히 땅바닥만 바라보고 있다가 그는 누군가 괜찮아? 라고 묻는 소리를 들었다. 그건 내 목소리였다. 그는 고개를 들어 나를 한 번 바라보더니 다시 고개를 숙이고 말했다. 아니요. 안 괜찮아요. 제가 미쳤나봐요. 죄송해요. 술자리를 엉망으로 만들어서. 왜 그 소설을 나한테 보냈니? 그의 옆에 쪼그리고 앉으며 내가 물었다. 교수님은 혜초를 다 이해하시잖아요. 어머니를 아내로 삼는 나라에 대해서도 다 이해하시잖아요. 혹시라도 이해하지 못할까봐 주석을 다 달아놓으시잖아요. 저는 제 여자친구가 왜 자살했는지도 이해하지 못하거든요. 그걸 이해하려고 소설까지 썼는데도 아직도 이해하지 못하거든요. 제 여자친구가 마지막으로 읽은 책이 교수님이 펴낸 『왕오천축국전』이에요. 걔가 도대체 무슨 마음으로 죽기 전에 그런 책을 읽었는지 그것도 모르겠어요. 하지만 교수님은 다 아시잖아요. 고작 227행뿐인 두루마리를 가지고 한 권의 책을 쓰시잖아요. 말이 끝나기도 전에 나는 몸을 일으킨 뒤, 그를 잡아 세웠다. 일어나. 빨리 일어나. 그는 엉거주춤 일어섰다. 그가 일어서자마자 나는 두 손으로 그의 뺨을 잡고 입을 맞췄다. 오가는 사람들이 쳐다보는데도 우리는 오랫동안 입을 맞췄다. 그와 마찬가지로, 하지만 그의 짐작과는 달리, 그 순간 나도 사랑에 빠졌다.

3

뜨거운 햇살과 찌는 듯한 더위와 황량한 풍경과의 싸움이 끝나는 곳에 라토바가 있었다. 라토바에 도착한 1988년 한국 낭가파르바트 원정대는 가장 먼저 그룹별로 포터들의 대장 격인 사다를 불러모아 임금을 정산했다. 마침내 캐러밴의 목적지에 도달했다는 안도감과, 하지만 이제부터 시작이라는 긴장감이 동시에 원정대원들의 뺨을 스쳤다. 그 나른하고도 서늘한 느낌에 그들은 망연자실 루팔 측벽을 바라보며 앉아서 휴식을 취했다. 초원지대인 베이스캠프에 앉아 눈 덮인 히말라야를 올려다보는 느낌은 대단히 비현실적이었다. 왜 그런지 다들 흥분했다기보다는 무기력했다. 얼마 지나지 않아 그들은 그 이유를 알게 됐다. 모두들 멍하니 앉아 있는데, 갑자기 날이 어두워지는가 싶더니 후두둑 소리와 함께 우박이 쏟아져내렸다. 베이스캠프에 도착할 때까지만 해도 맑은 하늘이었으므로 도대체 어디서 떨어지는 우박인지도 알지 못했고 알겨를도 없었다. 대원들은 서둘러 텐트를 설치하려고 몸을 일으켰는데, 그때 그 무기력함의 정체를 알게 됐다. 개인별로 정도의 차이는 있었겠지만, 그들은 저마다 두통을 느끼고 있었던 것이다. 가장 빠른 사람은 타라싱을 떠나면서부터, 가장 느린 사람은 자리에 앉아 있다가 몸을 일으키면서부터. 삼장법사의 주문소리를 들은 손오공 머리의 금고아처럼 두통은 주기적으로 그들의 머리통 전체를 눌렀다. 그게 책에서 보던 고소 증세라는 걸, 또한 고소 증세를 없애는 가장 좋은 방법은 조금 아래로 내려가는 일이라는 걸 모르는 대원은 아무도 없었다. 하지만 누구도 자신에게 고소 증세가 왔다는 것을 말하지 않았다.

느닷없이 차오르는 가스처럼 고소 증세는 베이스캠프에 도착한 원정대를 순식간에 감쌌다. 두통과 구토로 시작된 고소 증세는 개인별로 다른 부위의 고통으로 전이됐다. 치통을 호소하는 사람이 있었고 소화불량에 시달리는 사람도 있었다. 텐트가 설치되자마자 쓰러져 잠이 든 채 열두 시간이 지나도 깨어나지 못하는 사람이 있었고 며칠째 불면에 시달리는 사람도 있었다. 물론 사람들은 그게 고소 증세라는 걸 잘 알고 있었지만, 구토 증세 때문에 물도 들이켜지 못하는 사람이나 밤낮없이 텐트 속에서 나오지 않는 사람들도 자신이 고소 증세에 시달린다는 사실을 인정하지는 않았다. 그저 밥맛이 없다거나 캐러밴 때문에 몸이 피곤하다는 말만 되풀이했다. 거기에 분명히 고소 증세는 있었지만, 환자들까지도 그 존재를 무시하면서 지냈다. 마치 말로 표현하지 않기만 하면 고소 증세가 사라진다는 듯이. 그도 고소 증세에 시달리기는 마찬가지였다. 그의 경우에는 두통과 함께 악몽을 꾸는 것으로 나타났다. 그는 밤새 가위에 눌렸다. 정체를 파악할 수 없는 검은 물체들이 텐트 바깥으로 지나갔다. 자다가 그 기척에 깨어 누구냐고 소리친 적도 있었다. 물론 검은 물체들은 대답하지 않았다. 때로 그것들은 베이스캠프가 떠나가라 소리내어 울기도 했고 미친듯이 뛰어다니기도 했다. 침낭 속에 들어가 눈을 감아도 그것들은 보였고 두 손으로 귀를 틀어막아도 그 소리는 들렸기 때문에 그는 결국 그 검은 물체들이 자기 내부에 있다는 사실을 깨닫게 됐다. 텐트로 햇살이 드리워질 때까지 그것들에 시달리고 나면 그의 몸과 마음은 몸을 일으키기 어려울 정도로 탈진한 상태였다. 그렇게 누워 있으면 늘 호흡이 가빠오고 가슴에 통증이 일었다.

사흘째가 되자, 고소 증세는 말끔히 사라졌다. 호흡도 정상적으로 돌아오고 가슴의 통증도 사라지면서 그는 차츰 베이스캠프 주변을 살필 만한 여유를 지니게 됐다. 고소 증세에 시달리면서도 몸을 움직일 수 있는 대원들은 베이스캠프를 건설하는 일을 멈추지 않았기 때문에 사흘째에는 입촌식을 거행할 수 있었다. 첫날에만 갑자기 날이 흐려지면서 우박이 내렸을 뿐, 사흘 연속 날씨는 화창

했던데다가 대부분의 대원들에게서 고소 증세가 사라졌기 때문에 다들 마음이 들떠 있었다. 다들 세수도 하고 면도도 하고 머리를 감느라 분주했다. 입촌식은 본부 텐트 앞에서 이뤄졌다. 본부 텐트와 식당 텐트 사이에는 고정 로프를 드리워 태극기와 오륜기와 후원사 깃발을 매달아놓았다. 입촌식이 거행되는 동안, 그는 열중쉬어 자세로 서서 바람에 펄럭이는 그 깃발만 바라보고 있었다. 1988년은 민족사의 새로운 전환기라고 원정대장은 말꼭지를 땄다. 억눌린 민족의 혼이 이제 새로운 전환기를 맞이해서 웅비하려는 시점에 있다. 이런 중차대한 시기에 결성된 1988년 한국 낭가파르바트 원정대는 그 역사적 소임을 가슴에 새기고 기필코 정상 등정의 기쁜 소식을 고국의 동포들에게 전해야만 한다. 원정대장의 '한마디'는 의외로 길어지고 있었다. 애당초 원정대장이 마음에 두고 있었던 봉우리는 에베레스트였다. 워낙 사회 분위기가 들떠 있었기 때문에 88올림픽의 성공적인 개최를 기념하는 원정에 나서겠다고 하면 쉽게 후원을 받을 수 있었기 때문이다. 하지만 그런 생각은 원정대장 혼자만이 했던 게 아니라 그해에 에베레스트를 정복하겠다고 나선 팀은 한둘이 아니었고 그 기회는 원정대장보다 더 경험이 많은 다른 사람에게 돌아갔다. 국위를 선양하는 것은 한 팀이면 족했으므로 아무리 이런저런 행사에 돈이 넘쳐나던 때라고는 하지만, 두번째 에베레스트 정복을 위해서 돈을 선뜻 꺼낼 후원자는 없었다. 그러자 원정대장은 네팔이 아닌 파키스탄을 선택했으며, 시기도 에베레스트 원정대보다 더 빠른 6월 등정을 목표로 삼았으며, 낭가파르바트 중에서도 가장 험난한 루팔벽 루트를 잡았다. 그럼에도 후원자들은 에베레스트만 높은 산인 줄 알고 있었다. 최고봉이 아니라면 등정 자체가 무의미했다. 그래서 원정대장은 천신만고 끝에 구한 생각보다 적은 후원금에 만족해야만 했다.

하지만 그는 원정대장이 말하는 역사적 소임보다는 낭가파르바트 어딘가에 있을 케른을 생각하고 있었다. 홧김에 낭가파르바트를, 그것도 루팔벽 루트를 생각했을 만큼 낭가파르바트는 많은 산악인들을 희생시킨 곳이었다. 그렇기 때문에 어딘가에는 반드시 등반 도중 죽은 산악인들을 기리기 위해 쌓아놓은 돌무덤인 케른이 있으리라 그는 짐작했다. 입촌식이 끝나고 나서 그는 오후 시간을 이용해 베이스캠프 주변을 돌아봤다. 낭가파르바트의 베이스캠프는 초록 일색의 목초지였다. 꽃도 많이 피어 있고 멀리 호수도 보였다. 그가 케른을 발견한 곳은 베이스캠프에서 제1캠프 사이의 빙하지대를 조금 못 미친 지점이었다. 사흘째 햇살이 내리쬐면서 빙하 너머에 쌓인 눈이 녹아내리고 있었다. 케른에는 그동안 낭가파르바트에서 목숨을 잃은 등반가들의 이름이 새겨져 있었다. 그는 그 돌무더기 위에 작은 돌 하나를 얹었다. 그 행위는 등정을 앞둔 산악인에게는 자신의 자일 한쪽 끝에 죽음이 묶여 있다는 사실을 인정한다는 뜻이기도 했다. 그다음에 그는 고개를 들어 빙하지대 너머에 보이는 루팔벽을 바라봤다. '벌거벗은 산'이라는 뜻의 낭가파르바트란 이름은 수직 암벽이라 눈이 쌓일 수 없어 검은 몸뚱어리를 그대로 드러낸 루팔벽에서 비롯했다. 그건 고소 증세에 시달리던 자신이 봤던 검은 물체와 비슷해 보였다. 또 한편으로 그는 어느 날, 무작정 찾아간 내 집을 떠올렸다. 언덕 위에 자리잡은 내 집은 삼십 미터가량 되는 축대 위에 서 있었다. 그는 그 축대 위의 불빛들을 바라보며 한참 동안 서 있었다. 내게는 남편과 아이들이 있었다. 내게도 일상이 있었다. 하지만 그는 짐작할 수 있을 뿐, 그게 과연 어떤 것인지 알 수는 없었다. 그는 그 축대 밑에서 한참 서 있었다.

4주에 걸쳐서 베이스캠프에서 제1캠프로, 다시 베이스캠프로, 베이스캠프에서 제2캠프로, 다시 베이스캠프로, 베이스캠프에서 제2캠프로, 다시 베이스캠프로, 베이스캠프에서 제2캠프로, 제2캠프에서 제3캠프로, 제3캠프에서 제4캠프로, 제4캠프에서 제2캠프로, 다시 베이스캠프로 오르내리는 동안, 원정대는 조금씩 지쳐가기 시작했다. 원정대와 함께 따라온 정부연락관은 한국 원정대가 루팔벽에 올라가기만 하면 폭설이 내리고 베이스캠프에 내려오면 날씨가 쾌청하다며 약을 올렸다. 속이 상해버린 원정대장은 정부연락관이 그 말을 할 때마다 'South Korea'에서 'South'라는 말을 빼달라고 요구했지만, 정부연락관은 죽어도 'South Korea'라고 말했다. 시간이 흐르면서 제1캠프 주위의 지형은 완전히 변해버렸고 제2캠프 위의 오버행 암벽에서는 눈 녹은 물이 흘러내렸다. 원정대장은 6월 안에 등반해야만 한다고 대원들을 다그쳤지만, 폭설과 눈사태 앞에서 대원들은 속수무책이었다. 하지만 그들이 초인적인 힘으로 루트를 개척해나간 것만은 틀림없었다. 그들보다 나중에 도착한 벨기에 원정대는 원정대장의 명령에 무모한 일정을 소화해내는 한국 원정대를 이해할 수 없다는 표정으로 바라보기 일쑤였다. 인간의 힘으로 안 될 일이 없다지만, 히말라야를 등정하는 일만큼은 불가능했다. 왜냐하면 히말라야의 고봉을 등정하기 위해서는 반드시 죽음의 지대를 거쳐야만 했기 때문이다. 의지만으로 죽음의 지대를 지날 수는 없다. 죽음의 지대는 모든 것을 있는 그대로 받아들여야만 지나갈 수 있는 지점이었다. 물론 원정대장이 그 정도의 지식이 없었다고는 볼 수 없다. 다만 그에게는 자금과 시간이 많이 남아 있지 않았고, 그래서 죽음의 지대를 뚫고 나갈 때 가장 필요한 감각을 상실했다고 볼 수 있었다. 그 감각은 희망 없이 절망을 받아들이는 일이었다.

한 달에 가깝게 고정 로프를 설치하고 장비를 운반하는 작업을 하게 되면서 원정대는 서서히 정상에 오르는 것은 불가능한 일이 아닐까고 생각하게 됐다. 영하 삼십 도에 가까운 추위, 희박한 공기, 순식간에 모든 시야를 가리는 화이트 아웃, 설동 안에다 설치한 비좁은 텐트 속에서의 생활은 그들의 감각을 마비시켰다. 점차적으로 그들은 말을 줄이게 됐다. 그들은 자일을 묶고 함께 움직이는 사람들과도 거의 대화를 하지 않았다. 그들은 서로의 마음을 짐작했을 뿐이다. 하지만 그 짐작은 대부분의 경우 옳지 않았고, 그 때문에 서로를 오해했다. 하강기를 떨어뜨려 카라비너로 천천히 내려오는 동료를 기다리지 않고 그냥 베이스캠프로 철수하거나 베이스캠프와 제1캠프 사이의 크레바스 지역이 화이트 아웃돼 한 치 앞을 분간할 수 없는데도 왜 빨리 내려오지 않느냐고 욕설을 퍼붓는 무전이 날아들곤 했다. 더 높은 고도로 올라가면서 다시 고소 증세가 나타나 거의 잠을 자지 못했기 때문에 그의 판단력도 점차 무디어갔다. 루트 개척을 하고 제2캠프로 돌아왔을 때 대부분 대충 밥을 먹고는 침낭 속으로 몸을 파묻었다. 추위를 견딜 수 없었으므로 그도 침낭 속에 몸을 파묻었지만, 잠은 오지 않았다. 책이라도 읽으면 좋으련만 제2캠프에는 읽을 만한 책이 없었다. 그래서 그는 침낭 속에 누워 머릿속에 생각나는 문장들을 떠올리며 밤을 보냈다. 예전에 읽은 연애소설의 문장들도 있었지만, 주로 떠오르는 건 『왕오천축국전』에 줄이 그어진 문장들이었다. 그러니까 여자친구가 죽기 전에 연필로 그어놓은 것들이었다. '愡無蒲{桃}○○{甘}蔗'도 그렇게 해서 떠올리려고 애쓴 문장이었다.

나는 122행의 세번째 글자는 '감甘'자가 확실하다고 책에 썼다. 그렇다면 앞의 두 글자는 무엇일까? 나는 이렇게 썼다. "따라서 전체적인 문장은 '愡無蒲{桃}○○{甘}蔗'가 된다. 이는 건타라국, 오천축, 곤륜 등의 나라의 농작물 실태를 뜻하는 문장이다. 건타라국은 지금의 파키스탄 라왈핀디와 페샤와르, 아프가니스탄의 카불을 포함한 펀자브 지방으로 여기에는 포도가 없다. 하지만 감자, 즉 사탕수수는 존재한다. 그러므로 비어 있는 두 자는 '있다'라는 뜻을 담은 한자일 것이다. 앞선 연구를 좇아 여기에서는 '유유唯有'라고 본다." 그런데 얼음 결정이 맺힌 텐트 안에 누운 그는 그 문장을 정확하게 기억해낼 수 없었다. 그 문장의 뜻이 '모두 포도는 없지만, 사탕수수는 있다'라는 사실은 기억났지만, 원문 문장은 無와 甘蔗와 蒲桃와 有가 서로 뒤섞이면서 도저히 정확하게 기억할 수 없었다. 게다가 그는 惣과 唯는 애당초 떠올리지도 못했다. 제2캠프에서 그는 자신이 떠올리려고 하는 문장이 '無蒲桃有甘蔗'라고 생각했으며 내가 주석에서 말한 두 개의 결자缺字는 '桃有'라고 봤다. 나중에 베이스캠프로 내려간 뒤에야 그는 제2캠프에서 자신이 떠올린 문장이 틀렸다는 것을 알게 됐다. 그러나 그는 몰랐겠지만, 그가 떠올린 '無蒲○○甘蔗'도 원문이라고 말할 수 있었다. 왜냐하면 내가 주석을 단 『왕오천축국전』 자체가 원래 존재했을 세 권짜리 『왕오천축국전』의 축약본이기 때문이었다. 그렇다면 원래의 문장은 '惣無蒲{桃}○○{甘}蔗'보다 더 길었을 수도 있었다. 그렇기에 제2캠프에서 그가 떠올린 문장 역시 틀렸다고는 볼 수 없었다. 원문이 사라졌으므로 우리가 상상하는 모든 문장은 원문이 될 수 있었다.

그러다가 그는 죽은 여자친구의 유서를 떠올렸다. 여자친구는 죽으면서 다음과 같이 썼다. "부모님, 그리고 학우 여러분! 용기가 없는 저를 용서해주십시오. 야만의 시대에 더이상 회색인이나 방관자로 살아갈 수는 없었습니다. 후회는 없어." 이 유서는 오랫동안 그를 괴롭혔다. "없었습니다"라는 존칭에서 "후회는 없어"라는 비칭 사이의 거대한 틈 때문이었다. 그는 이 거대한 틈 사이에 많은 의미가 숨어 있다는 것을 알았다. "없었습니다"까지 쓰고 그 다음에 "후회는 없어"라고 쓰기까지 여자친구는 무슨 생각을 하고 있었던 것일까? 자신의 죽음에 대해 그에게 설명하고 있었을까? 아니면 자살하려는 자신을 납득하고 있었을까? "후회는 없어"는 누구에게 하는 말이었을까? 그것은 누구도 알 수 없는 일이었다. 그가 할 수 있는 일이라고는 그 사이를 원래 그대로 틈으로 남겨두고 살아가는 일뿐이었다. 결국 그는 인정할 수밖에 없었다. 여자친구는 죽는 순간까지도 그를 생각했거나, 혹은 죽는 순간에도 그를 생각하지 않았다. 확실한 것은 없었다. 『왕오천축국전』의 원문을 상상하면서 주석을 다는 나나 내 일상을 상상하면서 괴로워하는 그나 서로 목숨을 의지하면서도 서로의 마음을 이해하지 못한 채 그저 짐작만 할 뿐인 원정대원들이 그런 점에서는 모두 마찬가지였다. 사람들은 그저 서로를 짐작할 뿐이었다. 한 학생의 죽음이 때로는 세상을 바꾸기도 하겠지만, 어쩌면 그건 오해에서 비롯한 일일지도 몰랐다.

6월 26일까지 대원들은 두 개 조로 나뉘어 제4캠프까지 건설했다. 그날 제4캠프를 건설한 B조는 제3캠프에 내려와 있었고 A조는 베이스캠프에서 나흘 동안 휴식한 상태였다. 원정대장은 그가 속한 A조에게는 다음날 정상 공격을 위한 등정을 준비하라고, 제3캠프에 있던 B조에게는 거기서 사흘 동안 휴식하라고 명령했다. 두 조는 이틀 뒤, 제3캠프에서 만날 계획이었다. 원정대장은 최종적인 정상 공격조의 명단을 이틀 뒤, 결정해서 각 조에게 알려주겠다고 했다. 아마도 시간과 자금에 여유가 있었더라면 원정대장은 A조가 베이스캠프까지 내려오기를 기다렸다가 사흘간 휴식을 취한 뒤, 정상 공격조를 구성해서 올려보냈을 것이다. 하지만 그렇게 하면 일주일이 더 소요되는데다가 대원들도 더 지체하는 것을 원하지 않았다. 그들은 하루라도 빨리 낭가파르바트를 등정한 뒤, 고향으로 돌아가고 싶어했다. 고정 로프 설치와 캠프 건설을 마치고 내려오면 원정대장은 물통에 넣어 몰래 들여온 소주를 내놓았다. 겨우 한 잔씩 돌아갈까 말까 한 소주에 그들은 취해서 노래를 부르곤 했다. 남쪽 머나먼 나라 낭가에 달밤. 십자성 저 별빛은 어머님 얼굴. 그 누가 불어주는 하모니카냐. 아리랑 멜로디가 향수에 젖네. 가슴에 젖네. 처음에는 고소 증세가 있던 자리에 이제는 무력감이 들어찼다. 향수병에 시달리는 대원들에게나 부족한 시간과 예산에 골머리를 앓던 원정대장에게나 할 수 있는 일은 빠른 정상 공격뿐이었다. 방법은 없다. 가장 빠른 시간 안에 낭가파르바트에 올라간다. 그다음에 우리는 집으로 돌아간다. 제1캠프를 향해 올라가는 원정대원들을 바라보면서 원정대장은 중얼거렸다. 일출의 햇살을 받은 루팔벽은 푸른색으로 물들기 시작했다. 맑은 날씨였으나 불길하게도 일어나던 눈사태가 그대로 얼어붙은 것처럼 손바닥만한 구름 한 점이 정상 부근에 붙어 있었다.

1988년 한국 낭가파르바트 원정대에서 벌어진 일을 말하면서 당시 원정에 참가했던 대원들은 대부분 이 손바닥만한 구름 한 점을 언급했다. 그들에 따르면 이 구름 한 점은 자신의 무모한 욕망 때문에 대원들을 죽음의 지대로 몰아넣은 원정대장의 어리석음을 상징했다. 6월까지 낭가파르바트를 정복해야만 한다고 대원들을 압박하지만 않았어도 그들이 실패할 것이 분명한 정상 공격에 나서지는 않았다는 게 그들의 얘기였다. 물론 그렇게 해석하는 게 가장 정상적이다. 실제로 베이스캠프에 있던 다른 나라 원정대들은 특수부대를 연상시키는 한국 원정대의 엄격한 규율과 과중한 임무를 농담거리로 떠들어대곤 했다. 외국 산악인들은 한국 산악인들의 상명하복 문화를 전혀 이해하지 못했다. 그래서 원정대장의 명령이 불합리했음에도 대원들은 그에 따를 수밖에 없었다고 말해도 이상한 일은 아니다. 하지만 그렇게 말하면 일어난 일을 제대로 설명할 수 없다. 왜냐하면 정상 공격조가 제3캠프까지 올라간 뒤에는 원정대장의 명령에 불응하는 대원도 나타났기 때문이다. 상명하복으로는 그 모든 일들을 설명할 수 없었다. 그래서 어떤 사람들은 올림픽을 앞둔 그 당시의 사회 분위기를 거론하기도 한다. 후원금을 받아서 떠난 원정대에게 실패는 곧 이후에는 원정에 나서기가 어려워진다는 사실을 뜻했다. 그 점에 있어서는 원정대장이나 원정대원들이나 처지가 비슷했다. 1988년의 한국은 전반적으로 승자가 모든 것을 얻는 사회였다. 2등은 필요하지 않았으며, 실패한 원정대에 관심을 보일 여력이 없었다. 실제로 당시 신문사 중에서 1988년 한국 낭가파르바트 원정대에서 일어난 비극에 대해 다룬 곳은 단 한 곳뿐이었다. 그러므로 원정대는 각자의 필요 때문에 무모한 공격을 지시했고, 또 무모한 공격에 나섰다고 볼 수 있었다.

그는 그 무모한 정상 공격의 중심인물이었다. 베이스캠프에 오판을 거듭하는 원정대장이 있었다면, 제4캠프에는 고소 증세로 미쳐버린 그가 있었다. 당시의 등반일지와 증언을 살펴보면 그가 베이스캠프로 돌아올 수 있는 기회는 여러 차례 있었다. 정상 공격조를 선발할 때, 첫번째 기회가 찾아왔다. 정부연락관의 말처럼 한국 원정대가 정상 공격을 위해 등정을 시작하자마자 멀쩡하던 하늘에 구름이 몰려들더니 눈이 쏟아졌다. 원래 계획에 따르면 A조는 첫날 제2캠프까지 올라가야만 했는데, 눈보라 때문에 5,900미터 지점에서 더 나아가지 못하고 제1캠프로 철수했다. 세계에서 가장 높은 수직 암벽인 루팔벽에는 눈사태가 잦았기 때문에 제1캠프는 안전을 위해 오버행 암벽 아래에 설치됐다. 그런 탓에 밤새 폭풍이 휘몰아칠 때마다 텐트 앞으로 눈무더기가 쏟아졌다. 그는 그 밤을 꼬박 새웠다. 고도가 높아지면서 다시 불면증이 찾아온 것이다. 밤새 침낭 속에 누워 그는 문장들을 떠올렸다. 이튿날에도 눈이 그치지 않아 그들은 하루를 더 제1캠프에 머물러야만 했다. 길기트에 날씨를 문의한 베이스캠프측은 하루가 지나면 날씨가 다시 맑아진다니 계획을 변경해 지금 정상 공격조를 선발하겠다고 말했다. 베이스캠프에서 뽑은 정상 공격조에 그의 이름이 들어 있었다. 그가 수면부족으로 제대로 서 있을 수도 없는 처지였다는 걸 다른 대원들은 알고 있었다. 하지만 어쨌든 그도, 다른 대원들도 베이스캠프의 결정에 이의를 제기하지 않았다.

두번째 기회는 제3캠프까지 올라갔을 때 찾아왔다. 그다음날은 날씨가 맑았기 때문에 그들은 새벽에 일어나 헤드램프와 달빛에 기대 제2캠프까지 쉬지 않고 등정했다. 그들은 루팔 계곡 너머로 동이 터오기 시작할 무렵, 제2캠프를 떠나 좌측 암벽을 향해 러셀을 했다. 새로 내린 눈이 채 굳지 않아 온몸을 사용해 눈을 다지면서 걸어야 했기 때문에 한 걸음 한 걸음 내딛는 일 자체가 고통이었다. 번갈아 선두에 서면서 러셀 작업을 했지만, 백 미터 정도 떨어진 암벽까지 가는 데만 한 시간 가까이 걸렸다. 추위는 혹독했지만, 날씨는 매우 맑아서 암벽의 얼음들이 수정처럼 반짝였다. 아마도 그런 날씨가 이틀만 더 연장됐어도 문제는 달라졌을 것이다. 햇살이 뜨거워지자 이중화 바닥에 스노볼이 생겨 약 오 피치를 올라가는 데 상당한 시간을 허비한 뒤, 그들은 마침내 설능에 올라섰다. 하지만 거기서부터 눈에 묻힌 고정 로프를 찾아내며 다시 힘겹게 러셀 작업을 해야만 했다. 그들이 제3캠프에 도착한 것은 오후 두시가 다 되어서였는데, 위치 때문에 그곳은 벌써 해가 저물고 있었다. 제3캠프에서 그들은 베이스캠프에 도착 사실을 알리고 라면을 끓여먹은 뒤, 곧바로 잠들었다. 물론 그는 여전히 잠들지 못했다. 고도가 높아질수록 그 증세는 심해졌다. 그는 이제 '無蒲桃有甘蔗'는 물론, 단 하나의 문장도 떠올리지 못했다. 며칠째 잠을 자지 못한 머릿속은 온통 뒤죽박죽이 되어버렸고 오감은 그릇된 신호를 뇌에 보냈다. 뭔가 잘못되어가고 있다는 느낌이 들었지만, 그게 정확하게 무엇인지 그는 말할 수 없었다.

그날 저녁부터 갑자기 구름이 생기는가 싶더니 눈보라가 몰아쳤다. 거대한 손가락이 훑고 지나가는 것처럼 텐트 측면이 바람에 긁혔다. 텐트가 금방이라도 뒤집힐 것 같았는데도 침낭 바깥으로 나가는 대원은 없었다. 그는 침낭에서 몸을 일으켜 램프를 밝힌 뒤, 텐트 천장에 매달았다. 천장에 맺힌 얼음들이 흔들리는 램프 불빛에 반짝이기 시작했다. 그 빛은 더없이 영롱했다. 침낭 속에서 그는 그 빛을 잡으려고 손을 뻗었다. 하지만 손에 닿는 빛들은 그의 침낭 옆으로 산산이 부서져내렸다. 침낭 주위가 환해지면서 그의 몸이 따뜻해졌다. 손을 뻗으면 뻗을수록 더 많은 환한 빛들이 그의 주위에 쌓였다. 그 환한 빛이 텐트를 밀고 내려오는 눈더미라는 걸 깨닫게 된 것은 다른 대원이 그를 깨웠을 때였다. 아니, 깨웠다는 말은 이상하다. 그는 분명히 눈을 뜨고 있었기 때문이다. 그는 눈을 뜬 채로 반짝이는 꿈들을 바라보고 있었던 것이다. 정신을 차렸을 때는 이미 텐트가 반 이상 눈에 묻힌 상태였다. 그들은 장비 텐트에 들어 있는 삽을 꺼내 번갈아가며 텐트 주위에 쌓인 눈을 걷어냈다. 암벽 밑으로 하얀 눈송이들이 떨어지는 꽃잎처럼 흩날렸다. 그 시점부터 그는 자주 웃었다. 흡사 우는 것 같기도 한 그 기기묘묘한 웃음은 그를 찍은 마지막 사진에 남아 있다. 밤새 텐트 옆으로 밀려드는 눈더미를 치우느라 탈진했으므로 그들은 거기서 산행을 포기해야만 했다. 영하 삼십 도에 육박하는 혹독한 추위와 세계의 저편으로 던져버릴 듯 불어대는 바람과 걸핏하면 한 치 앞을 내다볼 수 없게 만드는 화이트 아웃은 그들의 정신적, 육체적 의지를 모두 앗아갔다. 그 상태로는 제4캠프에 올라가는 일 자체가 무의미했다.

세번째 기회는 제4캠프까지 올라갔을 때 찾아왔다. 제3캠프에서 그대로 하산했으면 비록 실패했겠지만, 비극은 일어나지 않았을 것이다. 그는 히말라야에서 돌아와 평범한 회사원으로 살아갈 수도 있었다. 어쩌면 소설가가 됐을 수도 있었다. 아마도 자신보다 열두 살이 많은 여인에게 사랑을 고백했을 수도 있었다. 하지만 제멋대로 돌아가던 머리가 하필이면 하산하기 위해 제3캠프를 떠나자마자 제대로 작동돼 그는 제3캠프에서 정상 공격을 위해 자신들을 기다리고 있다던 B조 대원을 떠올리게 됐다. 그들은 제3캠프에 있으면서 그 대원에 대해서는 전혀 생각하지 못하고 있었다. 그들이 고정 로프를 잡고 제3캠프로 올라오는 동안 하산하는 사람은 없었으니 그 대원은 제3캠프와 정상 사이의 어딘가에 있을 것이었다. 간신히 무선이 연결된 베이스캠프는 그들이 올라오던 날, 그 대원이 혼자서 제4캠프로 올라갔으며 그다음날 새벽 한시에 정상 공격에 나서겠다고 말한 뒤 통신이 두절된 상태라고 알려왔다. 그 소식은 그들의 하산을 막았다. 혹독한 날씨 속에서 그들은 다시 걸음을 돌려 제4캠프로 향했다. 오늘이 며칠인가? 안자일렌을 하면서 빙하지대를 지나는데, 누군가 묻는 소리를 그는 들었다. 서로 제4캠프로 올라가자고 말한 뒤, 처음 들은 사람의 목소리였다. 하지만 가장 가까운 대원도 십여 미터 뒤에 있었는데다가 협곡 사이로 세찬 바람이 불고 있어 그 목소리가 들릴 리 만무했다. 그런데도 그는 아무런 의심 없이 그 목소리에 대답했다. 6월 30일이지. 그 사람이 그래서 혼자서라도 정상 등정에 나서겠다고 결심한 모양이군. 글쎄. 지금쯤은 정상 등정을 끝내고 제4캠프에서 쉬고 있을 거야. 그건 검은 그림자의 목소리였다. 아마도 7,600미터를 넘어서 빙전氷田지역으로 들어섰을 때였던가보다. 그러니까 그 검은 그림자가 그와 함께 걷기 시작한 것은.

그가 검은 그림자와 함께 제4캠프로 들어가던 날, 길기트에서 그가 보낸 편지가 내게 도착했다. 달이 무척이나 환한 밤이어서 나는 혼자서 뜰에 나와 있었다. 열어놓은 창으로 가족들이 보던 텔레비전 소리가 흘러나왔다. 뉴스에서는 북한을 국제사회의 일원으로 받아들일 것을 동맹국과 우방국에 요청했다는 대통령의 언론 인터뷰 내용과 올림픽 남북한 공동개최를 요구하는 학생들의 시위 소식이 흘러나왔다. 나는 몸을 뻗어 장미 넝쿨이 뻗어나간 담장 너머를 내려다봤다. 노란색 보안등이 켜져 있었지만, 담장 밑 골목길은 어두웠다. 내게 보낸 편지에다 그는 언젠가 그 축대를 기어올라간 적이 있었다고 썼다. 제가 워낙 높은 곳만 보면 올라가고 싶어하는 성격이어서. 그 축대 너머에는 뭐가 있는지 궁금하더군요. 평소에 갈고닦은 실력이 있으니까 조그만 크랙과 홀드만 있다면 그 어떤 벽이라도 넘어갈 수 있답니다. 막상 올라가보니 힘이 빠지더군요. 거기서 한참 앉아 있다가 다시 내려왔습니다. 뭘 훔쳐가지는 않았으니까 걱정하지 마세요. 참, 책을 읽다가 궁금한 게 생겼습니다. 토번에 쫓겨 수령과 백성을 버리고 소발률로 들어간 왕은 어떻게 됐습니까?

물론 나는 그 왕이 어떻게 됐는지 안다. 당나라 개원 8년, 그러니까 서기 720년 당은 소린타일의 아들을 발률국의 왕으로 책봉했다. 소린타일의 아들은 727년 무렵 토번에 쫓겨 소발률, 그러니까 지금의 길기트로 도망쳤다. 737년 소발률은 다시 토번의 지배하에 들어갔다. 소린타일의 아들은 741년 죽었고 그의 형이 소발률을 지배하게 됐다. 중요한 요충지를 빼앗긴 당은 747년 고구려 유민 출신인 고선지로 하여금 소발률 정벌에 나서게 했다. 고선지는 파미르 고원을 넘어 지금의 아프가니스탄 지역에 있던 토번의 요새인 연운보를 함락한 뒤, 길기트 강과 인더스 강이 만나는 지점까지 밀고 들어와 토번과 소발률을 연결하는 다리를 끊어버리고 소발률을 완전히 점령했다. 그가 듣고 싶어하는 얘기는 다른 것이었겠지만, 내가 달 수 있는 주석은 여기까지다. 그는 내가 모든 것을 이해한다고 말했지만, 내가 이해하는 것은 다른 사람들도 다 이해하는 것이다. 주석을 다는 행위는 그런 것이다. 주석이란 선택할 수 있는 많은 해석 중에서 가장 많은 사람들이 합당하다고 생각하는 해석을 채택하는 일에 불과하다. 거기에는 그 어떤 진실도, 상상도, 이해도 없다. 수령과 백성을 버리고 소발률로 떠나 거기에 주저앉은 소린타일의 아들은 고통받았을 것이다. 소발률은 늘 토번과 당에 시달렸을 테니까. 하지만 과연 그런 것인지는 누구도 모른다. 소린타일의 아들은 거기서 행복했을 수도 있다.

그는 6월 30일, 제4캠프에서 마지막으로 등반일지를 썼다. 정상 등정에 나섰다는 B조의 대원은 제4캠프에 없었다. 이미 많은 시간이 지났기 때문에 그 대원의 생사는 확인할 수 없었다. 허탈해진 그들은 제4캠프에 남은 식량을 모두 먹은 뒤, 쓰러졌다. 기온은 영하 사십 도까지 떨어지는 것 같았다. 그런 곳에서 그는 달빛에 대해 쓰고 있었다. 달빛을 받은 빙하의 얼음이 푸른빛을 띠면서 반짝인다. 여기는 수정의 니르바나다. 검은 그림자의 이 친구는 걸핏하면 나를 보고 웃는다. 갈증이 심하다고 말하면 이 친구는 내게 한없이 솟구치는 맑은 샘물을 보여준다. 심심하다고 말하면 하늘로 울긋불긋한 불꽃을 터뜨린다. 이 친구가 해결해주지 못하는 게 하나 있다. 그건 바로 잠이다. 자고 싶다고 말하면 고개를 설레설레 흔든다. 금방 손이 얼어버리기 때문에 그 이상 쓸 수는 없었다. 마지막으로 쓴 문장은 "다시 한 달을 가서 설산을 넘으면"이었다. 그날, 함께 텐트에 있었던 대원은 그가 다 쓴 등반일지를 자신의 배낭에 밀어넣는 것을 봤다고 했다. 원정이 실패한 뒤, 자신의 욕망을 위해서 젊은 대원들을 죽음의 지대로 몰아넣었다는 비난을 받게 되자 원정대장은 그날 정상 부근에서 죽은 두 사람은 스스로 죽음의 아가리로 기어들어갔다고 반박했다. 그러면서 원정대장은 그가 다른 사람의 배낭 속으로 밀어넣은 등반일지를 그 증거로 들었다. 그는 애당초 죽기 위해서 낭가파르바트에 간 것이라고. 원정대장의 말이 완전히 틀렸다고는 볼 수 없지만, 어쨌든 이로써 원정대장은 다시는 남의 돈으로 히말라야에 갈 수 없게 됐다.

"다시 한 달을 가서 설산을 넘으면"이라는 문장은 70행에서 71행에 걸쳐 있다. "우일월정과설산又一月程過雪山". 그다음에는 "동유일소국東有一小國"이 이어진다. 혜초는 자신이 가본 나라를 다룰 때는 예외 없이 종從, 행行, 일日, 지至 등의 글자를 사용했다. 예를 들면 "우종남천북행양월又從南天北行兩月 지서천국왕주성至西天國王住城", 이런 식이다. 그러므로 "又一月程過雪山 東有一小國"이라고 말했을 때는 혜초가 실제로 가보지 않고 들은 얘기가 나온다는 뜻이다. 다시 한 달을 가서 설산을 넘으면 나오는 나라에 대해 혜초는 이렇게 썼다. "이름은 소발나구달라蘇跋那具怛羅국이라고 한다. 토번국의 관할 아래 있다. 의상은 북천축과 비슷하나 말은 다르며 지대가 대단히 춥다." 이 문장에서 혜초가 기록으로 남기지 않은 게 하나 있다. 이 나라는 『대당서역기』에 나오는 소벌랄나구달蘇伐剌拏瞿呾국이자, 다른 많은 문헌에 나오는 동녀국東女國, 즉 여자가 왕인 나라이다. 혜초는 가보지 못했으므로 소발나구달라국이 여국女國이라는 사실을 『왕오천축국전』에 남기지 않았다. 낭가파르바트에서 그가 남기지 않은 문장은 무엇일까? 등반일지가 거기서 끝났으므로 이제 그가 어떻게 됐는지 알 도리는 없다.

낭가파르바트에서 돌아온 사람들의 얘기를 종합하면 그는 밤새 깨어 있다가(혹은 뜬눈으로 자신의 꿈을 바라보고 있다가) 새벽 한시가 되어 얼어붙은 신발을 신고 텐트 밖으로 나갔다. 마지막 등반일지에 그는 달빛에 대해 썼지만, 증언에 따르면 사흘째 눈보라가 몰아치고 있었고 그날도 예외는 아니었다. 그가 혼자서 정상 공격에 나서겠다고 말했다는 걸 들었다는 대원도 있지만, 확인할 수 없었다. 다른 대원은 그가 이대로 있다가는 죽을 것 같으니 하산하겠다고 말한 것으로 들었기 때문이다. 그들 역시 사고가 정지된 상태였다. 계속 맑을 것이라던 베이스캠프의 정보와 달리 날씨는 계속 흐렸다. 종일토록 눈보라는 계속됐다. 남은 두 대원은 제4캠프를 떠나지 못하고 하루를 더 머물렀다. 그다음날은 화창했다. 하지만 추위와 허기와 고립감으로 반쯤 넋이 빠진 두 대원은 곧장 하산했다. 날씨가 화창해 낭가파르바트 정상이 손에 닿을 듯 가깝게 보였으므로 원정대장은 내려오지 말고 정상을 공격하라고 소리쳤다. 그도 반쯤은 미쳐 있었지만, 등정이 결국 실패했다는 사실을 인정하지 않을 수 없었다. 1988년 한국 낭가파르바트 원정대는 7월 2일 정상 등정에 최종 실패했다.

며칠 뒤, 정상 등정에 나선 벨기에 원정대에 의해 7,800미터 지점에서 가장 먼저 정상 공격에 나선 B조 대원의 시신이 관측됐다. 그 대원이 정상을 밟고 내려오다가 죽었는지, 정상을 향해 올라가다가 죽었는지 확인할 방법은 없었다. 더 알 수 없는 것은 그의 경우였다. 7월 1일 새벽 한시에 제4캠프를 떠난 그의 흔적은 어디에도 남아 있지 않았다. 정상에도, 베이스캠프에도. 낭가파르바트 원정대를 다룬 유일한 기사에서는 그가 B조 대원을 구조하기 위해서 낭가파르바트를 올라가다가 히든 크레바스에 빠졌을 것이라고 썼다. 그건 낭가파르바트 제4캠프에서 실종된 그에게 사람들이 할 수 있는 가장 합리적이고 예의를 갖춘 상상이었다. 하지만 나는 그의 마지막에 대해 다르게 상상한다. 가장 많은 사람들이 할 수 있는 상상이 아니라 나만이 할 수 있는 상상의 힘으로. 7월 1일 새벽 한시에 그는 제4캠프를 떠난다. 다른 사람들과 달리 그의 하늘은 화창해 서늘한 달빛을 받은 낭가파르바트 정상이 환하게 반짝인다. 하얗게 얼룩이 진 검은 봉우리는 그 모든 고통과 슬픔과 절망을 고스란히 받은 채 벌거벗고 있다. 바람이 불어오면 눈물처럼 하얀 눈송이들이 바위를 타고 주르르 흘러내린다. 그는 천천히, 아주 천천히 벌거벗은 봉우리의 고통과 슬픔과 절망 속으로 걸어간다. 눈물은 그 고통과 슬픔과 절망을 따뜻하게 감싼다. 낯익은 얼굴처럼 환하게 웃는 암벽, 훈훈한 바람을 뿜어내는 설산, 서서히 그를 위쪽으로 밀어올리는 바람. 그리고 벌거벗은 산으로 붉은 꽃과 푸른 풀과 하얀 샘이 생겨난다. 그는 자신과 함께 걸어가는 검은 그림자의 친구와 농담을 주고받으며 껄껄거린다. 여기인가? 아니, 저기. 조금 더. 어디? 저기. 바로 저기. 다시 한 달을 가서 설산을 넘으면. 바로 저기. 문장이 끝나는 곳에서 나타나는 모든 꿈들의 케른, 더이상 이해하지 못할 바가 없는 수정의 니르바나, 이로써 모든 여행이 끝나는 세계의 끝.

남원고사南原古詞에 관한 세 개의 이야기와 한 개의 주석

1. 우리가 정말로 사랑했을까?

번화하던 옛일은 티끌 따라 흩어지고繁華事散逐香塵
흐르는 물은 무정한데 풀은 저절로 봄이구나流水無情草自春

거기까지 생각했을 때, 그녀의 머릿속은 하얗게 변해버렸다. 곡우 가까울 무렵이면 집 안중문 옆에서 피어오르던 앵두나무 꽃잎처럼. 무리풀을 먹이고 쌀가루를 뿌려 만든 전라도 분주지粉周紙처럼. 촘촘히 박아놓은 대나무 창살 사이로 서늘한 소소리바람을 잡아타고 내려온 별빛들이 옥중으로 점점이 밀려들었다. 오늘은 며칠인가? 나는 왜 여기 있는가? 아는 듯 모르는 듯 달은 며칠을 두고 이울고 이제 밤이 깊어질수록 빛이 설핏해지는 때가 찾아왔다.

초하루 가까운 때의 밤이란 꽃무늬 수놓은 이부자리에 금침을 베고 누웠다고 하더라도 혼자서는 견디기 어려운 법. 그러나 누구에게나, 그 어떤 인생에게나 한 번쯤은 그런 밤이 찾아올 테지. 그런 밤이 찾아오면 강은 낯빛을 잃어버리고 밤은 홀로 깊어지겠지. 아니라고 몇 번에 몇 번을 거듭해서 말해도 우리는 결국 자기가 아닌 다른 어떤 존재로 바뀌어가겠지. 그런 밤에 혼자 남은 사람의 마음은 어쩔 수 없이 물러졌다가는 이내 흐릿해진 시간과 공간의 경계를 따라 흐르면서 가뭇없이 밤의 그늘 속으로 풀리게 된다.

그 둥근 담장 너머 대나무 창살 속에 들어온 뒤로 마음이 경계를 따라 번지는 일을 한두 번 겪은 게 아니었으므로 그녀는 다시 생각을 틀어쥐었다. 마지막 구절은 '落花猶似墜樓人', 곧 '지는 꽃만이 흡사 누각에서 떨어지는 사람 같구나'가 분명했다. 제아무리 어두운 밤이 영혼 속으로 밀려든다고 한들 그런 구절마저 잊을 수는 없는 일이었다. 하지만 그 사이에 숨은 구절은 도통 기억나지 않았다. '객사에는 푸릇푸릇 버들잎이 새롭다客舍青青柳色新'라거나 '바닷물은 발아래로 천만길海水直下萬里深' 따위가 떠올랐으나 모두 그 시에 어울리는 구절은 아니었다. '강은 지는 꽃을 데려가는데 기러기 소리 외롭다'거나 '봄빛은 점점이 떨어지는데 길가 버드나무 그 빛을 더하네' 따위의 대수롭지 않은 구절이었을 거야. 몇 번 정확한 구절을 떠올려보려고 새하얀 머릿속을 이리저리 뒤적여보다가 그녀는 그게 뭐 그렇게 중요하단 말인가고 문득 생각했는데, 그 생각이 채 사라지기도 전에 뜻밖에도 눈물이 맺혀들었다.

옥에 갇힌 그녀에게 느닷없는 눈물바람은 낯선 일이 아니었지만, 그날의 눈물은 조금 의미가 달랐다. 처음에는 그처럼 늘키고 싶은 마음이 전혀 없었다. 처음에는 그녀에게 오월비상五月飛霜, 매울 정도로 차가운 분노가 들끓었다. 아니다, 그렇게 말해서는 안 된다. 처음에는 사랑이 있었다. '하늘은 길고 땅은 오래되어도 다할 때가 있다天長地久有時盡'고, 붉게 물든 단풍이 가을 차가운 바람에 떨어지는 한이 있더라도 그 붉은 마음만은 서로 변치 말자고 맹세했던 사랑이 있었다. 그 사랑이 아니었더라면 그다음의 여러 일들은 일어나지 않았을 것이다. 그녀가 그 뜨거운 마음자리를 처음 알게 된 건 열여섯 생일을 맞이하고 얼마 지나지 않은 무렵이었다. 물론 그게 첫사랑이었다. 되비치는 얼굴이 진짜 제 얼굴이라도 되는 양, 하루에도 몇 번씩 닦아내는 거울처럼 애지중지 아끼고 또 보듬어주고만 싶은 사랑이었다.

열여섯이라면 면경面鏡 속에 담긴 그 모습이 평생 자신의 얼굴로 남으리라는 것쯤은 알 만한 나이다. 하루에도 몇 번씩 키가 자라는 변덕쟁이 아이 시절이 끝나고 나면 비로소 만춘晩春, 치솟을 대로 치솟아 결국엔 무르녹고 마는 푸른 시절이 찾아온다. 온 마음에 꽃봉오리 맺히고 잎사귀 달리면 거기서 변하는 것은 무엇이며 변하지 않는 것은 무엇인지, 또 무엇이 변할 수 있으며 무엇이 변해서는 안 되는지 깨달을 수밖에 없다. 바로 그때, 호령을 받은 나장들처럼 그 이름만 불러도 첫사랑이 달려온다. 북두칠성 일곱 별빛에 두고두고 비춰봐도 바래지 않고 지리산에서 흘러내려온 요천 푸른 물에 아흔아홉 날을 담가둔다고 한들 지워질 수 없는, 그런 사랑이 찾아온다. 금낭화 꽃등마냥 수줍게 고개 숙인 여린 소녀의 마음자리를 하나하나 어루만지며 그 사랑은 부드러운 입술로 무슨 말을 했던가? 손 빠른 중 비질하듯 덧없이 세월이 흐르고 그녀가 다른 얼굴 다른 목소리로 변해간다고 하더라도 그 사랑만은 변할 수 없다는 것. 서리와 눈 맞아도 그 빛이 변하지 않는 사랑만이 그녀를 영원히 살아남게 하리라는 것. 그 사랑을 얻으면 죽음마저도 침향沈香처럼 은은해지리라는 것.

그래서 처음 관아에 출두하라는 통지를 받았을 때, 그녀는 울컥 노여움이 치솟는 걸 느꼈다. 그건 약한 신분에 억울한 일을 당하고 소지를 올리며 드는 마음이 아니라 철모르는 아이가 아끼던 다관茶罐을 깨뜨리겠노라고 달려들 때 불쑥 치미는 공격적인 마음에 가까웠다. 밑에서 위를 우러러 분노한 게 아니라 위에서 밑을 아우르며 화를 냈다는 뜻이다. 그건 당연했다. 남녀 간의 사랑을 최고의 덕목으로 떠받드는 종교가 있다고 치자. 그렇다면 그녀는 그 종교의 성녀와도 같은 사람이랄 수 있었다. 그녀는 사랑에 관한 모든 신비체험을 경험한 몸이었다. 그 눈부시도록 환한 빛, 섬뜩할 정도로 뜨거운 기쁨에 일단 노출되고 나면 세상의 다른 모든 것들은 빛을 잃고 식어버린다. 삶과 죽음마저도 넘어설 수 있다고 나서는 그녀의 오만함은 바로 거기서부터 시작했다.

신비체험을 한 사람이 목에 칼을 들이민다고 배교할 것 같으면 '사제'란 칼을 우상으로 삼아 제사지내는 자들을 일컫는 말이 됐을 것이다. 그랬기 때문에 처음 옥에 갇힐 때만 해도 그녀는 앞으로 그 어떤 비바람이나 폭풍우가 몰아치더라도 지지 않을 자신이 있었다. 하지만 그 어느 결엔가 자존심인지 오만함인지, 혹은 분노인지 알 수 없었던 그 마음은 슬픔으로 번져갔다. 5월 버드나무 잎을 건드리는 따뜻한 바람처럼, 명사십리 해당화 아름다운 해변에 가닿았다가 물러섰다가 이내 다시 가닿는 일을 되풀이하는 동해 푸른 파도처럼, 슬픔은 지속적으로 되풀이해서 마음을 적셨다. 분노는 사랑에 불을 지피는 장작과 같았으나 그 불길은 막아도 막아도 밀려드는 슬픔의 물결에 아래쪽부터 사그라들고 있었다. 그런 그녀에게 기생들의 우두머리인 행수기생 옥란이 좋은 소식이 있다며 군뢰사령의 위세를 빌려 옥까지 찾아온 건 바로 그날 오후였다.

옥란은 환한 낯빛으로 다짜고짜 그녀를 향해 "자네의 아름다운 행실이 이제 만고에 빛나게 되었다네"라고 말했다.

"향청과 질청의 여러 어른들께서 근민헌近民軒 골방에 처박힌 그 허수아비 녀석을 골탕 먹일 방도를 드디어 알아냈다네. 금번 임금께서 호남 땅에 어사를 파견하셨다는 소문이 파다한데, 그 어사또가 순천객사를 호령했다는 소식이 들려오니 곧 남원 땅에도 들이닥칠 것이네."

옥란이 말을 이었다. 어안이 벙벙해졌던 그녀의 얼굴 위로 파르르 생기가 돌았다.

"그렇다면 삼청동 도련님이 드디어 장원급제하시어 어주삼배御酒三盃에 홍패紅牌와 사화賜花 받으셨다는 말씀인게요?"

그녀의 말에 옥란이 듣던 중 한심한 소리라도 되는 양, 혀를 끌끌거렸다.

"형옥刑獄 거적때기가 네게는 어디 구중심처 화문등메라도 된단 말이냐? 어찌 아직도 지금이 꿈결인지 엉겁결인지 구분하지도 못한단 말이냐? 몽룡인지 삼룡인지 그 어린애가 한양으로 올라간 지 몇 년이나 되었다고 벌써 어사화 머리 꽂고 너희 집 앞에 열녀정문 세워줄 꿈을 꾼다더냐? 별나다 별나다 하지만 너처럼 별난 애는 두고 다시 안 나올 게다. 잘 들어봐라. 도안이며 구실돈 드나드는 관계며 관청고자 틀어쥔 이가 다 누구더냐? 호장 영감이며 좌수 어른이 아니더냐? 곧 이 옆 객사에도 '금준미주천인혈金樽美酒千人血' 호령소리 요란하게 울려퍼질 것인즉 너는 마음 하나 곧게 지켜 뒷일을 도모하도록 해라. 그 깎은 무 같은 변가 놈이 제아무리 회유해도 흔들려서는 아니 되느니라."

"어사또와는 벌써 몇 차례 파발이 오간 눈치니 본관 사또 귀빠진 날이 얼빠지는 날이 될 게 틀림없수."

옆에 서서 하염없이 그녀만 바라보던 군뢰사령이 지나가는 말처럼 덧붙였다.

"얼빠지는 날이 된다니, 그럼 변사또께서 봉고파직이라도 당한단 말인게유, 오라버니?"

"봉고파직뿐이겠느냐? 어사또 출두해 청문하게 되면 돈구멍이든 밑구멍이든 안 빠져든 구멍이 없다는 게 백일하에 드러날 것이며 겸해 서류상 환곡과 전결에는 빼돌린 구멍만 숭숭 뚫렸을 테니 여기 들어와 옥구멍이나 들여다보는 신세가 될 게 분명하다."

"변사또 같은 분에게 구멍공사 누명이 웬 말이오?"

"일이 이리되고 보니 그놈의 치도곤도 그리워진단 말이냐? 아니면 그 허수아비의 사랑한다는 말을 진짜로 믿게 됐다더냐? 말 거슬러달라고 한 적도 없는데, 잔말이 참으로 많구나. 어쨌든 자네는 열녀로 수절할 몸이니 좋다고 기절하지나 말고 마음 하나 꼭 붙들어매도록 하게. 이번 일은 자네 한몸 수절하는 일에 달렸으니. 자네에게 백년가약은 전임 사또 자제 책방도령뿐이 아니던가?"

그녀의 말에 옥란이 눈을 치뜨면서 재깔였다. 옥란은 그녀에게 일부종사 이부불경 다짐을 받은 뒤에야 군뢰사령을 이끌고 다시 옥문을 나섰다. 옥란과 군뢰사령이 다녀간 뒤부터 그녀의 마음은 조금씩 흔들리기 시작했다. 그래서 슬픔이 넘쳐흐른 것일까? 어쩐지 애잔한 마음이 고여들기 시작했다. 변사또는 그녀가 마음만 열어준다면 그 어떤 형극의 길이라도 걸어갈 수 있다고 누차 얘기했다. 북촌에 본가를 둔 마흔다섯 살의 양반이 열아홉 천기 소생의 사랑을 얻을 수만 있다면 모든 걸 버릴 수 있다고 얘기했다. 그게 다였다. 그게 왜 봉고파직의 사유가 된단 말인가? 그렇다면 관기들의 마음은 조금도 물어보지 않고 막무가내 동헌 마루방으로 불러들여 밤을 보내는 그 수많은 수령들은 왜 처벌하지 않는 것인가? 책방도령이 어사또가 되어 용성관 마루에 서서 호령한다 해도 그녀는 변사또에게 일말의 동정을 느꼈을 것이다. 그런데 능구렁이 같은 향리들에게 속아넘어간 다른 어사에게 자신에 대해 연정을 불태운 게 죄라면 죄랄 수 있는 변사또가 일순간 탐관오리로 매도된다면?

그 밤, 파루 소리가 은은하게 울린 뒤 그녀는 가만히 앉아 다시 한번 자신이 떠올리지 못하는 그 시구가 무엇인지 생각해봤지만, 머릿속은 하얗게 비어만 갔다. 다만 생각나는 것은 그 시를 쓴 사람의 이름이 당나라 시인 두목이라는 것뿐. 몇 해 전 5월 단오, 그녀는 봄기운을 이기지 못해 광한루 오작교 건너 요천가에 매어둔 그네에 올라타 드높은 하늘을 향해 발을 굴렀다. 그때 남원 관아에서 방자로 일하던 아이 녀석이 그네 밑에까지 걸어와서는 그녀를 애타게 찾는 사또 자제 책방도령의 생김새를 이렇게 설명했다. "우리 댁 도련님이 인물이 빼어나고 풍채는 두목지요, 문장은 이태백이요……" 낙양을 지날 때, 기생들이 그 빼어난 얼굴을 보기 위해 던진 귤이 마차에 가득했다던 두목의 고사를 먼저 알려준 사람이 전임 사또 자제가 아니라 변사또라면 어땠을까? '지는 꽃만이 흡사 누각에서 떨어지는 사람 같구나'로 끝나는 두목의 시 「금곡원金谷園」을 먼저 읊은 사람이 책방도령이 아니라 신임 부사였다면 어떻게 됐을까? 그 시가 진나라의 거부였던 석숭의 애첩으로 손수라는 이가 그 미모를 탐해 석숭에게 달라고 하자 분을 참지 못하고 누각에서 뛰어내려 자살한 녹주라는 여인을 노래했다고 먼저 말한 사람이 이몽룡이 아니라 변학도였다면 어찌됐을까? 그렇다면 그녀는 누구를 위해 수절했을까? 그렇다면 도대체 수절이란 무엇인가? 그런 그녀에게 영원한 사랑이란 무엇인가?

2. 여태 잊히지 않는 그 얼굴

저는 세간에 알려진 것과는 다르게 그 모든 문제가 그녀에게서 비롯됐다고 생각합니다. 잘 모르는 사람들을 위해 전후 사정을 설명하자면 다음과 같습니다. 나라에서 정한 법률에 따라 어머니가 기생인 그녀로서는 태어날 때부터 기안妓案에 이름을 올리게 돼 있었습니다. 물론 몇 해 전, 그녀와 사또 자제가 서로 사랑한다는 소식이 전해진 뒤로 그녀는 달마다 초하루와 보름에 있는 기생 점고에는 참석할 필요가 없었습니다. 그저 이름을 부르면 이에 응해 도안에 점을 찍는 것으로 인원 점검을 마치는 일이 고작이었지만 말입니다. 읍내 기생들 중에는 이를 두고 질투하는 부류도 있었지만, 모두 그런 것은 아니었습니다.

예를 들자면 기생들 중의 우두머리인 행수기생 옥란 같은 경우에는 대단히 어려운 일이겠지만, 대비정속代婢定屬이라는 항목이 『속대전』에 나오는 게 분명하다면 법전이 세상에 없는 일들을 적어놓은 게 아닐진대 그녀가 대비정속해 양반의 아내로 살아가는 건 좋은 일이라고 여겼습니다. 물론 그런 생각의 이면에는 또다른 꿍꿍이가 똬리를 틀고 있었지만 말입니다. 하지만 세상의 모든 법이라는 게 누구 좋으라고 만들어놓은 것이겠습니까? 지방 관아에 배속된 관기에게 대비정속을 운운하는 건 멍멍이에게 '대학지도는 재명명덕大學之道在明明德' 운운하는 일이나 마찬가지가 아니겠습니까? 다만 부내 사람들이 모두 전임 부사의 자제와 백년가약을 맺은 그녀를 공공연하게 대비정속한 몸이라고 여겼던데다가 구관 사또가 한양의 내직으로 올라간 뒤에 그 어미 월매가 당시만 해도 향청의 좌수였다가 그 위세를 등에 업고 나중에는 질청까지 나아간 김좌수와 헐렁이 호장에게 속량조로 얼마간 돈을 쥐여줬다고 하니 적어도 그녀만은 양민 취급을 한 셈이었지요.

하지만 새로운 부사가 임지에 도착하면서부터 모든 게 달라졌습니다. 10월 초하루에 남원으로 부임한 변부사는 광한루에서 옷을 갈아입고 객사인 용성관 내 경기전에 들러 문안례와 삭망례를 겸해 전패殿牌와 궐패闕牌를 마주하고 향망궐배向望闕拜 올린 뒤, 첫 업무로 기생 점고를 시작했습니다. 기생 명부에 등재된 인원과 실제 인원이 일치하는지 살피는 기생 점고는 원래부터 초하루와 보름에

행하는 것으로 돼 있었기 때문에 부임 첫날 실시한다고 해도 하등의 문제가 없는 절차였습니다. 게다가 변부사는 임금 앞에서 여악女樂을 철폐해야만 한다고 주장했던 정암 조광조 선생을 숭상했기 때문에 관기에 대한 태도가 분명했습니다. 사실 제 동료들만 해도 기둥서방으로 나서는 판국이며 김좌수 같은 구실아치들은 대놓고 옥란 같은 기생을 첩 삼아 거느리고 다녔으니 객사나 향청을 드나드는 양반들은 더할 나위가 없었습니다. 변부사는 이 사실을 잘 알고 있었기 때문에 마침 초하루를 맞아 기생 점고를 시작했는데, 이 때문에 부임 초부터 향청과 질청에게 눈에 보이지 않게 견제를 당하기 시작했습니다. 그러니까 말하자면 신임 부사와 아전 사이의 힘겨루기는 기생 점고에서 시작됐단 말씀입니다.

그날, 서류상 여전히 기생 명부에 등재돼 있던 그녀는 기생 점고에 나서지 않았습니다. 그 연유를 물은즉, 옥란이 와병중이라고 대답했습니다. 하지만 죽을병이 아닐진대 신임 부사의 첫 기생 점고에 나서지 않는다니요? 더구나 남원 기생 중 한강 북쪽까지 이름을 떨친 기생은 그녀 하나뿐이었는데 말입니다. 변부사는 필시 부정이 숨어 있으리라고 짐작했던 모양입니다. 한번 더 다그치니 향청의 위세로 이방의 자리에까지 오른 김좌수가 그녀는 전임 사또의 자제와 백년가약을 맺어 대비정속했노라고 고했습니다. 사실상 기생들을 하나씩 꿰찬 자들이 그 책방도령뿐만은 아니었지요. 그때 침으로 미끌거리는 주둥이를 놀리던 김좌수도 마찬가지였고 기안만 들여다보던 호장도 마찬가지였고 한쪽 구석에서 '글쎄요, 글쎄요'만 되뇌던 김낭청도 마찬가지였습니다. 김좌수는 상탁하부정上濁下不淨이라는 심정으로 사또에게 그녀를 들먹인 것이었습니다. 하지만 관기는 국가의 재산에 속하는 것인데 어찌 일개 지방 수령 따위가 사사로이 그 신분을 변동시킬 수 있단 말입니까? 하물며 전임 부사의 자제와 사랑했다는 이유로 호장과 좌수가 대비정속시켜줬다는 건 말이 되지 않는 일이죠. 사사롭게 넘길 문제가 아니라고 생각한 변부사는 즉각 사령들을 시켜 점고에 빠진 그녀를 등대시키라고 일렀습니다.

그때부터 문제는 커지기 시작했습니다. 그녀가 완강하게 동헌에 나서지 않겠노라고 버텼기 때문입니다. 그렇게 버티지만 않았어도 변부사가 교방의 문란을 트집 잡아 아전의 기세를 누르겠다고 매사를 바짝 단속하지도 않았을 터이고 결과적으로 향리들이 공분에 빠져 암행어사 순행 소식에 변부사에게 탐관오리의 누명을 덧씌우려고 애쓰는 일은 없었을 겁니다. 그날, 그녀가 동헌에 나타나기만 했어도 그 이후의 일들은 쉽게 풀어갈 수 있는 문제였습니다. 어쨌든 아직까지는 양반 자제와 혼인하지 못한 몸이니 한 달에 두 번 있는 점고에만 응하고 집으로 돌아가면 되는 일이 아니겠습니까? 남원 사람으로서 그녀에게 교방 출입을 권할 이가 어디 있었겠습니까? 변부사도 세상물정 알지 못하는 천둥벌거숭이가 아닌 다음에야 지금은 비록 기생 명부에 등재된 관기라고는 하나 정3품에 해당하는 이조참의의 아들과 연을 맺은 그녀를 함부로 대할 수는 없는 노릇이었으니까요. 게다가 남원부는 예로부터 호남 고을 중에서는 향족의 위세가 가장 센 곳입니다. 제아무리 신임 부사라고 하더라도 향청과 아전을 장악하지 못하는 한에는 손발 잘린 원숭이 신세를 면치 못합니다.

하지만 그녀는 집에까지 찾아간 남원부 사령들 앞에서 자신은 양반의 자제와 연을 맺은 양민이니 기생 점고에 등대하는 것은 불가하다고 부르짖었습니다.

"얘야, 니 말을 우리가 못 알아듣고 생떼를 부린다더냐? 다만 원칙상 아직까지 너는 남원부 소속 관기의 신분이니 기생 점고에 참석하는 게 옳다는 신임 부사의 말에 맞대거리할 수는 없는 이치라 그런 것이지. 지리산 북쪽 자락에 걸쳐 사는 사람치고 니가 앞으로 팔자 고치리라는 걸 모르는 사람은 없으니 지금은 그냥 시늉만 해라. 행수기생도 너를 기생 점고에만 부르겠노라고 내게 확답했으니까."

군뢰사령으로 그녀를 데리러 갔던 제가 이렇게 말했습니다.

"오라버니, 제가 팔자를 고쳤다고, 혹은 팔자를 고치겠다고 이러는 게 아니에요. 오라버니만 해도 제가 어떻게 태어났고 어떻게 자랐는지 아시잖아요. 어느 날 제게 거역할 수 없는 님이 찾아왔답니다. 몸과 혼을 모두 그분에게 바쳤답니다. 그분은 제게 불망기까지 적어줬어요. 어느 양반 자제가 한낱 기생에게 불망기를 적어주며 영원히 사랑하겠노라고, 그 사랑 변치 않겠노라고 맹세한답니까? 그런 얘기, 혹여 꿈에서라도 들어본 적이 있답니까? 그분은 저보다 훨씬 훌륭한 양가 규수를 만나 백년해로할 수 있는 편안한 길이 있었는데도 천한 기생의 신분인 저와 인연을 맺겠노라며 가시밭길을 자처해서 오셨습니다. 그게 얼마나 힘든 선택인지는 오라버니도 아시잖아요? 그런 처지에 있는 몸을 함부로 내돌릴 수는 없습니다. 제 마음에도 불망기가 씌어진 만큼 호장 어른의 기명 부름에는 절대 응하지 못하겠어요."

따라온 김번수며 박패두 등이 하품을 늘어놓으며 뒷머리만 긁적이는 동안, 저는 답답하기도 하고 한편으로는 측은한 마음도 들었습니다. 친구 따라 강남 간다는 말은 들어봤어도 어미 따라 기생 된다는 말이 있을 수 없다는 건 잘 알겠으나 수절에도 때와 장소가 있는 법이지, 저를 두고 신임 부사와 향청, 아전이 일대격전을 벌이려는 참인데 백년가약 수절 타령이 어느 장단에 흘러나온단 말입니까?

"교방에 가면 불쏘시개로 쓰는 게 양반 놈들이 적어준 불망기라 하더라. 기생 처지에 수절이 웬 말이냐, 기절이 딱이다. 날 더운데 아니 땐 굴뚝에 군소리 그만하고 얼른 나서라. 니 손바닥도 아닌 다음에야 마음대로 뒤집을 수도 없는 세상, 소나기가 내리면 잠시 피했다가 길 나서는 게 상책이라. 변 모라더니 뒷간으로 떨어지는 똥자루처럼 말하는 것이 이런저런 사정 봐주게 생긴 인사가 아니다."

"저는 지금 사또의 명령에 버티는 게 아니라 제 사랑을 지키는 것이에요. 오라버니마저도 제 마음을 믿지 못하는 것입니까? 오라버니도 다른 사람처럼 저를 두고 노류장화니 인개가절路柳墻花人皆可折 운운하신다면 저로서도 할말은 없사옵니다. 하지만 제 몸을 꺾을지언정 이 마음은 어떻게 꺾을 작정이랍니까?"

"빌어먹을, 젠장, 니 몸이 길가에 핀 꽃이었다면 내가 꺾어도 수만 번은 꺾었느니라. 너는 어찌 네 마음은 열이나 알면서 다른 사람 마음 하나는 그리도 모른단 말이냐? 에라, 모르겠다. 어허둥둥 내 사랑아, 연평 바다 그물같이 코코마다 맺힌 사랑. 그놈의 사랑이 얼마나 중한지 나도 오늘 한번 확인해보자꾸나. 내 손으로 너를 결박해서 동헌에 대령시키는 일은 도저히 못하겠으니 곤장에 대못 박아 치는 것도 아니고 나도 너 따라 한번 버텨보기나 해보자."

그녀가 어떻게 태어나고 또 어떻게 자랐는지 제가 왜 모르겠습니까? 세상 돌아가는 형편은 아랑곳하지 않고 사랑 하나 믿고 까부는 게 어이가 없기도 하고 한편으로는 서운하기도 했습니다. 그 꼴을 보고 있자니 어쩐 일인지 제 처지가 한심해지기만 했습니다. 번수 녀석들은 묶어서라도 끌고 가자고 아우성이었지만, 일체의 책임은 제가 지겠노라고 이르고 막아섰습니다. 저는 여기까지 왔는데, 목이라도 축이고 가라는 월매의 청을 못 이기는 척 술을 퍼마셨습니다. 근무시간중에, 그것도 신임 부사의 명령에 따라 기생 점고에 빠진 관기를 데리러 가서는 취하도록 술을 마셨으니 곤장에 대못을 박아 두들긴다고 하더라도 할말은 없습니다. 하지만 저도 한번 가보고 싶었습니다. 제 사랑의 끝은 과연 어디인지 가보고 싶었습니다. 그리하여 정신을 차리고 둘러봤더니 그곳은 바로 제가 손바닥처럼 잘 알고 있던 옥 안이더군요. 옥졸 녀석들이 술에 취해 불콰한 얼굴로 게슴츠레 눈을 뜬 저를 불쌍하다는 듯이 바라보던 게 아직까지 생각납니다. 물론 한 달 뒤 풀려나 몇 놈 손을 보긴 했지만 말입니다.

그다음 얘기는 다 옥중에서, 또 출옥한 뒤에 전해들은 것들입니다. 그녀가 기생 점고를 거부하고 양민을 선언했다는 소식을 전해들은 신임 부사는 다른 일들이 산적했음에도 그 대담한 선언에 놀라 그녀를 동헌까지 압송하라고 명령했습니다. 끌려온 그녀는 동헌에 선 신임 부사를 쏘아보며 또렷또렷한 목소리로 자신은 한양 삼청동에 사는 이조참의 영감의 자제와 백년가약을 맺은 몸으로 대비정속했으니 양민의 신분이라 기생 점고에 등대하는 일은 불가하다는 내용의 발괄을 올렸습니다.

"어찌 일개 수령의 아들 녀석이 제 입안의 혀 굴리듯 관기의 신분을 제 마음대로 바꿀 수 있다는 게냐? 그런 걸 두고 권한 남용이라고 이르지 않겠느냐? 임금께서 한 해가 멀다 하고 암행어사를 각 도에 파견하는 본뜻이 바로 거기에 있느니라. 노류장화인 천기 주제에 수절을 하든 기절을 하든 그건 내 알 바가 아니다. 토호와 아전의 발호로 수령의 칠사七事가 이처럼 문란해졌다는 게 내게는 더 중요하다."

그냥 흘려들어도 되련만 노류장화란 말에 그녀가 발끈해 다시 고래고래 소리쳤습니다.

"저희는 서로 사랑합니다. 어떤 사람에게 사랑한다고 말한다는 건 그 밖의 다른 모든 사람들을 사랑하지 않겠노라고 맹세하는 것이나 마찬가지가 아니겠습니까? 그분은 제게 저를 영원히 사랑하겠노라고 맹세하는 불망기를 적어주셨습니다. 저 역시 그분을 영원토록 사랑하겠노라고 맹세했습니다. 사랑에 반상이 어디 따로 있겠습니까? 그런즉 대담하고 겁 없는 말씀이오나 이제 저를 더이상 노류장화 취급하지는 말아주셨으면 합니다."

다른 생각에 잠겨 있던 변부사가 그 말에 혀를 끌끌 차면서 말했다고 합니다.

"네 나이가 올해 몇이냐?"

"열아홉이옵니다."

"아직 푸릇푸릇하도다. 그래, 네 눈에는 정말 사랑이 영원하리라고 믿느냐?"

"태양이 오늘 운을 다하여 서해로 떨어져 다시 솟구치지 않는다고 해도, 달이 그믐에 이르러 이지러져 다시 커지지 않는다고 해도 그 사랑이 변할 리 만무합니다."

"그건 너의 신분도 마찬가지니라. 일개 남녀의 사랑 때문에 종묘사직의 기반인 사농공상이 허물어진다면 이 세상에 남아날 나라가 있을 리 만무하다. 우스운 말은 이제 들을 만큼 들었으니 기생명부에서 이름을 빼려면 지금 당장 삼청동 책방도령과 혼례를 올린 뒤 대비정속할 수 있는 길을 찾아보든지, 그렇지 않다면 최소한 한 달에 두 번 있는 기생 점고에는 반드시 등대하도록 하라."

옥에서 나와 여러 사람들의 의견을 청취한바, 그 정도라면 변부사로서는 할 수 있는 말만 골라서 한 셈이었다는 게 중론이었습니다. 하지만 그녀는 당돌하게도 이렇게 소리쳤다고 합니다.

"사또께 아뢰리다. 충신은 두 임금을 섬기지 아니하고 열녀는 두 남편을 섬기지 아니한다고 했습니다. 사또는 다시 어지러운 때를 당하면 도적에게 굴복하여 두 임금을 섬기리이까!"

그 말에 변부사는 왈칵 화를 냈다고 합니다. 양란을 거쳐 나라가 크게 한 번 흔들린 뒤였으니 한 고을의 수령에게 그보다 더한 봉욕逢辱이 어디 있었겠습니까? 하지만 노류장화에 발끈한 게 그녀의 실수라면, 불사이군에 진노한 건 변부사의 실책이었습니다. 일개 천기가 충불사이군忠不事二君 운운한다고 해도 그저 하찮은 소리로 여겼더라면 얼마나 좋았겠습니까……마는 어쨌든 변부사는 이렇게 말했다고 합니다.

"너의 그 사랑이 과연 법률과 신분을 뛰어넘을 수 있을지 없을지 지금부터 우리 한번 따져보도록 하자. 어쨌거나 아직까지 너는 관기의 신분이니 관례상 수청을 들라 이르더라도 할말은 없을 터이다. 너는 오늘부터 수청을 정하는 것이니 착실히 거행하렷다!"

그날의 동헌은 놀라움의 연속이었다고 합니다. 벌건 대낮에 아전들이 등대한 가운데 수령이 관기더러 수청 들 것을 명한 일이나, 그런 명령에 관기가 충군은 두 임금을 섬기지 않고 열녀는 두 남편을 섬기지 않으니 자신은 수절할 것이라고 대거리한 일이나. 아, 전후 순서가 잘못됐습니까? 글쎄, 하도 오래된 일이라 기억이 가물가물거려서. 어쨌든 그녀의 얼굴만은 삼삼하게 아직 잊히지 않습니다. 미만 16세 적부터 지금까지 단 하루도 잊지 못했던 그녀의 얼굴 말입니다.

뭐라고요? 혹시 변부사도 그때 그녀에게 다른 마음을 품은 게 아니냐고요? 에이, 그게 아니라니까요. 동헌과 향청 사이의 힘겨루기 때문에 그리된 일이라니까요. 마음? 사람 마음이야 그 속에 뭐가 들어앉았는지 제가 어떻게 압니까? 에이, 아니에요. 아니라니까요. 어쨌든 이제 전 갑니다. 어디 가냐고요? 이빨 빠진 늙은 주둥아리, 어디 빨 데가 있어야지요. 제가 소일 삼아 하도 그녀 얘기를 주절거렸더니 저보다 더 할 일 없는 광대 놈이 타령으로 한번 만들었다고 해서 어디 한번 들어보러 가는 길이라오. 어째, 같이 가시려우?

3. 저 소리는 무엇이냐?

“암행어사 출두요! 암행어사 출두요!”

홍살문 바깥에서 요란스레 외치는 소리가 내삼문 안으로 밀려들었다. 한가하게 이른 봄바람이 밀려들던 근민헌 처마 아래가 갑작스레 떠들썩해지기 시작했다. 이속들이 분주하게 내삼문 밖으로 달려나가는 동안, 한쪽에 차려놓은 상을 두고 수염만 매만지던 향교의 늙은이들이며 정신없이 연희를 준비하던 광대들이며 연신 음식을 나르던 주모 등도 덩달아 바빠졌다.

“이제 오시는 모양이구려.”

임실 현감, 구례 현감, 진주 판관, 운봉 영장 등 이웃 읍 수령들과 함께 앉아 있던 변부사가 자리에서 일어나 근민헌 뜰 앞으로 성큼성큼 내려섰다. 그 모습에 다들 자리에서 일어났다. 이미 남원부에 대한 암행 감찰이 끝났으니 사실관계를 확인코자 몇 날 며칠에 출두하리라는 선문先文을 받아놓은 뒤라 변부사에게는 암행어사 출두 호령이 가문 날 쏟아지는 빗소리만큼이나 반갑기만 했다. 호령소리가 무섭게 어사 일행은 외삼문을 지나 솟을삼문을 거쳐 근민헌 뜰 앞으로 들어왔다. 어사 박일평이 모습을 보이자, 근민헌에 모인 사람들이 모두 예를 갖췄다.

“오시는 노정에 고단한 일은 없으셨는지요?”

“자네, 그동안 잘 지내셨는가? 직문 아래에서 동문수학하던 시절이 엊그제인 듯한데, 자네도 벌써 노옹이시네."

"어사께서는 그때 형안 그대로십니다. 오리정까지 나가 맞이해야 하거늘 어사의 뜻이 간곡해 이렇게 결례를 저지르고야 말았습니다."

"괜찮습니다, 괜찮습니다. 어명으로 순행에 나선 길에 격식 따위는 잊어버린 지 오래입니다. 어서 오르십시다."

인근 고을 수령들과 인사를 나눈 박어사는 변부사가 권하는 대로 대청마루 상석에 앉았다. 박어사는 순천부에 들러 불법문서를 적발해 창고를 봉하고 순천 부사의 수령직을 삭탈한 뒤, 닷새 만에 남원부로 들어온 셈인데, 이번 남원부에 출두함으로써 한 달여의 호남 행정은 끝나는 셈이었다.

"듣자 하니 오늘이 사또 생신이라시더군요."

"이속들을 잘 다스리지 못해 물의를 일으킨 몸으로 공사 파직이 합당하거늘 생신이라니 가당찮은 얘기입니다. 다만 어사또 출두하신다는 소식에 모처럼 외직으로 나섰으니 두류산 기슭의 하찮은 음식이나마 맛보시라고 차린 상이지요."

변부사가 읊조리듯 말했다.

"그 좌수 놈 패거리들은 어떻게 처분하셨소?"

박어사가 눈을 치뜨면서 물었다.

"국가의 재산인 환곡과 전결을 제 뱃속으로 빼돌린 것도 모자라 불법으로 문서를 조작하고 그 죄를 수령에게 뒤집어씌운 죄, 죄가 들통난 뒤에는 민심을 흉흉하게 할 목적으로 유언流言을 퍼뜨리고 다니며 백성들을 선동한 죄, 극심히 중하다 여겨 일단은 자백을 받은 뒤 차꼬를 채워 하옥시켰으며 곧 감영에 보고를 올린 뒤 명령을 기다릴 작정입니다."

"남원부는 예부터 재지사족의 기운이 드높은 곳으로 알고 있었는데, 어찌하다가 한낱 서얼 출신이 좌수와 이방을 겸하고 향청과 아전을 호령하는 폐단이 일어나게 된 것이오?"

박어사의 질문에 변부사가 기단에 선 호장을 가리키자, 호장은 죽을죄를 지었다는 듯 기단 돌바닥에 이마를 찧으며 대답했다.

"우리 골 남원은 본디 문헌이 성하고 풍속이 돈후하기가 전라도에서 으뜸이었으나 왜란을 겪고 난 뒤로 경재소가 폐지되므로 사대부가 향권 잡는 것을 천하게 여겨 꺼리게 되면서, 무식하고 염치를 모르는 자들이 방자하게 행동하며 향안에 입록하기를 청하고 좌수나 별감 자리를 집안을 일으키는 돈방석으로 아는 등 온갖 쟁단이 극에 달하게 된 것인 줄로 아뢰오."

변부사가 호장의 말끝에 다음과 같이 덧붙였다.

"원래는 사족士族들이 향청의 업무를 도맡아 고을의 풍속을 정화하는 게 본분에 맞사오나 난리 뒤 향안을 불태우는 일이 두 번이나 벌어지는 등 향임을 둘러싸고 논란이 끊이지 않았는데다가 이른바 신향新鄕들이 등장해 향청을 장악하면서 사족들은 천한 일이라 여겨 향청에서 물러나게 된 것입니다. 도임한 뒤, 고을을 안팎으로 살핀즉, 향리들이 차지할 수 있는 자리는 고작 사십여 개에 불과한데도 그 자리를 원하는 자는 물경 이백 명을 헤아리니 자리를 둘러싸고 비리가 끊이지 않았고, 또 한번 자리에 눌러앉으면 그게 돈방석에 앉는 것이나 마찬가지가 됐습니다. 녹봉도 없는 자리에 그처럼 향리들이 꼬이니 향안에도 들지 못하고 수령도 알아보지 못하는 서얼짜리가 향청과 질청의 상좌에 들어앉아서 속량을 시켜주네, 전결을 감해주네 떠들어대는 것도 이해하지 못할 바는 아닙니다."

"그러니까 부사께서 그 폐단을 바로잡으려 드니까 좌수 놈이 어사또 순행 소식에 거짓 소문을 퍼뜨려 부사를 파직시키려 들다가는 종내 제 꾀에 제가 넘어간 셈이로군요."

옆에서 변부사의 얘기를 듣던 운봉 영장이 카랑카랑한 목소리로 말했다.

"김좌수가 번작反作하려 한 환곡이 무려 1,920석이나 되는 걸 직접 확인했는데, 하늘이 무너지지 않고서야 무슨 수로 저를 파직시킬 수 있단 말입니까?"

"그놈은 가소롭게도 신임 남원 부사가 열녀를 잡아들여 수청 들게 했다는 거짓 소문을 퍼뜨렸다오. 쌀이든 돈이든 옷감이든 도적놈처럼 마구 쓸어담아 백성이 죽을 지경이라고 말하다가는 자신도 제명에 살아남지 못한다는 것을 잘 알았기 때문에 그런 궁색한 뒷말을 떠들어댄 게지요. 하지만 그 열녀라는 것이 노류장화 천한 관기라는 것을 내가 모르는 바도 아닌데, 그런 일로 수령의 목을 친다면 팔도의 수령치고 온전한 목숨이 몇이나 남겠소이까?"

박어사가 느릿느릿하게 말했다. 변부사는 별말이 없었다. 박어사는 앞에 놓인 술잔을 들이켜 목을 축이더니 다시 입을 열었다.

"그 맹랑한 것이 부사 앞에서 충불사이군이라고 소리쳤다가 치도곤을 당했다는 소식은 순행길에 여러 차례 들었습니다. 그 별나고도 대담한 아이는 아직도 옥중에 있소이까?"

그 말에 변부사는 미간을 찌푸렸다.

"사실은 원래부터 마음이 심약한 아이였던지 지난 새벽에 자결했다는 소식이 들어와 깜짝 놀라던 차였습니다. 그만해도 입이 다물어지지 않는데, 자결 소식에 그애의 기둥서방인지 뭔지 군뢰사령 하나가 옥을 부수고 들어가 난동을 피우는 통에 아침부터 대단히 소란스러웠습니다."

"옥을 지켜야 할 군뢰사령이 도리어 파옥을 했단 말씀이십니까?"

진주 판관이 혀를 끌끌 찼다.

"전임 부사의 자제는 그 관기와 백년가약을 맺고 불망기를 써줬다지 않나, 하졸에 불과한 군뢰사령이라는 것이 관기에 눈이 멀어 옥을 부수지 않나, 아무튼 언제부터 이곳의 풍기가 이토록 문란해졌는지 스스로도 맹랑할 따름입니다. 여러 사또들 앞에서 송구한 마음 감출 수가 없습니다."

변부사가 먼산바라기를 하며 말했다.

"향리들의 풍기문란이 어제오늘의 문제는 아니지요. 어쨌든 자리만 난다면 목을 내놓고서라도 도맡겠다는 것들이 한두 명이 아니니 한날 향리들의 꼼수에 수령의 위세가 눌리는 일이 없도록 하세요. 한번 밀려나면 보가 터지기라도 하듯이 간과 쓸개까지 내놓으라고 달려드는 부류가 그들이라오. 단신부임하는 외직이 쓸쓸하다 함은 바로 그런 일을 두고 일컫는 말이라오. 그런데 변부사, 무슨 걱정이라도 있는 게요?"

박어사가 골똘하게 생각에 잠긴 변부사를 가리키며 말했다.

"글쎄요, 그 좌수 놈이 한 얘기가 아직도 귀에 쟁쟁해서 그럽니다."

"뭐라고 지껄였기에 그러시오?"

"개구리도 죽을 때는 꽥 하고 죽는다고 그 좌수 놈이 악에 받쳤는지, 저더러 수절 맹세하는 양민의 부녀자에게 수청 들라고 한 죄, 누대에 길이길이 전하리라고 소리칩디다. 그 말 같잖은 소리에 일단은 장독이 오르지 않을 정도로만 형장을 내리치고 옥에 밀어 넣었건만 그 소리가 영 잊히지 않습니다그려."

변부사의 말에 박어사가 껄껄거리고 웃었다.

"아니, 사관과 지필묵이 다 우리 손에 있는데, 백 년도 살지 못할 저희 같은 것들이 어찌 누대를 들먹인다 말이오. 여러 고통스러운 일들이 연이어 일어나 우리 사또께서 심약해지신 모양이오. 우리

옛날에 경서 외고 유람할 때처럼 오늘은 그저 모든 것을 잊고 놀아 보도록 합시다. 여보게, 호장, 본관 사또 심기도 불안하온데 풍악을 한번 울려보게나."

호장이 내삼문 쪽으로 호령하자, 화문석과 북을 든 광대 두 명이 허리를 숙이며 뜰 안으로 들어섰다. 하나는 화문석을 깔고 앉아 북을 치고 하나는 일어서서 소리를 하는데, 박어사는 물론 변부사도 그런 광경은 처음이었다. 변부사가 호기심이 일어 호장에게 물었다.

"저 소리는 무엇이냐?"

"광대들이 펼치는 소학지희笑謔之戲 중 타령이라 아뢰오."

"타령이란 영산회상의 일부분이 아니더냐. 저처럼 경망스럽게 판을 벌려놓고 소리를 늘어놓는 걸 어찌 타령이라 하겠느냐?"

박어사가 소리쳤다.

"예이."

호장이 고개를 수그리며 읊조렸다.

"묻는 말에 대답하지는 않고 그저 예이, 라고만 중중대는 건 어느 고을 호장이나 마찬가지구먼."

박어사의 말에 운봉 영장이 나섰다.

"그럼 판을 벌여놓고 소리를 늘어놓으니 판소리라 하면 될 듯합니다. 저 소리라는 게 이런 변방에서나 찾아볼 수 있는 놀이인 모양인데, 돈깨나 모은 이곳 이속들 중에는 늙어 저 타령 듣다 죽는 게 소원인 자들이 여럿 있다고 합니다."

박어사는 소리를 늘어놓는 두 광대를 바라봤다. 변부사는 그때까지도 먼산바라기였다.

"사또, 아직도 그 좌수 놈 얘기를 걱정하는 게요?"

박어사가 입을 열었다. 광대들의 타령소리가 은은하게 근민헌 뜰을 감돌았다.

"예, 어쩐지 불안하기만 합니다. 그 말이 영 잊히지 않으니, 어떻게 된 일인지 불안하기만 합니다."

"사감에 멋모르고 지껄인 소릴랑 잊으시고, 제 술이나 받으세요. 종묘사직이 굳건한 한, 해와 달은 무궁토록 우리를 주위로 돌 것입니다."

"그렇겠지요. 그런데 이 불안한 마음은 과연 어디서 비롯된 것일까요?"

주석

『어우야담於于野談』을 쓴 유몽인의 6대 종손인 영조 때 사람 만화재晩華齋 유진한柳振漢은 숙종 38년(1711)에 태어나 정조 15년(1791)에 죽은 천안 지방의 문인이다. 그의 아들은 『가정견문록家庭見聞錄』이란 책을 엮으면서 "부친께서 계유년(1753)에 남쪽으로 호남 문물을 돌아보시고, 그 이듬해 봄에 집으로 돌아오시어 『춘향가』 일편을 지으셨는데, 이 또한 당시 선비들로부터 비난을 받았다"라고 썼다. 유진한은 그 당시 호남 지방에 전해오는 판소리 〈춘향가〉를 처음 듣고 감동받아 「한시 춘향가」를 지은 것으로 보인다. 유진한의 문집인 『만화집晩華集』에는 1754년에 그가 쓴 「한시 춘향가」가 남아 있는데, 이는 현전하는 최고最古의 『춘향전』이다. 이 한시는 이렇게 시작한다.

廣寒樓前烏鵲橋　광한루 앞 오작교에
吾是牽牛織女爾　나는 견우 너는 직녀
人間快事繡衣郎　인간세상 쾌사는 암행어사 수의랑인데
月老佳緣紅粉妓　월하노인은 홍분기와 맺어주었네
龍城客舍東大廳　용성 객사 동대청에
是日重逢無限喜　재회 기쁨 끝없어라
南原冊房李都令　남원 책방 이도령이
初見春香絶對美　처음 대한 미인 춘향
(이하 생략)

이등박문을,
쏘지 못하다

우는 기러기 바람 타고 날아가니 가고 가다 어디에서 내려올까? 그렇게 시작하는 시가 있었다. 진회색 직사각형 편석을 깔아놓은 중앙대가中央大街를 빠져나오다가 문득 성재는 그 시를 떠올렸다. 거기서 보행신호를 받아 길을 건너면 완다그룹이 짓는 쇼핑몰 부지와 호텔이 나왔고 치우지 않아 눈이 얼어붙은 길을 조금 더 걸어가면 군중상群衆像을 드높이 세운 방홍기념탑防洪紀念塔이었다. 그리고 방홍기념탑 너머부터는 송화강이었다. 추위에 움츠러든 햇살이라 너무 성긴 까닭인지 오후 세시면 가로수 사이가 벌써 침침해지기 시작했다. 강이든 산이든, 보이는 그 모두가 하얀 고장에서는 석양마저도 설색雪色에 물드는 모양이었다. 희부옇기만 한 북쪽 하늘 아래 대안對岸은 얼른 그 생김새를 가늠하기가 어려울 정도로 희끄무레했다. 색 바랜 벽지를 닮은 그 하늘을 배경으로 날

개와 머리가 검은 새 두 마리가 한자리에서 맞바람을 타고 앉아 있었다. 이쪽으로도, 그렇다고 저쪽으로도, 또 나아가지도, 물러서지도 않고. 서로 가까워지지도, 멀어지지도 않고. 조심조심. 가만히. 'POLAROID'라는 하얀 글자가 씌어진 푸른색 외투를 입은 아주머니들이 하복 차림의 관광객들을 찍은 샘플사진을 붙여놓은 판을 성재에게 들이밀었다. 성재는 안 찍겠다고 손을 내저으면서도 눈만은 그 두 마리 새를 힐끔거렸다. 두 마리 새는 가만히 떠 있었다. 갈매기가 아닌가고 생각했다가 성재는 얼른 고개를 가로저었다. 갈매기라니. 여기서 바다가 얼마나 멀리 있는데. 12월이면 기온이 영하 이십 도까지 내려가는 곳이었다. 공기가 너무 얼얼해 성재의 머리도 같이 얼어버린 모양이었다. 한번 꺼낸 생각이 잘 이어지지 않고 끝이 희미하게 사그라졌다. 말줄임표를 갖다붙여야만 온전해질 것 같은 문장들이 바람에 날리는 잔설마냥 반짝거리며 일었다가는 이내 사라졌다.

홀린 듯 방홍기념탑 뒤 계단을 걸어올라가다가 성재는 문득 허전한 느낌에 두 마리 새를 바라보던 시선을 거둬 왼쪽을 바라봤다. 조금 전까지 자신을 바투 따라오던 동생이 가뭇없이 사라지고 없었다. 말줄임표만 남기고 떨어져나간 문장처럼…… 성재는 주위를 둘러봤다. 스탈린 공원길 양옆에 벌받는 아이처럼 서서 가지를 떠는 자작나무들. 오직 밧줄만을 이용해 푸른색 트럭이 부려놓은 송화강 얼음덩어리를 옮기는 인부들. 옛날 초등학교 교정에서

나 볼 수 있었던, 반공표어처럼 판에 박은 하얀색 시멘트 조각 작품들. 무채색 일색의 외투를 입고 강 쪽을 바라보던 이방인들. 성재는 허둥지둥 그 사이사이를 훑어보다가 동생의 이름을 소리내어 불렀다. 처음에는 고작 제 주변의 사람들이나 들을 수 있을 정도로 낮은 목소리였다. 하지만 그렇게 하면 아무리 불러도 소용이 없다는 사실을 금방 깨닫고 있는 힘껏 소리쳤다. 둑에 서서 레닌이나 스탈린 따위가 등장하는 러시아 우표를 파는 상인들이 성재를 쳐다봤다. 성재는 확성기 모양으로 두 손바닥을 말아 입에 갖다댔다. 손이 시렸다. 게스트하우스에서 나올 때 장갑을 벗어 동생에게 줬던 것이다. 성재의 입에서는 연신 하얀 입김이 하늘로 솟구쳤다. 성수를 잃어버렸다. 성수를 잃어버렸다. 구급차의 사이렌 불빛처럼 그 문장만이 성재의 머릿속에서 앵앵 울리는가 싶었다. 하지만 성수는 성재가 서 있는 곳에서 채 오 미터도 떨어지지 않은 둑 위에서 강 쪽을 하염없이 바라보고 있었다. 허겁지겁 성재는 성수 쪽으로 뛰어갔다. 고작 거기라니, 어쩐지 허무한 마음이었다. 성재는 중앙대가 연변에 있는 러시아 민예품 가게에서 산 털모자를 벗어 성수의 등을 후려쳤다. 추위에 붉어진 뺨에 찔끔 콧물이 흘러내리는 꼴로 성수는 형을 바라봤다. 어릴 적부터 성수는 자신을 부르는 소리에 잘 대답하지 못했다. 언어장애란, 그런 것이었다.

형이 없으면 넌 살아도 죽은 목숨이라며 소리치는 성재를 한 번 쳐다보는가 싶더니 성수는 이내 눈길을 돌리고 내처 강 쪽을 바라봤다. 등을 후려치자 원망스레 바라보던 성수의 그 눈빛이 얼마나 텅 비어 보이던지, 성재는 이 녀석이 우리가 왜 이 먼 곳까지 왔는지 다 알고 이렇게 뻗대는 건 아닐까는 수상쩍은 마음까지 잠시 느꼈다. 제아무리 덜떨어진 녀석이라도 그 정도는 눈치챌 수 있을 것이라고 여기면서도 성재는 이제 와서 돌이킬 수는 없다고 생각했다. 돌이킬 수 있다면 삶이라는 게 이처럼 너저분해지지는 않았을 것이다. 성재는 손에 든 모자를 눌러썼다. 뿌연 하늘이 모자에 반 정도 가려졌다. 성수는 장갑을 낀 손으로 얼어붙은 강을 가리키며 더듬더듬 중국에서는 개도 사람을 탄다고 말했다. 이건 또 무슨 소리인가 해서 성재는 동생이 가리키는 곳을 바라봤다. 수직추를 이용해 얼음덩어리를 하나씩 쌓은 뒤, 끌로 튀어나온 부분을 잘라내는 인부들 옆으로 개썰매가 줄지어 선 썰매장이 보였다. 썰매 앞의 개들은 깔아놓은 천에 앉아 둑 위의 관광객들을 올려다보고 있었다. 끝 모를 눈빛에 철렁했던 성재의 마음이 금방 씻겨나갔다. 제 녀석이 뭣하러 하얼빈까지 온 줄도 모르고 개썰매나 가리키는 동생 때문에 성재는 갑자기 울화가 치밀었다. 성재는 오리털 외투에 달린 모자를 뒤집어쓰고 실실거리는 동생의 뒤통수를 세게 쳤다. 우표를 파는 노인이 바로 옆에 서서 바라보는데도 성재는 아랑곳하지 않고 성수의 뒤통수를 더 때렸다. 개가 어떻게 사람을 타냐고. 조금만 생각해보고 말하면 되는 일 아니냐고.

성재가 필요 이상으로 화를 내자, 성수는 고개를 숙이고 형의 눈치를 봤다. 그러다가 서로 두 눈이 마주치자 다시 실실거리며 비굴한 웃음을 지었다. 성재는 주머니에서 담배를 꺼내 물었다. 하지만 불은 붙이지 않은 채, 성재는 우두커니 송화강만 바라봤다. 왠지 불을 붙였다가는 눈물이 나올 것만 같았다. 개가 사람을 타든, 사람이 개를 타든. 이게 다 무슨 꼴인가. 그때까지도 성수는 성재의 낯빛을 힐끔거리며 중얼중얼 손가락으로 뭔가를 꼽고 있었다. 고개를 돌렸더니 성재의 눈에 멀리 한가롭게 태양도太陽島공원을 오가는 케이블카가 보였다. 성재는 입에 물었던 담배를 다시 담뱃갑에 밀어넣었다. 성재는 성수의 양볼을 잡아끌고는 그 두 눈을 들여다봤다. 일그러진 성수의 볼은 차갑지도, 따뜻하지도 않았다. 오늘 하루만, 제발 오늘 하루만 정신을 바짝 차리라고 성재가 부탁했다. 네게 처음이자 마지막으로 하는 부탁이라고 성재가 말했다. 성재가 자꾸만 채근하자, 성수는 형의 부라린 눈동자를 바라보며 마지못해 고개를 끄덕였다. 성재는 이리저리 고개를 돌리며 성수의 눈동자를 바라봤다. 사람이 사는 집인가고 창 너머 어두운 방안을 살피듯. 눈알을 굴리며 성재의 시선을 피하던 성수는 한참 만에 잘못했다고 말했다. 중국에서는 개도 사람을 태워, 라고 성수는 말을 고쳤다. 성재는 갑자기 인생이 한없이 싫어졌지만, 결국 잘했다고 대답했다. 그렇게만 말하면 된다고 얘기했다. 그러면 아무런 문제가 없을 것이라고 덧붙였다.

둘은 둑에 나란히 서서 개썰매장을 내려다봤다. 귀 뒤쪽과 등이 검은 개들이 겨울나무들처럼 가난한 표정으로 줄지어 앉아서 먼 나라에서 온 두 형제를 올려다보고 있었다. 성수는 연신 고개를 끄덕였다. 성재는 그런 성수를 물끄러미 바라봤다. 성수의 뒤로 하늘에 띄운 연의 실패를 감는 중국 노인이 보였다. 둥근 실패의 반대쪽 끝에는 머리와 날개가 검은 새 두 마리가 매달려 있었다. 북방의 도시에 검은 눈보라처럼 어스름이 내리고 있었다.

해림. 그들은 해림에서 왔다고 했다. 눌러쓰고 온 털모자 때문에 머리카락이 잔뜩 눌린 남자는 자기 앞에 놓인 나무젓가락으로 한자를 써 보였다. 海林. 하얼빈에서 자동차로 삼백 킬로미터가 떨어진 곳이라고 했다. 중국에서 삼백 킬로미터가 떨어졌다면 그게 가깝다는 뜻인지 멀다는 뜻인지 성재로서는 금방 헤아릴 수가 없었다. 그 마음을 짐작하겠다는 듯이 조선족 남자는 해림은 하얼빈과 같은 흑룡강에 속하지만, 거리로는 목단강에 더 가깝다고 투박한 어투로 설명했다. 흑룡강. 목단강. 해림. 성재는 얼어붙은 강과 얼어붙은 바다와 얼어붙은 잔물결을 떠올렸다. 남자의 오른쪽에는 고개를 숙인 여자가, 왼쪽에는 이들을 해림에서 하얼빈까지 태우고 온 한족 젊은이가 앉아 있었다. 한족 젊은이가 몰고 온 차는 아우디였는데, 영업용은 아니었다. 셋은 모두 같은 마을에 산다고 했다. 바다 해, 수풀 림이라면 바다가 있다는 뜻이냐고 성재가 물었다. 남자는 러시아가 가로막고 있으니 동북 지방에서 바다를 보려면 훈춘으로나 가야 한다고 대답했다. 그 말에 갑자기 성재가 생각했던 모든 게 불분명해졌다. 해림에 바다가 없다면, 흑룡강이나 목단강에도 강이 없다는 얘기일까고 성재는 의아해했다. 남자는 열심히 설명하려고 애를 썼으나 성재는 그 남자의 말을 절반 정도는 알아듣지 못했다. 그쯤에야 중국의 동쪽에 러시아 연해주가 붙은 동북아시아 지도가 성재의 머릿속에 떠올랐다. 비자가 없는 한, 거기서 바다를 볼 방법은 없었다. 성재와 남자가 그런 얘기를 나누는 동안, 다른 사람들은 누구도 끼어들지 않았다. 한족 남자야 한국어를 몰랐기 때문에 당연한 일이었지만, 여자와 성수는 마치 바다가 어디에 있든 자신이 알 바 아니라는 듯 멍한 표정이었다.

말이 끊기자, 남자는 잔을 들어 건배를 청했다. 성재만 그 잔에 호응했다. 듭세. 남자가 성재의 눈을 빤히 쳐다보면서 짤막하게 술을 권했다. 성재는 술을 한 번 들이켰다가, 잠깐 쉬었다가, 마저 입안으로 털어넣었다. 입안으로 들이치던 수수 냄새는 목을 넘어가 더운 기운으로 바뀌었다. 그러고 보니 성재는 송화강은 국경을 넘어가 아무르 강으로 바뀐다는 얘기를 들은 적이 있었다. 자신도 그렇게 어딘가로 넘어가 다른 사람으로 살아갈 수 있다면…… 얘기를 들으며 성재는 잠시 그런 생각을 했었다. 하지만 우리는 누구도 다른 사람이 될 수 없는 존재다. 왜 사느냐면 바로 그 때문이다. 잔을 내려놓자마자 남자는 기다렸다는 듯이 술을 따랐다. 술병에는 용이 그려져 있었다. 술을 들이켠 뒤에 목 너머에서 올라오는 술냄

새가 마음에 들지 않아 성재는 잠시 낯을 찡그리고 침을 삼켰다. 남자는 왜 호텔이 아니라 여관에 묵었느냐며 의아해했다. 거긴 여관이 아니라 게스트하우스라고 성재가 설명했다. 남자는 게스트하우스가 뭔지 알지 못했다. 여행자들을 위한 숙소라고 성재가 얘기했지만, 그렇게 말하면 여관과 다를 바가 없었다. 달리 설명할 길이 없어서 성재가 멈칫거리자, 한족 젊은이가 뭐라고 얘기했다. 남자는 그 얘기를 듣다가 말을 자르며 뭐라고 대꾸했다. 성재는 그런 둘을 바라봤다. 마치 싸우는 듯 그 목소리가 시끄러웠다. 성재는 맞은편에 앉은 여자에게 음식을 좀 먹으라고 권했다. 주재원과 유학생을 상대로 한국 사람이 운영하는 음식점이라 음식이 먹을 만했다. 서울의 고깃집과 마찬가지로 탁자 가운데 설치된 숯불 화로에서 열기가 뿜어나는데도 여자는 싸구려 티가 물씬 풍기는 검은색 외투를 벗지 않고 있었다. 키가 너무 작은 것이 흠이었다. 백오십 센티미터 정도 될까? 서울에서 여자를 소개받을 때 작다는 소리를 미리 듣기는 했지만, 그래도 이렇게 작을 줄은 성재로서는 상상하지도 못했다. 어쨌든, 하지만 어쨌든 상관없다고 성재는 생각했다. 그러자 갑자기 성재에게는 잔인한 마음이 들었다.

한족 남자와 얘기를 끝마친 남자는 웃음을 터뜨리며 다시 건배를 청했다. 성재는 남자의 얼굴을 바라봤다. 눈은 가만히 있고 입만 웃으니 그 웃음은 가짜라는 생각이 들었다. 이번에는 단숨에 술을 들이켜고 난 뒤에 성재가 먼저 술병을 잡았다. 남자의 손에서 기름이라도 묻었는지 술병은 미끌거렸다. 자기 잔에는 술을 따르지 않고 그냥 내려놓으며 성재는 느릿느릿 술이라면 그래도 한국 소주가 최고라는 말과 함께 손을 들어 종업원을 불렀다. 남자의 얼굴로는 당황한 빛이 스쳤다. 중국술은 먹고 난 다음날이 좋다, 한국 소주는 골이 아프지 않느냐고 남자는 구차하게 말했다. 성재는 냄새가 지독해서 마시지 못하겠다고 말한 뒤, 테이블 옆에 온 한족 종업원에게 오른손 검지를 치켜들며 소주 하나를 주문했다. 그녀는 소주 하나라고 똑같이 되뇌었다. 성재는 중국은 꼭 1980년대 한국의 모습과 비슷하다며, 대도시라는 하얼빈이 이 정도라면 시골 동네는 어떨지 상상이 잘 가지 않는다고 얘기했다. 남자의 얼굴로 불쾌한 빛이 비끼었다. 십 년 안에 중국도 한국처럼 잘살 수 있을 것이라는 말을 들었다고 남자가 말했다. 남자의 말이 끝나기도 전에 성재는 서울 목동아파트의 시세에 대해 얘기했다. 남자는 그게 얼마나 되는 돈인지 이해하지 못했다. 그걸 이해하지 못하면 곤란했으므로 성재는 얼른 암산을 해 중국돈으로 이백만 위안쯤 된다고 설명했다. 고개만 숙이고 있던 여자가 눈을 치켜뜨고 성재를 잠시 바라봤다가 다시 고개를 숙였다. 성재는 여자의 그런 시선이 마음에 들었다. 남자는 입을 다물지 못했다. 그래놓고서는 한다는 소리가 서울의 집값이 비싸다더니 사실이라는 걸 오늘에야 알았다고 했다. 그때, 종업원이 소주를 들고 왔다. 남자는 소주병을 잠시 살피다가 뚜껑을 따고 성재에게 술을 따랐다. 이번에는 성재 쪽에서 먼저 건배를 청했다. 소주는 차가웠다. 잔을 내려놓으며 성재는 여자와 성수가 결혼하게 되면 목동아파트에서 살게 될 것이라고 얘기했다. 여자가 다시 눈을 치켜뜨고 성재를 바라봤다. 성재는 그 여자의 눈을 말끄러미 쳐다봤다. 누기 진 눈에서 금방이라도 눈물이 쏟아질 것 같았다. 성재는 어느 책에선가 가마를 타고 시집을 가다가 가마 안에서 자살을 한 중국 여인에 관한 얘기를 읽은 적이 있었다. 외국인 여의사가 그녀를 간신히 살려놓자, 어머니가 와서 통곡을 했다. 그냥 죽었다면 좋았을 것을. 그 역시 원하지 않는 곳에 시집을 왔던 그 어머니의 하소연이었다. 자살을 앞둔 중국 여인의 눈빛을 상상할 수 있다면 바로 그 여자의 누기 진 눈동자 같은 것이었으리라고 성재는 생각했다.

결혼 얘기가 나오자, 남자의 말투가 갑자기 빨라졌다. 동생 분이 인물이 훤하고 생김새가 말쑥하니 참으로 좋다고 한껏 치켜세운 뒤, 여자에 대한 얘기를 늘어놓았다. 여자의 아버지는 목수였다. 남자는 여자의 아버지와 한 직장에서 일하던 동료였다. 알심 있는 사내라 두루 평판이 좋았는데, 그만 모종의 일로 공안公安에게 끌려가 가슴팍을 한 대 얻어맞은 뒤로 시름시름 앓다가 죽어버렸다. 그뒤로 장녀인 여자가 홀어머니를 열심히 봉양하며 지금까지 살아왔다. 지금까지. 그러니까 스물네 살이 될 때까지. 성수의 나이는 마흔한 살이었다. 성재는 이를 악무는 심정으로 소주를 들이켰다. 남자가 금방 다시 잔을 채웠다. 남자는 여자가 참으로 마음씨가 곱고 성실한 아이라고 말했다. 남자의 말이 끝나기도 전에 성재가 다시 소주잔을 비웠다. 그런 것은 아무런 상관이 없다. 동생을 진정으로 위하기만 하면 아무것도 바라지 않는다고 성재가 말했다. 성재는 고개를 숙인 여자에게 그래야만 한다고 명토를 박듯이 말했다. 자신에게 하는 말인지 모르고 대꾸가 없던 여자는 남자가 팔꿈치로 툭툭 건드리자, 그제야 무슨 뜻인지 알아채고 고개를 끄덕였다. 고개만 끄덕이면 모든 게 다 되는 줄 알고. 성재는 그런 여자에게 성수에게는 약간의 언어장애가 있다고 얘기했다. 언어장애라는 건 말 그대로 언어장애일 뿐이다, 그것만 빼면 성수는 다른 사람과 마찬가지로 정상적인 사회생활을 하고 있다, 나중에 다른 말이 나오는 게 싫기 때문에 이렇게 먼저 얘기하는 것이다, 라고 성재가 말했다. 그 말을 듣고 있는 것인지 아닌지, 여자는 고개만 끄덕였다. 남자는 자신이 여자의 아버지나 마찬가지라며 아무런 문제가 없다면 당장 오늘밤에라도 둘의 인연을 맺어주자고 제안했다. 성재는 그 말에 대꾸하지 않았다. 대신에 그래도 당사자들의 의견이 가장 중요하니 일단은 동생의 의견을 물어봐야만 할 것 같다고 말하며 옆에 앉은 성수를 돌아봤다. 성수는 나, 나, 나는, 이라며 뭐라고 말을 하려고 했다. 음식점 자리에 앉은 뒤로 처음 입을 열었으므로 모든 사람들이 성수의 입만 바라봤다. 성재가 뭐라고 말하기도 전에 성수가 괜찮아, 라고 얼른 말했다.

그들은 한동안 말이 없었다. 잠시 후 괜찮다면, 이라고 남자가 그 말을 받으려는 걸 성재가 잘랐다. 인륜지대사를 지금 이 자리에서 결정할 수는 없으니 좀더 여유를 두고 생각해보자고 말하며 성재는 내일 다시 만날 수 있겠느냐고 남자에게 물었다. 그러자 남자는 좀 난처하다는 듯한 표정을 지었다. 오늘 여기까지 온 비용을 성재가 부담해야만 한다, 내일 또 나오려면 그 비용도 성재가 부담해야만 한다고 남자가 말했다. 비용만 부담하면 자신들에게는 아무런 문제도 없다는 투였다. 비용이 얼마냐고 물었더니 남자는 한 번 오가는 데 백 달러라고 말했다. 성재는 놀란 표정을 지으며 백 달러는 너무 비싸다고 했다. 세 시간이라면 서울에서 대구쯤 가는 거리일 텐데, 한국에서 택시를 타더라도 그렇게 많은 돈은 들지 않을 것이라고 성재는 얘기했다. 하지만 남자는 해림에서 떠나올 때, 한족 젊은이와 미리 그렇게 합의했다고 말했다. 돈을 주는 사람은 자신이니 자신과 다시 합의해야만 한다고 성재가 받아쳤다. 게다가 내일도 나온다면 좀 깎아야만 하는 게 당연한 일이 아니냐고 덧붙였다. 고민이라는 듯이 눈만 찡그리던 남자는 옆에 앉은 한족 젊은이와 뭐라고 얘기를 주고받았다. 둘은 서로 고개를 가로젓고 손바닥을 치고 법석을 피웠다. 아마 여자는 그 말들을 다 알아들을 텐데도 표정에 변화가 없었다. 말을 마친 남자는 한숨을 내쉬면서 겨우 달래서 팔십 달러로 맞췄으니 더이상은 깎을 수 없다고 얘기했다. 성재는 모자를 사려고 중국 상인과 흥정하던 기억이 떠올랐다. 그 모자는 원래 백육십원짜리였는데, 그걸 다시 칠십원까지 깎았지만 가게문을 열고 나가면서도 성재는 분명히 더 깎을 수 있었으리라고 생각했다. 그와 비슷한 심정이었다. 성재는 대신에 내일 다시 만날지 안 만날지는 오늘밤에 동생과 얘기해보고 내일 아침에 전화로 알려주겠노라고 남자에게 말했다. 남자의 얼굴로는 실망한 빛이 금방 서렸다.

음식점 밖으로 나왔더니 얼음을 갈아서 만든 것인 양, 쌀알 같은 눈송이가 떨어지고 있었다. 언제부터 내렸는지 음식점 앞에 세워놓은 아우디 위에 눈이 꽤 쌓여 있었다. 세 사람은 게스트하우스까지 들어가는 것을 보고 가겠다며 두 형제를 따라왔다. 불을 밝혀 놓은 게스트하우스 계단참에서 성재는 이제 됐으니 가보라며 손을 내저었다. 남자는 내일 꼭 전화해달라는 말을 덧붙였다. 성재가 전화한다면 남자는 또 얼마간 돈을 챙길 수 있을 것이다. 그리고 성수는 결국 여자와 결혼하게 될 것이다. 성재는 갑자기 인생이라는 것이 한없이 하찮게 느껴졌다. 어쩌면 자신이 한없이 하찮다는 것인지도 몰랐다. 성재는 그 말에 별다른 대꾸도 하지 않고, 그저 떨어지는 눈송이들을 바라보기만 했다. 성재는 문득 쓸쓸해졌다. 여자에게서 그럼 안녕히 계십시오, 라는 말을 듣고 나니 성재는 한층 더 쓸쓸해졌다.

몸의 온기로 따뜻해진 이불은 다시 그 몸을 따뜻하게 만든다. 마음이 편안해 보이는 사람도 이불을 뒤집어쓰고 누운 뒤에야 비로소 자신의 깊은 곳 어딘가에는 벌거벗은 마음이 존재한다는 걸 깨닫는 밤이 있게 마련이다. 성재에게는 그날 밤이 바로 그랬다. 게스트하우스에서 자다가 갈증을 느끼고 깨어났을 때, 성재는 자기가 도대체 지금 어디에 있는 것일까 해서 잠시 의아한 마음이 들었다. 그런 순간에 성재에게는 이불이 있었다. 거기가 어디든 그 정도 온기라면 충분하다는 생각이 들었다. 그 집은 원래 안마방이었으나 영업이 잘되지 않자, 한국인 주인은 게스트하우스로 개조했다. 그들이 묵는 방에는 마룻바닥에 그만큼 딱딱한 침대 두 개만 놓여 있을 뿐, 별다른 장식이 없었다. 하얗게 얼어붙은 창문 아래에는 스팀기, 벽에는 시계와 가수 보아의 브로마이드, 창 너머로는 가로등 불빛만 외롭게 지키고 선 좁은 골목길. 이불 속에서 그 정경을 지켜보노라니 성재는 눈썹이 시려 이불을 눈 아래까지 바투 끌어당겼다. 옆 침대에서 규칙적으로 고른 숨소리가 들려왔다. 식당에 가면 생수통이 있으니 거기서 식수를 구할 수 있다는 생각이 들었지만, 성재는 좀체 이불 밖으로 나가고 싶은 마음이 들지 않았다. 꿈속이라면 목마름도 잊을 수 있을 것이라는 기대에 성재는 질끈 눈을 감았다. 그때 돌연 그렇다면 안중근이 이토 히로부미를 저격한 일은 우연 중의 우연이 아닌가는 의심이 일었다. 한번 의심이 일고 나니 좀체 잠은 오지 않고 갈증은 심해졌다. 물을 갈구하는 것은 성재의 온몸이 아니라 몸안 일부분이었다. 하지만 그게 정확하게 어딘지 성재로서는 알 수 없었다. 안중근. 이토 히로부미. 우덕순. 하얼빈. 채가구. 결국 성재는 참지 못하고 침대에서 일어나 이불 밖으로 나왔다. 그때 성수의 침대 밑에 뭔가 하얀 것이 떨어져 있는 게 보였다. 무릎을 꿇고 앉아 손을 뻗어봤지만, 닿지는 않았다. 성재는 가만히 어둠을 응시하다가 성수의 침대 밑으로 엉금엉금 기어들어갔다.

안중근 얘기를 한 사람은 옆방에 혼자서 묵는 육십대 노인이었다. 그는 하버드 대학교 고생물학과 교수였으나 지금은 은퇴한 뒤 세계일주를 하는 중이라고 자신을 소개했다. 그의 세계일주에는 트레일러 한 대 분량의 공룡 뼈가 함께했다. 그는 한 도시에 몇 개월씩 머물면서 공룡전시회를 개최했다. 그리고 돈이 모이면 다시 다른 도시로 옮겨가 전시회를 열었다. 동춘서커스단처럼. 성재가 말하자, 정말 오랜만에 듣는 말이라는 듯 그는 동춘서커스단, 맞아, 동춘서커스단처럼, 이라고 중얼거렸다. 조선족 사람들과 헤어지고 난 뒤, 성수를 먼저 재운 성재는 전직 교수를 비롯해 게스트하우스에서 묵는 사람들과 술을 마셨다. 성재는 원래 술을 즐기는 사람이 아니었으나 별달리 할 일이 없었다. 게스트하우스에는 하수처리업체에서 파견 온 회사원, 옛 스승을 따라 세계일주에 나선 하버드대 졸업생, 두 달 동안 휴가를 내고 무작정 중국으로 넘어왔다는 마사회 직원, 빙등제氷燈祭 기간을 잘못 아는 바람에 너무 일찍 하얼빈에 도착한 북경대 유학생 여자 둘 등이 묵고 있었다. 그들은 병이 노란 하얼빈 하피 맥주를 사놓고서는 처음 알게 된 사람들이 나눌 수 있는 이야기들, 예컨대 한반도를 둘러싼 동아시아의 정세에서부터 막 인터넷을 통해 읽게 된 고국의 소식을 거쳐 하얼빈에서 맛볼 수 있는 별미 등에 이르기까지 다채로운 말들을 주고받았다. 성재는 전작이 있었으므로 다른 사람들보다 빨리 취했다. 유학생 중 한 명이 피곤하다며 일어난 것을 시작으로 한두 명씩 슬슬 눈치를 살피며 자리를 뜰 무렵, 전직 하버드대 교수는 하얼빈역에 가봤느냐고 성재에게 물었다. 성재는 고개를 저었다. 아마도 갈 일이 없을 것 같다고 성재는 대꾸했다. 아마 다시 하얼빈에 찾아올 일도 없을 것 같다고 성재는 덧붙였다. 다른 곳은 가지 않더라도, 전직 교수는 열등생에게 주의를 주듯이 힘줘 말했다. 한국인이라면 하얼빈 역에는 꼭 가봐야 합니다. 안중근 때문입니까, 라고 성재가 묻자 그는 고개를 끄덕였다. 성재는 자기로서는 사실 안중근이 그때 이토를 저격한 일이 잘한 것인지, 잘못한 것인지도 잘 모르겠다고 대답했다. 혹시 소영웅주의가 아니냐는 생각도 든다며 조심스레 덧붙였다.

그러자 전직 교수는 안중근이란 고유명사가 아니라 보통명사라고 했다. 아시겠소이까? 그의 설명에 따르면 안중근 일행이 이토를 저격할 기회는 모두 두 번이었다. 안중근은 혹시 어떻게 될지 몰라 자신과 뜻을 함께하겠다고 결심한 우덕순에게 다른 역에서 기다리고 있다가 서로 기회가 닿는 대로 이토를 저격하자고 제의했고 우덕순은 이 의견에 동조했다. 그래서 하얼빈에서는 안중근이, 하얼빈 남쪽에 있는 채가구에서는 우덕순이 브라우닝을 들고 이토가 도착하기만을 기다리고 있었다. 둘의 권총에는 탄두에 열십자가 그어진 덤덤탄이 장전돼 있었다. 마침내 안중근이 이토를 저격하기 전까지 두 사람의 조건은 동일했다. 어느 쪽이든 상관이 없었겠지만, 그 시기와 장소를 결정하는 것은 바로 역사 그 자신이다. 안중근이란 편의상 붙인 이름일 뿐이다. 만약에 우덕순이 이토를 죽였다면 그 이름은 아마도 우덕순이 됐을 것이다. 그러므로 안중근이란 특정한 인물을 일컫는 단어가 아니라 우리 민족 전체의 독립의지를 대변하는 용어다. 이는 안중근이 아니었더라도 이토는 한국인에게 저격당할 운명이었다는 얘기였으며, 따라서 안중근의 거사를 개인적인 소영웅주의로 모는 것은 부당하기 이를 데 없는 자조적 견해에 불과하다는 것. 아아, 장부가 세상에 처함이여, 그 뜻이 크도다, 시대가 영웅을 지음이여, 영웅이 시대를 지으리로다. 목소리 드높게 안중근의 시를 되뇌더니 전직 교수는 이제야 알겠느냐는 듯이 성재를 바라봤다. 아, 어쩌면 안중근은 자기가 이토를 죽이지 못하게 되더라도 누군가는 이토를 죽일 것이라는 걸 알고 있었던 모양이군요. 껄껄거리며 성재가 달뜬 목소리로 외쳤다. 그 말에 누구도 호응하지 않아 성재는 좀 쑥스러워졌다. 그러니까 안중근이 하얼빈에서 이토를 죽인 것은 우연 중의 우연에 불과한 것이로군요. 하지만 성재도 그것만은 입 밖으로 꺼내지 못했다.

시대가 영웅을 지음이여, 영웅이 시대를 지으리로다. 성재는 그 말을 되뇌면서 성수의 침대 밑에 떨어진 것을 집기 위해 엉금엉금 기었다. 그때, 갑자기 침대가 덜컹거렸다. 성수가 몸을 뒤척인 것이다. 성수는 뭐라고 어버버버거렸다. 말더듬이는 꿈속에서도 말을 더듬는 것일까? 어릴 적부터 성수는 공을 가지고 놀다가도 공이 이불 밑이나 책상 밑으로 들어가면 언제 공을 가지고 놀았느냐는 듯이 완전히 잊어버렸다. 성수에게는 눈앞에 존재하는 것만이 세상의 모든 사물이었다. 자기 눈앞으로 불러들여 손으로 만질 수 있는 것만이 성수가 아는 세계의 전부였다. 성수는 복선이라는 게 없는 동화책 같았다. 성수가 아는 세계에는 아무런 인과관계가 없었으며, 따라서 슬픔이란 없었다. 모든 일은 그저 인과관계 없이 일어나는 일에 불과하므로. 우우우우, 성수가 아무리 뭐라고 우는 소리를 낸다고 해도 그건 다만 생리작용의 결과에 지나지 않았다. 성재는 웅크린 자세 그대로 침대 밑에 가만히 엎드려 있었다. 성수는 오랫동안 끙끙대며 신음소리를 냈다. 술이 깨느라고 그랬는지 성재의 기분이 한없이 우울해졌다. 성재는 오랫동안 그렇게 엎드려 있었다. 시간이 지나니 성수의 침대 밑, 어둠의 낯이 눈에 익기 시작했다. 성재는 하얀 봉투를 집어들었다.

차가운 물을 연거푸 세 잔이나 들이켠 뒤에 성재는 봉투 속에 든 것을 꺼내 불빛에 비춰봤다. 거기에는 성수가 쓴 편지가 들어 있었다. 안녕하세요? 나는 이성수입니다. 누가 뭐래도 나는 아가씨가 좋습니다. 아가씨도 나를 좋아했으면 좋겠습니다. 그러면 우리는 행복하게 살 것입니다. 우리집 식구들도 아가씨를 좋아할 겁니다. 그런 건 걱정하지 않아도 좋습니다. 저는 꼭 아가씨와 결혼할 작정입니다. 너무 걱정하지 마십시오. 곧 다시 오겠습니다. 안녕히 계십시오. 성재는 몇 번이고 그 편지를 읽었다. 그리고 다시 차가운 물을 들이켰다. 거꾸로 세운 생수통에서 꿀럭꿀럭 공기가 올라가는 소리가 한번 들렸다. 세시는 족히 넘었음직한, 고즈넉한 밤이었다.

중앙대가 편석길 좌우의 가로등에는 이미 불이 들어왔다. 가로등 기둥에 설치해놓은 스피커에서는 옛날 팝송이 흘러나왔다. 그 음률을 듣는 마음이 나른해졌다. 거리에는 청소부들이 쌓인 눈과 얼음을 치우고 있었고, 공터에서는 인부들이 나무 비계 위에서 망치와 끌로 얼음덩어리를 다듬고 있었다. 한때 그 거리에는 러시아인들이 살았다. 하지만 이제 그들은 모두 사라졌다. 성재는 1904년에 개업했다는 러시아풍의 성 안나 커피숍 벽에 붙어 있던 흑백사진을 떠올렸다. 그 사진 밑에는 '1930年代前后哈尔滨俄罗斯人生活写真'이라는 설명이 달려 있었다. 1932년 송화강이 범람해 중앙대가 부근에 거주하던 백계 러시아인들의 집이 침수됐는데, 그 시절의 고난상을 찍어놓은 사진들이었다. 사진 속의 러시아인들은 무척이나 슬픈 표정이었다. 성재는 카페에 울려퍼지는 러시아 민요를 들으며 그 사진들을 한참 바라봤다. 그들이 과연 어떤 삶을 살았는지, 누구를 사랑했는지, 마음속에 품었던 희망은 무엇이었는지 성재는 갑자기 궁금해졌다. 마흔 살이 넘어서면서 성재는 세상의 일들을 짐작하는 버릇을 그만뒀다. 세상의 일들은 늘 짐작과는 달랐다. 하늘을 날던 그 새들이 갈매기일 수 없듯이, 해림에는 바다가 없듯이. 더이상 세상의 일들을 짐작하지 않게 되면서부터 인생이란 그저 사소한 우연의 연속처럼 보였다. 이제 성재에게 인생이란 납득하는 일이지, 따져보는 일이 아니었다.

예컨대 성 안나 커피숍 풍금 옆에 앉아 자신의 말을 들으며 도무지 이해할 수 없다는 듯한 표정을 짓던 동생을 보면서도 성재는 뭐라고 더 길게 설명할 마음이 일지 않았다. 성수의 낯빛은 어두웠다. 하지만 자신의 마음을 설명한다고 해서 그 낯빛이 밝아질 것인가에 대해 성재는 회의적이었다. 포기해야만 하는 것들은 결국 포기할 수밖에 없지 않은가. 아침에 성재가 그들에게 전화를 걸지 않자, 성수는 내내 화가 난 표정이었다. 만약 성재가 어젯밤에 성수가 쓴 편지를 읽지 않았더라면 전화를 걸었을까? 이런 물음에 대한 대답이 바로 삶을 짐작하는 경우에 해당한다. 성재는 편지를 읽었을 수도 있고 읽지 않았을 수도 있었다. 하지만 어쨌든 성재는 전화를 걸지 않았다. 성재가 전화를 걸지 않은 이상, 더이상의 짐작이나 추측은 무의미했다. 그건 그렇게 납득해야만 하는 문제에 불과했다. 편지를 읽지 않았더라면, 이란 가정은 불필요했다. 성재는 동생을 몇 번 달래려고 하다가 그 마음을 놓아버렸다. 도대체 성수가 왜 그러는지 성재로서는 이해할 수 없었다. 어제 처음 만난 여자에게, 그것도 열일곱 살이나 어린 조선족 여자에게 그날 저녁에 결혼하자고 편지를 쓰는 게 과연 정상적인가? 그러고 나서 저렇게 흐린 낯빛을 하고 구슬프게 자신을 쳐다보는 게 옳은 일인가? 커피숍을 나올 때까지도 성재는 그게 궁금했지만, 더이상 짐작하지는 않으리라고 마음먹었다.

내린다기보다는 바람에 흩날린다고 해야 옳을 싸락눈을 맞으며 형제는 화려한 조명을 받고 선 네오르네상스식 건물들 사이를 걸었다. 성수는 썰매에 묶인 개처럼, 줄에 매달린 연처럼 성재를 따라 걸었다. 모자를 눌러쓴 사람들은 저마다 가야 할 곳이 분명한 듯 빠른 걸음으로 걷고 있었다. 하얼빈에서 그들이 갈 곳이라고는 게스트하우스밖에 없었지만, 성재는 전직 교수가 기다리고 있을 게스트하우스로 돌아가고 싶지 않았다. 그는 몇천만 년 전에 멸종한 짐승의 뼈와 함께 세계를 일주하는 사람이었다. 성재는 몇십 년 전에 하얼빈에서 사라진 백계 러시아인들의 삶도 짐작하지 못하는데. 아니, 지금 자신의 옆에서 걸어가는 동생의 마음 하나도 납득하지 못하는데 말이다. 내리는 눈처럼 마음이 자꾸만 가라앉았으므로 성재는 목소리를 조금 높여 나중에 다시 하얼빈에 와보자고 성수에게 말했다. 이런 일 때문에 오는 것 말고. 오로지 관광으로만 다시 하얼빈에 찾아와 안중근이 이토 히로부미를 저격한 하얼빈 역에도 가보고 731부대에도 가보고 빙등제도 보자고 말했다. 다시 하얼빈에 올 일이 없다는 것을 잘 알고 있었으면서도.

그때, 성수가 더듬더듬 자기는 죽고 싶다고 말했다. 그 말을 금방 알아들었지만, 그래서 가슴이 철렁 내려앉았지만, 성재는 무슨 얘기인지 듣지 못했다는 듯이 태연한 목소리로 되물었다. 성수는 아무런 말 없이 바닥에 깔린 편석만 바라보다가 다시 더듬더듬 죽고 싶다고 말했다. 이번에는 성재도 조금 화가 치밀어 큰 소리로 외쳤다. 내가 얼마나 말했어, 인마. 똑바로 얘기하라고! 성수 역시 악을 쓰듯이 소리쳤다. 주주주죽고오싶다구! 혀혀형, 나나나나이이이제이이렇게사사사는게저저정말시시싫어. 성재는 걸음을 멈췄다. 누구는 이렇게 사는 게 좋아서 사니? 그런 말들이 머릿속에서 맴돌았지만, 성재도 더듬더듬 말이 잘 나올 것 같지 않았다. 성수는 입을 꽉 다물고 계속 편석만 바라보며 걸어갔다. 성재는 그 뒷모습을 바라보고 있다가 돌아서서 빠른 걸음으로 걸었다. 정신없이 걷다가 교차로가 나오자, 성재는 오른쪽으로 방향을 틀었다. 성재는 뒤를 돌아보지 않았다. 왜냐하면 성재도 그렇게 살고 싶지는 않았기 때문이다. 바람은 불지 않았다. 하지만 밤은 추웠다. 성재는 몸이 조금씩 떨리기 시작했다. 그렇게 추운 지방에 하얼빈처럼 큰 도시가 있을 줄이야. 공항에서 버스를 타고 들어오면서 성재는 그런 생각을 했었다. 하지만 그런 것 따위는 모르고 살아도 아무런 문제가 없는 인생도 있다. 성재도 그렇게 살 수 있었다. 하얼빈은 몹시도 추운 도시라는 것, 해림에는 바다가 없다는 것, 우덕순은 이토 히로부미를 쏘지 못했다는 것, 성재도 그런 따위는 모르고 살

수도 있었다.

걷다가, 조금 더 걸어가다가 성재는 성소피아교당 앞 광장에 이르렀다. 심장은 두근거렸고 입에서는 입김이 마구 쏟아져나왔다. 성재는 조명이 비치는 성소피아교당 둥근 지붕을 올려다봤다. 지붕 끝 십자가 너머 밤하늘이 아련했다. 성소피아교당은 문화혁명기에 쓰레기하치장이 됐다지. 송화강은 국경을 넘어 아무르 강이 된다지. 그처럼 우리도. 우리도 자신이 아닌 다른 존재가 될 수 있는 것일까? 우덕순은 왜 이토 히로부미를 쏘지 못했을까? 성수는 왜 그 여자에게 결혼하자는 편지를 쓴 것일까? 도무지 그 대답을 짐작할 수도 없는 질문이 끝없이 이어졌다. 성재는 잠시 숨을 헐떡이다가, 낯을 잔뜩 찌푸렸다가, 또 세수하듯 두 손으로 차가운 얼굴을 문질렀다가, 돌아서서 성수를 찾아 다시 걸어가기 시작했다. 성재의 등뒤로 거대한 물음표처럼 성소피아교당 둥근 지붕이 서 있었다.

연애인 것을 깨닫자마자

1

비가 오신다. 그 허리도 참한 빗줄기가 아주 여럿이 줄 맞춰 내려오신다. 대경성大京城 검은 아스팔트 위로 초파일 유등流燈 물결인 양 휘황한 네온 불빛을 번득거리며 못내 아쉬운 청춘 남녀의 발걸음들을 따라 길게 늘어진 빗물이 흘러간다. 이 빗소리는 들뜬 춘심春心의 산회散會를 알리는 사이렌이니, 이것으로 올해 창경원 야앵夜櫻도 그 화려한 막을 모두 내린 셈이다. 그러니까 이제는 떨어진 꽃잎마냥 무색해진 밤거리의 아베크족들도 왕복엽서처럼 쓸쓸하게 다시 제 주소를 찾아 돌아가고 벚꽃보다는 짝 잃은 아이스크림 미인을 낚시하러 나섰다는 게 더 옳을 듯싶은 히야카시冷やかし, 희롱하는 자패들도 이제 주국국민당酒國國民黨 열심당원으로 전향해야만 할 시간이다.

그런데 모두들 제자리로 돌아가는 이 야심한 시각에 여기 진고개 번잡한 환락가가 그 이름도 유명한 경성제대부속병원 서西 8호실, 그러니까 정신병자들의 에덴동산이라도 되는 양 반쯤은 넋이 나간 표정으로 풀기 빳빳한 하이칼라가 흠뻑 젖는 줄도 모르고 비를 쫄딱 맞고 선 이 친구는 왜 축음기 앞에서 고개를 갸우뚱거리는 빅터레코드 광고의 견공犬公 모양을 하고 나를 쳐다보는 것일까? 물론 이 친구가 가을이면 물경 일천 석은 거뜬히 거둬들인다는 호남 지방 갑부의 자제로 태어나 국내 유수의 의학전문학교를 우수한 성적으로 졸업한 민족의 동량이라는 것은 잘 알겠으되, 그렇다면 장차 이 나라의 기둥이 되든가, 들보가 되든가, 하다못해 들창이라도 되어야 할 텐데, 왜 저런 초라한 요타모노与太者, 불량배 고로쓰키破落戶 룸펜의 몰골에 자정 넘은 대경성의 마굴魔窟을 밝히는 광고탑 같은 자세로 카페의 문전을 지키고 서 있어야만 하느냐는 말이다. 나는 그 이유가 진심으로 궁금해 이 친구를 골똘하게 쳐다본다. 다른 이유가 있는 게 아니다.

이 시간에, 게다가 봄비답지 않게 세차게 쏟아지는 빗속을 뚫고 본정 3정목에 있는 플로라 카페까지 올 정도라면 뭔가 단단히 결심하고 나선 길임에 분명하지만 이 친구는 가끔 얼굴로 흘러내리는 차가운 빗물을 오른손으로 한번 쓸어내릴 뿐, 아무런 말도 하지 않는다. 이미 젖었으니 더 젖을 것이 없다는 심사인지도 모른다. 나와는 중학 동창이지만, 최근에 정희 때문에 몇 번 만난 것을 제외하면 지난 십 년 동안 한 번도 만나지 않은 사이니까, 뭐, 내가 보는 앞에서 이 친구가 흠뻑 젖는다고 해서 까닭 없이 내가 박애정신을 발휘할 필요는 없을 것이다. 이 친구가 차가운 봄비에 흠뻑 젖든 말든 나와는 아무런 상관이 없지만, 문제는 이런 것이다. 왜 화신 앞도 아니고, 부민관 앞도 아니고, 하필이면 남촌에 있는 이 카페에까지 찾아와 나를 앞에 세워두고 이렇게 홀딱 젖어가고 있느냔 말이다. 이 옹색한 청승 앞에 진고개 화려한 일천백 촉 전등 불빛도 무색할 지경이다. 이다지도 암울한 풍경을 만났으니, 슬픈 낙화에 조금씩 오르던 취흥도 이제 폐점할 태세다.

제대병원 서 8호실에서 막 탈출한 환자 같은 사내가 문 앞에 서 있다고 보이가 말했을 때, 공연히 주위에 있는 여급들에게 우리 히스테리 동급생이 밀린 기성회비를 받으러 온 모양이라고 너스레를 떤 게 잘못이라면 큰 잘못이겠다. 그 말을 들은 여급들이 그 동급생 낯짝이라도 보자며 한사코 나를 떠미는 바람에 하는 수 없이 카페 유리문을 열고 밖을 내다봤더니 아, 글쎄, 이 친구가 비를 맞으며 서 있었던 것이다.

"비가 대단하구먼. 소화불량에라도 걸렸는가? 공연히 비 맞으며 뭐하고 있대? 음마, 눈가에 맺힌 그 이슬은 빗방울인가, 눈물방울인가?"

나는 눈앞으로 몰려드는 빗줄기 때문에 미간을 찌푸리면서도 손바닥을 내밀어 떨어지는 빗방울을 재본다.

"이 해어진 빅토리언의 레인코트는 어서 벗어버려야지. 그래야지. 그래야 되겠지."

옆집 서점 함석지붕 위로 후두둑 떨어져내리는 빗소리에 이 친구의 목소리가 묻혀든다. 나는 무슨 소리인지 얼른 알아듣지 못해 잠시 머뭇거린다.

"자네가 레인코트를 벗든 안 벗든 나로서는 관계치 않으나, 어쩐지 구 총독부병원이 보증하는 내 우량 시력으로는 이미 벗어던진 것 같아서 묻는 건데…… 어디, 정신이 좀 피로한 거 아닌가?"

이 친구의 눈앞으로 치켜든 두 손가락을 흔들며 내가 말한다. 일종의 정신병 검사인 셈이다. 어떤 상황인지 대충 짐작은 갔지만, 좀 심한 것 같았다. 이 친구가 서 있을 줄 알았더라면, 게다가 비를 맞으며 이다지도 청승을 떨면서 서 있을 줄 알았더라면 애당초 나와보지도 않고 보이에게 그냥 돌려보내라고 했을 것이다. 이 날것 그대로의 숙맥菽麥 때문에 무르익은 맥주를 한참 들이켜던 그 기분을 방해받을 수야 없지 않겠는가. 혀를 차면서 후회랄 수도, 괴로움이랄 수도, 성가심이랄 수도 있는 감정을 마음에서 떨치려고 애써보건만 그런 것도 모르고 이 친구는 연신 중얼거린다.

"이 해어진 빅토리언의 레인코트는 어서 벗어버려야지. 그래야지. 아암, 그래야만 하겠지."

웨이트리스라면, 건네는 오샤쿠お酌, 술잔나 순순히 받아먹으면 쓰라이 시쓰렌辛い失戀, 쓰라린 실연일랑 없는 법인데⋯⋯ 뭐, 제 앞가림도 못하는 주제에 이런 한심한 문장이 머리를 스친다. 정희에게 당해도 아주 단단히 당한 모양이었지만, 그게 내 마음에 맺히거나 부대끼지는 않는다. 그도 그럴 것이 장안의 한다하는 난봉꾼들에게도 정희의 교수법은 가혹하기만 했으니, 가족과 국가의 위생관념을 철저하게 믿는 이 친구야 두말할 나위도 없다. 그러니 이런 무참한 꼴이란 모던 연애를 배우기 위한 월사금 정도로만 여기는 게 가장 좋으련만. 나는 오른손 검지로 아랫입술을 톡톡 치면서 이 친구를 잘 타일러 가족과 국가의 안전한 품으로 다시 보낼 방법이 뭐가 있을까, 고민하다가 입을 열었다.

"몇 년 전, 그러니까 의학계로 보자면 자네에게도 선배가 될, 제대병원의 어철 박사가 물고기 노닐 만큼 깨끗한 그 함자처럼 시원한 글 「냉수를 먹어라」를 발표한 바 있다는데, 혹시 읽어본 적이 있는가?"

"어어철이라고?"

내 말에 눈을 내리깔고 혼자 알 듯 말 듯 한 레인코트 얘기만 중얼거리던 이 친구가 화들짝 놀라 내 눈을 맞보며 묻는다. 비 맞은 전구만큼이나 매끄러운 그 검은 눈동자의 서슬에 내가 얼른 뒷말을 붙인다.

"그러니까 물고기 어魚자에 물 맑을 철澈자를 사용하는 양반인데, 그 어철 박사님께서 글에다 쓰시기를, 히스테리, 소화불량, 거친 피부, 바삭바삭 부서질 듯한 머리카락, 광채 잃은 눈동자 등은 모두 수분 부족에서 비롯한 것이니 틈나는 대로 물을 마시되, 하루에 한 되의 차가운 물을 마시면 손쉽게 건강해진다고 말하면서……"

어쩐지 내가 변명을 늘어놓는다는 느낌이 드는 것은 전적으로 이 친구가 내 말에 쇼크라도 받았다는 듯이 머리를 절레절레 흔들었기 때문이다. 꼭 중학 시절, 번번이 공식을 틀리게 말하는데도 옳은 공식은 가르쳐주지도 않고 그저 틀렸다고 고개만 흔드는 수학선생을 마주한 듯 초조함이 든다. 이 정도로까지 얘기했으면 대충 알아들어야 할 텐데, 고개만 절레절레 흔들고 있으니 안쓰럽다는 생각이 들던 차에 내 입에서는 느닷없이 생각지도 않은 말이 툭 튀어나오고 만다.

"어디 같은 의학박사로서 자네의 소견은 어떤가?"

2

에라, 모르겠다. 이렇게 말한다고 특고特高 나리가 나 같은 술꾼을 잡아갈 리도 없으렷다. 현대의 역사란 죄다 히스테리의 역사다. 우리 시대에 어떤 문제가 있다고 한다면 그건 모두 히스테리에서 기인했다는 말이다. 예컨대 지금으로부터 삼 년 전, 이탈리아가 느닷없이 에티오피아를 침공한 일이 있었다. 그 침공의 결과로 여자, 노인, 어린이 등을 포함해 수천 명의 무고한 생명이 비참하게 살해됐는데, 그런 부조리한 학살의 원인은 다만 이탈리아 국민들의 단결심을 보여주고자 하는 데 있었다. 제국대학 부속병원 서 8호실에서나 들을 수 있는, 아주 병적인 얘기다. 국제연맹이 이 행위를 규탄하자, 이탈리아는 국제연맹에서 탈퇴해버렸고 그 무기력한 국제기구는 좀 우스운 꼴이 돼버렸다. 그런 맥빠진 항의에 비하면 삼백 명의 유명한 정신의학자들이 인류의 양심에 호소해 이 사건을 규탄한 것은 정말 적절한 일이었다. 정신적 질환이 원인이 돼 일어난 참사니 의사들이 나서야만 하는 건 당연하다.

그와 아주 흡사한 이유로 나는 지난 몇 년간 기회만 닿으면 조선 사회에 알렉산드라 콜론타이 여사의 성 해방론을 소개하려고 무던히 애썼는데, 이는 남들이 가볍게 생각하듯이 성적 방종을 사회에 유포시켜 타락의 나락으로 굴러떨어진 순진한 처녀들과 환락을 즐기려는 심사 때문이 아니었다. 이탈리아의 에티오피아 침공 같은 비극적 역사의 반복을 막으려면 20세기 모던 연애는 성적 해방에 기초해야만 한다. 성적 억압이 모든 역사적 비극의 시작이니까. 예컨대 이탈리아의 단결을 보여주기 위해 에티오피아인들을 학살했다는 비극적 사건의 원인을 이보다 더 잘 설명할 수 있을까? 국가를 유지하기 위해서는 반드시 가족이 필요하다. 가족을 유지하기 위해서는 부득불 성적 충동을 억압해야만 한다. 그런데 성적 충동을 억압하면 필연적으로 히스테리가 생겨난다. 콜론타이 여사는 이런 히스테리의 굴레로부터 역사를 해방시키기 위해 성 해방론을 주창한 셈이니 성 해방론은 역사 해방론이다. 그러니 더 많은 자유연애를, 더 많은 카페를, 더 많은 댄스홀을 주장하는 것은 현대를 올바른 자리에 세우려는 노력인 셈이다.

귀신 씻나락 까먹는 만담 좀 그만하라고? 안 그래도 그런 얘기 들은 적 있다. 반년 전, 그러니까 지나사변이 일어날 즈음이라고 기억하는데, 중학 동창인 이 친구, 그러니까 지금 내 앞에서 비를 맞고 서 있는 이 친구의 안내를 받아 청량리 밖에 있는 경성의료원을 취재하러 간 적이 있었다. 대저 지나支那라는 것은 무엇이고 사변事變이라는 것은 무엇이며, 둘이 합쳐 지나사변이라는 것은 또 무엇인가 해서 사회가 좀 시끄러울 무렵이었다.

모某 교회에서 운영하는 경성의료원은 원래 인사동에 있었으나 거금 일십오만원을 들여 회기리回基里에 웅장한 3층 백옥白玉 건물을 준공한 뒤, 곧 옮겨갈 채비를 갖추고 있었다. 파고다공원에서 전차를 잡아타고도 다른 전차로, 또 버스로 몇 번이나 차를 갈아탄 뒤에야 가닿을 수 있는 시골이라면 제아무리 거대한 궁궐을 짓는다고 해도 잡지에 싣지는 않을 텐데, 그 병원에서 의사로 일하게 된 이 친구가 하도 간곡하게 부탁하는 통에 이전 소식을 광고하기 위해 취재에 나섰던 것이다.

'경성의료원 관광기'라는 이름으로 두 페이지에 걸쳐서 나갈 기사라 찾아가는 길만 안내하면 대충 면이 채워질 것 같아 1층의 식당과 창고, 2층의 제약실과 간호원실과 전기치료실, 3층의 수술실과 특수실 등등을 건성건성 둘러봤다. 그러다가 옥상에서 서울을 바라보는 경치가 좋다기에 함께 올라가 낙조를 등에 지고 서 있는 삼각산이며 남산의 풍광을 조망하다가 내가 물었다.

"이 정도 크기면 몇 사람이나 입원할 수 있는고?"

"글쎄, 비상시국이 된다면 일백 명 정도는 너끈히 수용할 수 있을 듯하이."

"시국이 비상해질 것을 어느 정도는 예상하고 있었다는 것인가?"

이 친구는 노을을 바라보면서 생각에 잠기는가 싶더니 이렇게 대답했다.

"국제정세가 제멋대로 돌아가고는 있지만, 아직 이상한 조짐은 보이지 않는걸. 만주사변 나고 지난 몇 년간도 그러지 않았는가? 그렇다면 이번 사건이 대전쟁의 시발이라도 된다고 생각하는가?"

"지난 몇 년간. 그렇지. 그동안에는 우리 전연 소식을 모르고 살았지. 그 몇 년 동안, 나는 역사 돌아가는 형편에 대해 익혔다네. 내 예감이 옳다면 3층을 다 병실로 고치는 게 좋을 거야. 이번 전쟁은 아주 오래갈 것 같아. 풍기를 단속하는 걸 보면 심상치 않아."

내가 단호한 목소리로 말하자, 이 친구는 뭔가 수상쩍다는 듯한 표정으로 나를 돌아봤다. 아까 내가 어철 박사 얘기를 꺼낼 때의 반응과 비슷하게.

"올해 초에 말이야, 비너스의 복혜숙씨를 비롯한 여러 직업여성들이 경무국장에게 서울에도 댄스홀을 허가해달라고 탄원서를 냈는데, 혹시 기억나는가?"

이 친구는 그때도 지금처럼 고개를 절레절레 흔들었다.

"나야 잘 알지. 그 뒷배를 봐주고 있었으니까. 내가 그 탄원서의 초를 잡았는데 이렇게 썼단 말이지. '만주사변 직후에 우가키 전 총독은 서울에 있는 신문기자를 향해 국가비상시에 댄스는 허가할 수 없다고 말했습니다. 그러나, 만주사변은 모두 이제는 평정하게 되고 평화의 기상이 세상에 차고 있지 않습니까?' 동경을 드나들 기회가 있을 때마다 제도 무도장이니 플로리다 댄스홀이라든지 신바치 댄스홀 등 내지에서도 알아주는 유명 댄스홀을 자세히 살펴보기는 했으나 나는 본래 댄스를 못하는 사람이야. 그런데도 내가 직업여성들과 함께 경성에 댄스홀 설립운동을 벌인 것은 히스테리 환자의 수를 줄이기 위해서야."

"히스테리?"

"응, 히스테리. 성적 충동을 억압할 때, 필연적으로 발생하는 히스테리. 그런데 그때는 총독부가 댄스홀에 대해 왜 그렇게 뻣뻣한 반응을 보이는지 이해하지 못했는데 금번 노구교 사건이 일어나는 걸 보니 대충 앞뒤가 짐작이 가네. 전쟁을 확대하자면 집단적인 히스테리가 필요할 테니까, 우리의 성적 충동을 억압해야만 하는 것이지."

지금 내 앞에서 "이 해어진 빅토리언의 레인코트는 어서 벗어버려야지" 운운하는 이 친구는 그때 요령부득의 얘기를 들었다는 듯이 한동안 입을 다물지 못하다가 이렇게 말꼭지를 땄다.

"의학박사로서 내 소견을 말하자면, 히스테리라는 건 부모에게 물려받는 병이지, 댄스를 못해서 생기는 병이 아니네. 현재로서는 히스테리란 신경병, 정신병, 알코올중독, 결핵, 매독 등으로 인해 그 자손이 얻게 된다고 알려져 있네. 댄스홀에 가서 시끄러운 재즈 소리를 들으며 낯선 남녀들이 몸을 비비게 되면 히스테리를 가진 아이들이, 그러니까 사생아들이, 많이 생긴단 말이지. 가정생활에 충실하면 히스테리 같은 병에 걸릴 염려는 절대로 없으니 자넨 걱정하지 않아도 괜찮아. 댄스는 못한다며."

그 말에 나는 속이 뜨끔했다. 의료원 광고를 좀 도와달라고 연락해오는 통에 근 십 년 만에 만났으니 망정이지, 내가 어떻게 살았는지 이 친구가 알았더라면 그길로 강제 입원을 당했을지도 모를 일이었다.

"이크! 하지만 그건 부르주아들이 늘상 하는 타령이 아닌가? 결혼제도 밖에서 연애하면 매독 같은 병에 걸린다거나, 사생아들은 폭력적일 수밖에 없다거나, 자유연애를 하는 여성들은 모두 타락했다거나. 그런 식으로 겁을 줘 성적 충동을 조절해 가족을 유지시키려는 속셈인 거지. 가족은 작은 국가가 아닌가? 그러니까 당국이 자유연애를 못하게 하는 걸 보면 시국이 나빠진다는 걸 예측할 수 있고, 장차 히스테리 환자가 는다는 것도 알 수 있게 되지."

이 친구가 다시 답답해 미치겠다는 듯이 좀더 큰 목소리로 말했다.

"의학박사로서 내 소견을 말하자면, 아내하고만, 그것도 당사자들의 쾌락을 위해서가 아니라 자손 번식을 위해서만 성행위를 할 경우, 매독에 걸리거나 히스테리에 걸린 자손이 나올 확률은 제로라네. 다른 경우는 모르겠네. 그렇지만 히스테리에 관해서 이런 얘기는 있어. 히스테리성의 소질을 가진 사람과 공상 잘하고 감정의 변화가 많은 사람은 말이네, 될 수 있는 대로 정신의 과로를 피하고 감정이 흥분될 소설이나 연극을 보지 않아야만 한다는 거지."

"지금 내 얘기 하는 건가?"

"소설을 너무 많이 읽은 거지. 히스테리, 조심하게나. 귀신 씻나락 까먹는 만담은 그만하고 다시 부내로 들어가 술이나 한잔하세나. 오늘은 청탁한 바도 있어 내가 살 테니, 어디 술값 비싼 카페 같은 곳으로 가도 좋고."

노을을 등지고 돌아서며 이 친구가 말했다. 지금 넋이 나간 듯한 이 얼굴을 봐서는 도대체 그때는 이 친구가 어떤 표정을 지었는지 가물거리기만 한다. 나는 성큼성큼 앞장서서 걸어가는 이 친구의 뒤를 황급히 따라가며 이렇게 물었다.

"자네 말대로라면 지난 십 년 사이에 화류병도 그만큼 늘었

겠구먼그래. 요릿집에, 카페에, 끽다점에, 기생에, 여급에, 댄서에……"

"화류병은 박래품이야. 개항되고 나서 화류병을 비롯해 꽤 많은 병들이 들어왔어. 본래 조선에는 각기脚氣라는 병이 없었는데, 지금은 꽤나 많이 퍼지게 됐어. 또 척수로脊髓癆라는 병이 있는데, 매독 후에 찾아오는 이 병에 걸리면 신경이 고장나기 때문에 우선 아랫도리를 쓰지 못하고 눈이 어두워지지. 이 병도 일본 사람들은 많이 앓지만, 조선 사람들 중엔 앓는 사람이 하나도 없다네."

"그럼 뭔가? 결혼 밖에서 자유연애를 해도 성병에 걸리지 않는다는 반증 아닌가?"

"그거야 뭐 자유연애라는 게 애당초 성병 환자들이나 서로 돌려가면서 하는 것일 테니 전체적으로 화류병 환자가 늘어날 일은 없는 거지. 그건 그렇고 아는 게 있으면 전쟁 얘기나 더 해보게나. 어떨 것 같은가? 이거 미친 짓 아닌가?"

그땐 그랬다. 지금 오른손으로 눈물인지 빗물인지 닦아내고 있는 이 친구가.

3

구한국 시절에 서울을 찾아온 외국 선교사들의 글을 읽어보면,

이들이 인정人定 종소리에 굉장히 민감했다는 사실을 알게 된다. 그때만 해도 경부철도가 없던 시절이니 기선을 타고 제물포까지 들어온 다음에는 나귀나 가마 등을 이용해 서울까지 들어가야만 했는데, 자칫 너무 늦게 도착하면 성문이 닫혀버려 낭패를 보는 일이 많으니까 제물포에서 하룻밤 묵고 다음날 일찍 출발하는 경우가 많았다. 서양식 호텔이 서울보다 제물포에 먼저 생겨난 것도 그런 이치 때문이었다. 불과 몇십 년 전, 위태로웠다고 해도 그 시절에는 나라의 체모가 번듯했으니 기강을 세운다는 측면에서 밤이면 성문을 굳게 닫아걸었던 것인지도 모른다. 그러고 보면 남대문 주위의 성벽이 완전히 허물어지게 된 것도 을사년 이후의 일인 듯싶다.

혼자 쓰는 일기도 아니고 공개적으로 출판되는 잡지에 버젓이 이런 글을 쓰다가는 당국이 요시찰인물로 주목할지도 모르는 일이니 각설하고, 그러니까 이제 경성의 안과 밖을 나누는 성벽은 존재하지 않는다. 하지만 남대문 주변이 상전벽해하고 이방인을 내치던 성벽이 모두 철거됐다고 해서 눈에 보이지 않는 성벽까지 사라진 것은 아니다. 전문학교를 졸업하고 잡지사 별천지에 입사한 이래, 나는 국제정세를 다루는 기사를 주로 썼지만, 또 이 눈에 보이지 않는 성벽을 허물기 위한 노력의 일환으로 쓴 글도 많다. 대개 이런 글들을 쓸 때는 나의 이념을 도상학적으로 표현한 'Y凸'이라는 필명을 사용했으니 독자 제현께서도 그간 내가 'Y凸'이라는 필명으로 쓴 글들을 처음부터 읽어본다면 그간 조선 사회의 봉건적

구습을 철폐하고 근대적 심성을 도입하기 위해 내가 얼마나 애를 썼는지 여실히 알 수 있을 것이다.

그런 기사 중 하나가 「여고 출신인 인텔리 기생, 여우女優, 여급 좌담회」인데, 이 좌담회 자리에서 나는 플로라 카페의 여급인 송정희를 처음 알게 됐다. 하관이 빨고 턱끝이 뾰족한 얼굴이라 옛날 사람들은 덕이 고이기 어렵다고 품평하기 십상이겠지만, 나는 그 여린 외모에서 시대의 정신적 질환에 시달리는 연약한 여인의 숨겨진 비애를 느낄 수 있었다. 그 당시에는 그 비애가 정확하게 어디서 비롯하는지 알지 못했다. 다만 나는 비애의 느낌을 물씬 풍기는 외모와 다르게 언제라도 활달한 그 말투와 행동거지의 언밸런스한 매력에 완전히 빠져들기 시작했다.

이 좌담회에서 왜 여급이 됐느냐는 내 질문에 정희는 "몰라요, 호호호. 그러나 저는 무슨 세상이나 남성을 저주하고 싶은 생각으로 이렇게 여급 된 것은 아니래요. 다만 여자도 경제적으로 독립하고 보자는 생각에서 비교적 수입이 많은 이 방면에 뛰어들었지요. 수원 어디서 교원생활할 때야 불과 사오십원 월급밖에 더 받을 수 있더래요. 그래서 교단에서 뛰어내려 여급이 되었더니 그럭저럭 수입이 되더군요. 여급이 자랑도 아니고 그렇다고 부끄러운 것도 아니고 그저 직업이지요"라고 당당하게 대답하기도 하고, 그럼 결혼은 하지 않을 작정이냐는 질문에는 "왜 안 해요. 사십까지만 제 멋대로 살아가다가, 마흔한 살 되는 해에 가정부인이 되려고 해요.

결혼생활은 꼭 하고 말겠어요"라며 힘줘 말하기도 했다.

하지만 정희가 아무리 자신은 여급생활에 만족하고 있다고 강변해도 나는 그 당찬 대꾸의 이면에 도사린 슬픔과 눈물을 감지할 수 있었다. 지난 몇 년 동안, 내가 콜론타이 여사의 성 해방론으로 히스테리에 걸린 자들이 세워놓은 눈에 보이지 않는 성벽을 허물기 위해 수많은 기사를 썼다고 말하지 않았는가? 그래서 내게는 나의 이런 사상의 동반자를 한눈에 알아볼 눈이 있다. 제아무리 활달해도 정희에게는 아픔이 있었다. 나만은 그걸 알 수 있었다. 나는 그 아픔을 치유하고 싶었다. 그러기에 편집장이 플로라의 정희 얘기는 그만하라고 수없이 구박하는 동안에도 나는 한쪽 귀로 흘려버렸다. 어쩌면 나는 이 시대의 병적 질환을 치유하는 과정에서 만난 하나의 임상사례로 정희를 택한 것인지도 모른다. 정희를 취재하기 위해 플로라 카페에 드나들면서 여러 편의 기사가 만들어졌고 차츰 정희가 걸린 마음의 병이 무엇인지 또렷해지기 시작했다.

우선 '첫 남성에게 버림받고 홍등녹주紅燈綠酒의 허희噓欷'라는 제목(이런 잡지의 제목이란 일시 독자들의 심성을 자극해 주머니에 감춰둔 돈을 끄집어내기 위한 목적으로 편집장이 즉석에서 정한다는 사실을 기억하시길!)의 기사를 통해 나는 정희의 병이 어디서 비롯했는지 어느 정도 눈치챌 수 있었다. 이 인터뷰에서 정희와 나눈 대화를 기억나는 대로 소개하면 다음과 같다.

"술 취해 덤비는 사내들 중에 연애하고 싶은 사람도 있어요?"

"연애요! 호호호……"

"왜요?"

"버림받은 여성이 무슨 연애야요. 그리고 연애는 해 뭘 해요. 이런 곳에 오는 남성은 술과 향락을 제일 목표로 하고 오시는데 진정한 사랑을 주시겠어요? 또 저희들 같은 년이 무슨 진정을 구하겠어요!"

"어떤 여급은 당당히 정식 결혼하는 이도 있던데……"

"물론 있죠. 그리고 있어야 할 게 아냐요? 우리를 참되게 이해해주는 이가 있으면 누구보다도 못지않게 살림을 하죠. 그러나 우리에겐 술! 그리고 한숨! 눈물! 이것이 평생의 낙이 되겠지요."

"그런데…… 여기는 너무 시끄럽군요. 이거 이번 호에서 가장 중요한 인터뷰인데…… 다른 뜻은 아니고, 좀 조용한 곳으로 옮기면 좋으련만……"

"네? 이렇게 늦은 시간에 어디 조용한 곳이 있을까? 그럼, 제 아파트로 가실까요? 혼자 마시는 양주도 한 병 있으니."

"연애를 전연 모르는 게 아니었군요."

두번째로 내가 쓴 기사는 (비웃지 마시길!) '꿈같은 세월, 눈물의 세상. 화류항 여자의 적나라한 고백'이란 부제를 단 「천자만홍千紫萬紅의 찡기고 웃는 '악惡의 화華' 새해 첫날에 서울 유명 인텔리 여급 일읍일소一泣一訴」였다. 각 여급들에게 일문일답을 던져본 이 기사에서 나는 의도적으로 정희에게 '당신이 기뻐한 때 슬퍼한 때'

라는 질문을 던졌다. 이 질문에 정희는 다음과 같은 글월을 보내왔다.

삼사 년 전의 일입니다. 저는 어느 시골서 그곳 보통학교의 여교원으로 있었습니다. 같은 학교에 있는 동성의 교원 K의 소개로 저는 어떤 대학 출신이라는 C씨와 알게 되었습니다. 꿈 많은 젊은 나이의 제가 C씨를 사모하게 되고 마침내 그와 사랑을 속삭이게 된 것은 그뒤 얼마 되지 않아서입니다. 아침이면 학교에 가서 천진난만한 어린이들과 같이 기쁘게 웃으며 뛰놀고 저녁이면 또다른 기쁨이 나를 기다리는 숙사로 돌아옵니다. 밤이 되면 제 숙사에는 동무가 찾아옵니다. 그리고 C씨가 찾아옵니다. C씨와 함께 지나는 밤, 그 밤엔 온 세상이 다 제 것같이 저는 기뻐했습니다. 말없이 기뻐했습니다. 어느 날 밤 같은데, 저는 C씨와 함께 채플린의 유명한 영화를 보러 갔습니다. 분명코 세상은 우리들을 위해 있는 것 같았습니다. 저는 희극배우 채플린을 빌려 C씨와 나와의 행복한 마음을 실컷 웃었습니다. 가슴이 터질 듯 차오르는 제 기쁨을 안고.

그러나 제게는 저를 서럽게 울린 일이 이 기쁜 때와 같이 왔습니다. 연애의 성공은 연애의 파멸이라더니 저를 두고 있는 말이 됐습니다. C씨에게서 가장 큰 프레젠트를 받은 저는 받은 그날부터 눈물로 세월을 보내게 됐습니다. 저는 C씨의 핏덩이를 받았습니다. 사랑하는 사람의 씨를 받은 이것처럼 세상에 기쁜 일이 또 있겠습니까? 해도 저는 이 기쁜 일을 채 기뻐하지 못하고 가장 서럽게 앓고 울게 됐습니다. 저는 아픈 가슴을 안고 모든 것에서 다시 출발하기로 결심했습니다. 제가 다시 세상에 나왔다는 셈을 치고 저는 여급생활에 몸을 던진 것입니다.

이곳에서 보는 세상은 더 험악합니다. 아무리 마음을 곧게 먹어도 잔약한 저는 서럽게 울 때가 많습니다. 만사를 잊어버리고 처음 마음먹은 대로 성공해보겠다고 이를 악물고 애를 쓰나 사랑을 잃은 젊은 여성, 사랑의 씨를 빼앗긴 젊은 어미는 지난날의 서러움보다 더한 서러움을 안고 몸부림치며 울 때가 많습니다. 이 젊은 어미는 세상의 아무것도 다 잊고 안착한 세상이 빼앗고 주지 않는 어린것이 보고만 싶어 가슴 치며 울고프나 이 서러움이 지나가고 나는 때이면 눈앞에는 보고 싶은 어린것은 여전히 없고 헛되이 흘러나온 눈물 자욱만 치맛자락에 옷고름에 손수건에 남을 뿐입니다.

내가 언제부터 정희를 사랑했느냐고 묻는다면, 바로 그 글을 읽어내려갈 때부터였다고 말하겠다. 그다음부터는 정희라고 하면 채플린의 영화를 보면서 한껏 웃음을 터뜨리는, 그러니까 밖에서는 마음껏 웃음을 터뜨릴 수도 없어 어두운 극장 안에서 크게 웃으며 마음껏 제 행복을 만끽하는 이십대 초반의 정희의 모습이 머릿속에서 떠나지 않았다. 활달하고 재치가 넘치는 정희에게서 슬픔의 감정이 사라지지 않고 늘 뭔가를 앓는 듯 보인 것은 자신은 남들과 같은 평이한 삶에서 탈락했다는, 그 결여의 감정에서 비롯한 것이다. 나는 정희가 앓는 그 병을 고쳐주고 싶었다. 봉건사회가 세워놓은 그 높은 마음의 성벽이 실은 사회조직을 항상 전쟁체제로 유지하기 위해 만들어놓은 방편에 불과하다는 것을 가르쳐주고 싶었다.

내가 세번째로 쓴 기사는 「카페 여급 언파레드」(편집장이 바뀌었다! 그리고 시대도 바뀌었다!)였다. 이 기사에서 나는 정희를 가장 먼저 다뤘다.

현재 플로라 카페에 재적. 푸른 등 붉은 등 밑에서 웅성거리는 술친구를 옆에 끼고 축음기 소리보다 한층 더 높이 지르는 그의 목소리는 에로를 느낀다느니보다 끔찍끔찍한 느낌을 준다. 엷은 가을볕에 억지로 고개를 버티고 있는 달리아꽃 같다. 그의 하는 꼴은 아무리 보아도 데카당의 바람이 분다. 술 잘 먹는 정희! 욕 잘하는 정희는 이때껏 정희를 못 본 사람, 말 한마디 건네어보지 못한 사람이라도 이름만은 넉넉히 알 수가 있을 것이다. 혹여나 정희를 보고 싶어 플로라 카페를 들어서는 친구가 있다면 나는 이러한 준비를 부탁하고 싶다. 우선 말소리를 크게 할 것과 말수효를 많이 준비할 것이요, 웬만한 주량이거든 애초에 술이라고는 권치를 말며 서투른 말주변이거든 덥적대지도 말라고 하고 싶다. 그렇다고 점잖은 체하다가는 도리어 망신을 당할 것이다.

그러고 보니 결국 정희의 흉만 집어내는 것 같으나 '정희군 행여 노여워 말게. 이런 말이 흉이요 욕이라면, 쓸 말이 없지 않은가'. 하지만 그런 활달한 가운데서도 정희의 마음 깊은 곳에는 결코 고쳐지지 않을 불치의 병이 도사리고 있으니 오늘도 그 병에 이끌린 젊은 손들이 정희의 주변에서 맴돌고 다시 떠나지 못한다. 과연 이 시대에 정희의 아리따운 얼굴을 우울하게 만드는 이 병을 고쳐줄 수 있는 영웅호걸이나 사내는 정녕 없다는 말인가. 그 많은 의학도들은 진정 무얼 하고 있단 말인가?

그리고 그 언제였던가? 조선인 지원병제도를 실시한다고 해서 신문마다 '조선은 교육 정도가 미급未及하니 우선 지원병제를 실시하는 것은 의무병義務兵의 기초를 작성하는 것이니 이런 감격할 바가 없다'는 둥, '조선인으로서의 진로에 일대 광명'이라는 둥, 심지어는 '여余가 소화 7년 이래 절규하여온 일이 실현된 셈이어서 경하에 불감不堪한다' 따위의 헛소리가 횡행해 난센스의 원조 『별천지』의 판매 부수가 격감하던 올 초, 정희의 아파트에 누워 우리는 이런 담화를 나누고 있었다.

"의학박사라는 당신 친구 말이야."

"응, 있지. 비루맥주도 못 되는 숙맥."

"지난번, 카페로 혼자 찾아와 내게 병이 있는 줄은 꿈에도 생각하지 못했다면서 자기에게 병을 고칠 수 있는 명예로운 자격을 준다면 있는 힘껏 고쳐주겠다는 거야. 당신이 잡지에다 쓴 허무맹랑한 여급 품평기를 곧이곧대로 믿은 거지."

"고지식한 것이 사내 망신은 다 시키는 게로군."

"그래도 귀엽더군."

"해서?"

"해서? 의사가 병 고쳐준다는데 환자가 할말이 뭐 있겠어요? 누구에게도 보여주지 않은 환부를 핑계로 연애나 한번 걸어봐야지."

"어렵쇼? 『별천지』 'Y凸' 박사의 처방으로도 그 병이 고쳐지지 않았다는 게로군."

"나는 본시 병에 걸리지 않은 사람이야요. 병에 걸린 사람들은 당신들이지."

잠시 침묵이 흐르고.

"이보오, 우리 같이 살까? 이러면 어떨까? 나는 그만 헛소리만 가득한 기사 따위는 이제 더 쓰지 않고 본격 소설을 쓸 테야. 정희도 기약 없는 여급생활은 이제 그만 청산하고 가정주부로서 갱생의 삶을 살아가면 어떨까? 어때?"

정희는 한숨을 푹 내쉬더니 이렇게 말했다.

"옛날에 C씨를 찾아가 내 아들만은 돌려줄 수 없느냐고 애원했더니 C씨가 이러더이다. 경성제대 부속병원에 가면 물고기 어魚, 물 맑을 철澈, 어철 박사라고 있는데, 그 사람이 쓴 글 중에 「냉수를 먹어라」라는 글이 있다, 그 글, 읽어본 적 있느냐? 혹시 그런 글, 읽어본 적이 있나요?"

물론 그때까지 나는 읽어본 적이 없었다. 하지만 적어도 나는 그 말이 무슨 뜻인지 바로 알아먹을 수 있었다.

4

벗들은 내게 낡은 노래를 부른다고 말하지만, 오늘의 나를 키운 것의 팔 할은 바로 구리야가와 하쿠손廚川白村의 『근대의 연애관』이다. 이 글에서 구리야가와는 뭐라고 말했던가? 오직 연애에 의해 결합된 성적 생활만이 영구 평화의 세계, 계급투쟁 없는 사회와 나란히 개조의 3대 이상이라고 하지 않았던가? 나는 그 말을 믿어 의심치 않는 수준을 넘어서 불변의 진리로 여겼다. 그렇기 때문에 국제정세를 다룬 글이나 여급을 다룬 글이나 매한가지라는 신념에 의지해 살았다.

그러나,

그러나 그 신념이 더이상 나만의 것이 아닌 다음에는 더이상 아무런 매력도 없게 된다. 사람들이 무엇을 일러 불온문서라 하느냐고 물으매 오늘날의 총독부 학무국은 이런 대답을 하리라. '황국신민의 서사誓詞'를 게재하지 않는 모든 출판물이 바로 불온문서라.

하지만 생각해보라. 그간 「첫 남성에게 버림받고 홍등녹주의 허희」나 「천자만홍의 찡기고 웃는 '악의 화' 새해 첫날에 서울 유명 인텔리 여급 일읍일소」 같은 글을 게재해 돈을 벌어온 『별천지』에 이런 글들이 버젓이 실리게 되는 일을. 『별천지』에 실리는 그 어떤 난센스한 글들보다도 더 난센스하고, 그 어떤 가십보다도 더 가십적인 이 장면을.

1. 아등我等은 황국신민이다. 충성으로써 군국君國에 보답할 것임.

2. 아등 황국신민은 서로 신의 협력함으로써 단결을 굳게 할 것임.

3. 아등 황국신민은 인고 단련으로 힘을 기름으로써 황도皇道를 선양할 것임.

아아, 이제야 나는 깨달았도다. 구리야가와가 관동대지진으로 죽으면서 사회를 개조할 수 있는 연애 역시 죽었다는 사실을. 각급 학교의 학도들이 아침마다 '황국신민의 서사'를 외우듯이 그저 나도 구리야가와를, 콜론타이를 외웠다는 것을. 자유연애가, 그리고 그 부산물인 화류병이 아니라 믿어 의심치 않는다는 이 신념 자체가 바로 박래품이라는 것을. 이 고적한 봄밤에 연애를 잃고 미치광이처럼 비를 맞으며 서 있는 이 친구를 하염없이 바라보며.

"우린 모두 해어진 빅토리언의 레인코트를 입은……"

이 친구가 의학박사로서의 소견을 말하기 위해 입을 연다.

"정신병자들이지. 정신병의 치료법은 다음과 같다네. 우선 그 병을 유인한 원인을 발견해야 할 것이니, 예컨대 가정상 문제로 일어났다면 그 집을 떠나 여러 사정을 잊어버리게 해야 하며 원인이 되는 질환을 지녔다면 그 질환을 우선 고쳐야 한다. 다음으로 과로하지 않을 정도로 운동을 하고 냉수마찰을 계속해야만 할 것이다. 그 밖에 수공, 편물재봉, 밥 짓는 것 등 자기가 하고 싶은 대로 하는 것도 좋다. "요컨대" 정신의 안정을 주로 하여 잠 잘 자고 적당한 운동을 하며……"

그 말을 자르며 내가 말한다.

"냉수, 냉수, 냉수, 역시 냉수가 문제로군. 자네, 정희에게 같이 살자고 권했군. 왜 그랬나?"

이 친구는 나를 물끄러미 바라본다. 머리칼에서는 연신 빗방울이 떨어진다. 나는 말을 잇는다.

"정말 정희를 사랑한다고 믿었는가?"

"역시 냉수 먹으라는 소리를 들은 자네는? 자네는 어떤가?"

나는 잠시 입을 다물고 내리는 빗발을 바라보며 생각에 잠긴다. 이제는 이 의학박사와 환담을 끝내고 다시 플로라의 박스 속으로 들어가 예전과 다름없이 여급들과 도저히 믿지 못할 만담만을 잘 골라 늘어놓으며 맥주를 들이켤 시간이다. 요컨대 이때의 맥주란 냉수의 다른 말이다. 나는 이 친구에게 손을 내저으면서 말한다.

"헛소리 그만하고 자네도 냉수는 먹을 만큼 먹은 것 같으니 이제 그만 돌아가게나. 쉽게 그칠 비가 아니야."

그리고 나는 돌아선다.

"역사 돌아가는 형편을 잘 안다니, 그럼 전에 하던 얘기나 계속 해보지."

돌아선 내 등뒤로 이 친구의 목소리가 울려퍼진다.

"이거 과연 끝나기는 할 전쟁인가?"

이 친구, 어쩐지 쉽게 돌아갈 것 같지 않아 보인다. 그렇게 비를 많이 맞았는데도. 아주 골치 아프게 됐다.

이렇게 한낮 속에 서 있다

'何か事ありげな'[1]라는 것은 동경유학 시절에 즐겨 읽던 이시카와 다쿠보쿠 시의 한 구절이지만서두 자유대한의 품에 안겨 이렇게 여러분들 앞에서 한말씀이나마 들려드릴 수 있는 은혜를 받은 입장에서 지난 구십 일간을 돌이켜보려니 무엇보다도 먼저 입에서 튀어나오는 말이 돼버렸습니다. 수복 전만 해도 '何か事ありげな' 따위의 왜말을 입 밖으로 꺼낼 수도 없는 분위기였던지라 이만해도 자유의 공기가 비적匪賊의 무리들이 강압하던 적도赤都의 숨막힘에 비할 바가 아님을 몸소 느낄 수 있사오니 부디 어쩌다 나오는 왜말이나마 용서해주시기를 바라옵니다. 저를 심사하신 합동수사본부 선생님들께서는 중경重慶이나 북만北滿인가, 아니면 남가주에서 금의환국하셨을랑가는 모르겠으나 저만 해도 합방 직후인 1913년에

1) 뭔가 일이 있을 듯한.

태어나 동경유학 때를 제외하면 조선땅을 떠나본 일이 없는 몸이니 아직 우리말이 겁결에 빌려입은 동저고리처럼 생뚱맞기만 하니까 좀 안됐습니다. 언젠가 미욱한 꼴을 드러낸다고 무심결에 '何か事ありげな'라고 재깔였을 때, 스탈린의 시뻘건 손바닥 위에서 꼭두각시놀음을 하는 줄도 모르고 제 물 만난 물고기처럼 서울 시내를 휘젓고 다니던 모모한 동맹의 모모한 윤똑똑이가 어디서 왜말이냐며 당장 처단하겠노라고 워럭 제게 볼똥거린 적도 있었습니다만, 지금과 비할 바 없는 그런 백척간두의 단애 위에서도 그런 말을 할 자유가 없다면 차라리 죽음을 달라고 부르짖은 사람이 하나라도 있었다면 그게 바로 이 몸이라는 사실을 합동수사본부의 양심적인 수사관 선생님분들께서는 모두 밝혀냈으리라 믿으며 한편으로 제 심중에는 인민들의 입에 밴 왜말 하나 받아들이지 못하는 좀놈의 군대가 무슨 놈의 인민군이냐는 강한 의구심을 버리지 못했다는 사실도 여기다가 못박고 싶습니다.

어쨌든 '何か事ありげな'라고, 6월 27일 미명 라디오에 등장하신 신성모 국무총리 서리 겸 국방장관 각하께서 정부를 수원으로 옮기게 됐다는 특별방송을 하실 때까지만 해도 그간 압록강까지 단숨에 진격하겠다던 호언장담을 굳게 믿은 끝이었는지라 '설마 서울이야' 하고 한번 버텨보겠다는 배포가 여실했던 것이 'やがて世界の戰は來らん'[2]이라더니, 되레 낙산 기슭에 우리 용맹스런 국군

2) 머지않아 세계전쟁은 올 것이다.

의 포진지가 들어서는 것을 보고 난 뒤에야 슬금슬금 뭔가 대단히 일이 잘못 돌아가고 있다는 느낌을 떨칠 수 없었습니다. 그날 아침이었습니까, 곧바로 대한민국 공보처 발표라 하여 수원 천도 운운은 오보며 정부는 대통령 이하 전원이 평상시와 같이 중앙청에서 집무하고 있고 국회도 수도 서울을 사수하기로 결정했다는 방송이 나왔으며 오후에는 또 국방부 정훈국 보도과장 김현수의 특별방송이라며 맥아더 사령부의 전투 지소를 오늘 직각으로 서울에 설치하게 돼 다음날 아침이면 미국 비행기가 직접 전투하게 될 것이라는 소식도 전해왔습니다만 다음날 날이 밝기 전에 격파된 것은 인민군의 T-34 땅끄가 아니라 한강다리더이다. 미아리고개 너머에서는 무시로 대포 소리가 울려대는데 그를 반주 삼아 특별방송을 듣는 소감을, 저를 심사하셨던 소위 도강파渡江派 선생님 여러분들께서는 짐작조차 하지 못하겠지만서두 대동아전쟁 이래 포연 속의 진실이란 내 몸이 살아 있느냐 죽었느냐에 달린 것일 뿐이라는 사실을 피부로 체득한 저 같은 장삼이사로서 그 어떤 거짓 속에 있더라도 내 몸이 살아 있다면 진실이요, 그 어떤 진실 속에 있더라도 내 몸이 죽었다면 거짓이라는 생각을 한다고 해도 박쥐구실이라 욕할 일만은 아니지 않겠습니까?

'あの, そこにな問題があるんだ'[3], 그렇다면 도대체 사태의 진상을 모르는 한 개인의 진실은 어디에 있는 것이냐 하면 곧 내밀한 잠자

3) 자아, 거기에 문제가 있다.

리에서도 털어놓을 수 없는 그런 자리에 있는 게 아닌가는 얘기입니다. 이제 삼팔선을 돌파해 국토 통일의 위업을 누구보다도 먼저 달성해야만 하는 중차대한 사명을 띤 여러분들은 이게 무슨 한가한 개소리냐고 닦아세우시겠지만서두 아는 길일수록 돌아가라고 한 번쯤은 뒤로 물러앉아 과연 우리는 사태의 본질을 완전히 꿰뚫고 있는 것인가 생각해보는 솔로몬의 지혜를 깨우칠 필요도 있는 법입니다. ("전체 차렷!") 아아, 제발, 제발, 제발. 조금만 더. 아아, 조금만 있으면 제 얘기는 다 끝날 테고 여러분들은 돌아가 손을 깨끗하게 씻은 뒤 휴식을 취할 수 있을 테니까 인내심이라기보다는 자비심을 제게 베풀어주시기를 간절히 바라옵나이다. 휴, 제가 어디까지 말씀을 드렸더라? 네, 네, 솔로몬의 지혜라고 했습니다. 두 여인이 서로 자신의 소생이라며 아이 하나를 데려와 솔로몬에게 진실을 밝혀달라고 하자 솔로몬이 아이를 반으로 잘라라 하매 한 여인이 그렇다면 저 여인에게 주소서라 했다는 얘기는 교회당에 다니지 않았다고 하더라도 다들 알지 않습니까? 언뜻 들으면 자기 아들이 죽는 것보다는 차라리 다른 여인에게 주는 게 더 낫다고 생각하는 여인이 진짜 엄마인 것처럼 보입니다만, 아직 아이를 반으로 자르기 전이었다는 사실을 감안하면 솔로몬은 둘 중 마음이 약한 쪽을 진짜 엄마라고 생각하는 게 틀림없지 않습니까? 솔로몬은 모름지기 진짜 엄마라면 아이 앞에서는 한없이 마음이 약해져야만 한다고 믿었던 모양인데, 짧지만은 않은 세월을 살아보니 세상에는 안 그런 엄마도 많더이다.

이런 몰골로 앞도 보지 못하는 채 앙알거리는 제 말을 여러분은 모두 선소리라 할 것이 분명하지만, 이게 다 빈말이 아님은 한강다리가 폭파되던 날 새벽 명륜동 제집 푸른 대문을 사정없이 두들기던 그 사람만은 틀림없이 인정할 것입니다. 그이야 이제 적치敵治 구십 일 동안, 자유대한의 정신이 죽어지낸 것만은 아니라는 사실을 몸소 보여준 기념비가 됐으니 이제 부역附逆이라는 굴레에서 그 누구도 자유로울 수 없는 서울 시민이라면 그 이름 석 자를 기억하지 않을 수 없습니다. 합동수사본부에서 조사를 받는 동안에도 자유대한의 순교자인 그이의 순국이 당국의 관대한 처분을 기다리던 잔류파殘留派를 A, B, C 세 등급으로 나누는 바로미터로 작용했다는 얘기를 심심찮게 들을 수 있었습니다. 임시인위臨時人委며 여맹女盟이며, 심지어 집집마다 내건 '영명한 우리의 지도자 김일성 장군 만세'라거나 '세계 약소민족의 벗 스탈린 대원수 만세' 따위의 불온한 표어까지도 자유를 말살하고 생명을 유린하는 엄청난 위협으로 느껴지던 적치 구십 일 동안, 소위 부역한 인사 중 과연 몇이나 머리에서 발끝까지 시뻘겋게 물들었겠느냐는 것만은 논외의 문제로 치더라도 적도의 순교자인 그이가 죽은 제갈공명이 산 사마중달 쫓듯이 잔류파의 삶을 쥐고 흔든다는 사실은 일견 타당해 보입니다. 그이가 부민관 앞에서 어떤 고난을 겪었는지는 그날 모였던 사람들이라면 모두 두 눈으로 똑똑히 본 것이니 결과만 두고 보자면 이 일에 어떤 토도 달 생각이 없습니다만 한 개인의 진실이란 내밀한 잠자리에서도 털어놓을 수 없는 그런 자리가 놓인 게 아닌가고 말씀드렸거니와 이 긴박한 마당에 과연 어떤 리트머스시험지가 한 사람의 속을 그대로 보여줄 수 있는가는 의문만은 끝내 떨칠 수 없습니다.

그러니까 27일 오전, 전선에서 물러나온 듯 모자에 풀을 담뿍 꽂은 병정들이 한두 사람씩 산골을 타고 내려오는데다가 이미 피란 보퉁이를 꾸려들고 아이들을 둘러업은 채 마을 앞 한길을 부산히 빠져나가는 사람들을 목격한 바 있기 때문에 출신 성분상 공산당과는 기름과 물처럼 서로 어울리지 못하는 저로서는 그이가 문을 두들기던 28일 새벽까지 혼잣몸이나마 피란을 가야 할지 어떨지 판단이 서지 않아 마음만 졸이던 차였습니다. 밤새 라디오에서는 평소 안면을 익힌 바 있는 여러 문인의, 울분에 가득찬 시가 울려퍼지는 가운데 '이들은 다 한강을 건너갔을 터인데 목하 나만이 홀로 남아 산송장이 되어가는구나' 하는 서글픈 생각이 들던 차인지라 새벽 대문 치는 소리가 섬뜩하긴 했어도 그이를 보니 천군만마를 얻은 것처럼 기뻤습니다. 동병상련의 처지였던지라 우리는 서로 보자마자 부둥켜안을 수밖에 없었습니다만, 곧 정신을 차리고 약간 얼이 빠진 듯한 표정을 짓던 그이에게 이제 어떻게 할 작정이냐고 물었습니다. "나는 이제 목이 떨어진 사람이나 마찬가지네"라고 그이는 데면스레 대꾸했습니다만, 그건 저도 매한가지가 아니겠습니까? 허나 그래도 저만 해도 해방 전에는 문인보국단의 이사로, 해방된 뒤에는 서울문화협회 같은 우익단체의 고문 등으로 활동한 그이처럼 적극적인 사회활동을 펼친 것은 아니었으니까 좀 낫지 않았겠습니까? 그래서 그이는 자신을 체포하러 곧 인민군이 들이닥치게 될 집으로는 돌아갈 수 없는 몸이니만치 우리집에서 사태의 추이를 관망하겠노라고 말했고 저는 예전에도 그이가 우리집에 머문 적이 있었던 만큼, 또 그런 비상시국에 저 혼자서 집을 지키니 불안하기도 했던 만큼 흔쾌히 승낙하고야 말았던 것입니다.

아니나다를까, 그 며칠 뒤부터 '자치대'라고 쓴 붉은 완장을 붙인 우락부락한 청년들이 낯선 총들을 메고 다니면서 집집마다 식량의 보유량을 조사해가고 하더니 이내 문련文聯이니 민청民青이니 여맹이니 하는 것들이 결성되는 등 세상이 완전히 뒤바뀌었습니다. 제가 그 사실을 실감한 것은 그즈음 마을에서 반을 통하여 한 집에 한 사람씩 성균관 앞으로 모이라기에 우리집에야 달랑 두 사람이 있을 뿐이었지만 다락에 숨은 사람을 내보낼 수는 없는 노릇이라 나가보았다가 끔찍한 일을 봤을 때였습니다. 그때 저는 인민재판이라는 것을 처음 목도했는데, 따발총을 멘 인민군들이 모인 사람들을 향해 "이 사람이 반동분자요, 아니요?" 하고 물으매 모두들 기가 질려 아무 말도 없는 사이 어디선가 한두 사람이 "악질 반동분자요" 하고 소리치니 두말없이 총을 쏘아 죽이더이다. 피를 뿜으면서 버둥거리다 숨지는 꼴이 어찌나 끔찍스러운지 도망치듯이 그 자리를 빠져나왔으나 저는 그렇다고 치더라도 다락에 숨어 든 그이는 필시 그 꼴을 면하기는 힘들겠다는 생각이 들었습니다. 이런 자리에서 제가 이렇게 말하면 변명이나 하는 것처럼 들리겠지만, 그 끔찍한 인민재판의 광경은 한순간에 저를 공황상태로 몰아넣었고 그 때문에 그들에게 협력하는 척 보이지 않으면 그날로 당장 끌려가 개죽음을 면치 못하겠다는 생각을 하게 된 것입니다. 그날 저녁 그이에게 인민재판을 보고 온 일을 전한 뒤, 그이나 저나 살아남기 위해서는 제가 자진해서 과거를 청산하고 적극 협력하는 듯한 모습을 보일 수밖에 없는 일이라고 말을 건네니 그이도 심통한 표정으로 고개를 끄덕였습니다. 그때까지만 해도 다리를 끊어버리고 떠난 당국에 대한 원망이 절망으로 바뀌었을 때인지라 우리의 용맹스런 국군이 이렇게까지 빨리 서울을 탈환하리라고는 상상조차 하지 못한 아둔패기의 겁을 이겨내지 못한 눈치놀음이 한스러울 따름입니다.

어쨌든 제가 종로 네거리 한청빌딩에 자리잡은 문맹文盟 사무실을 드나들기 시작한 것도 그때부터니 인민재판의 공포가 얼마나 컸던가는 여러분들도 가늠할 수 있을 것입니다. 물론 문맹에 나가기는 했지만 워낙 거기서 활동하는 자들과는 친분이 손톱만큼도 없었으니 제가 집에 숨은 그이를 보호하기 위해 최소한의 활동만을 펼쳤을 뿐이라는 사실을 조사하신 분들은 모두 알 것이거니와 '장백산 줄기줄기 피 어린 자욱 압록강 굽이굽이 피 어린 자욱' 운운하는 이른바 김일성의 노래와 '원수와 더불어 싸워서 죽은 우리의 죽음을 슬퍼 말아라. 덮어다오, 붉은 깃발을' 운운하는 소위 인민항쟁가가 하루종일 울려퍼지는 데는 귀가 아파서 견딜 수가 없는데다가 피니 죽음이니 하는 그 끔찍한 가사에 진절머리가 날 지경이었습니다. 하지만 살아남기 위해서는 그 모든 것을 감내할 수밖에 없었다는 것은 제가 '악인은 그 환난에 엎드러져도 의인은 그 죽음에도 소망이 있느니라'라는 잠언 14장 32절이나 '진실로 진실로 너희에게 이르노니 사람이 내 말을 지키면 죽음을 영원히 보지 아니하리니'라는 요한복음 8장 51절을 외우고 또 외웠다는 데에서도 확인할 수 있을 것입니다.

강요를 이기지 못해 부역이라는 죄 아닌 죄를 저지를 수밖에 없었던 제게, 여러분들이 적치 구십 일의 순교자로 떠받드는 그이가 이런 얘기를 했던 게 어제 일처럼 생생합니다. 대동아전쟁 말기에 우리는 문인보국단 등 어용단체에 끌려다니며 '撃ちてし止まむ'[4]라고 결의를 다졌던 몸들인데 저 같은 경우에는 그게 누가 총칼을 들이밀어서 그랬다기보다는 그렇게 믿는 편이 편하다보니까 진짜 그렇다고 믿는 것처럼 굴다가 결국 진짜 그렇게 믿게 되어서, 그래서 진심으로 '撃ちてし止まむ'라고 맹세하게 됐던 것입니다. 그런데 그이가 그때 참 뜻밖의 얘기를 한 게 뭐냐면 자신은 일본이 승리한다고 믿는 게 아니라 일본이 승리한다고 믿는다는 그 사실만을 믿는

4) 끝까지 격멸하겠다.

것이라고 하더군요. 이게 도대체 무슨 얼토당토않은 소리냐 하면 나중에 해방되고 난 뒤 저는 「민족의 죄인」이라는 참회의 글도 발표했습니다만, 그이는 '정신이 제대로 박힌 조선인 중에 일본이 승리한다고 철저하게 믿었던 자가 몇이나 되겠는가? 다만 일본의 승리를 믿는 것처럼 보이지 않으면 안 되는 세상이었으니까 그런 것인 양 스스로 믿어버린 것뿐'이라는 요령부득의 반성문을 써서 물의를 일으킨 바도 있다는 사실을 웬만큼 관심 둔 자들은 다 기억할 것입니다. 필부의 삶을 살아간다면 왜 이런 구구한 얘기가 필요하겠습니까마는 그이를 오랫동안 봐온 저로서는 그게 무엇을 의미하는지 잘 알고 있었습니다. 일례로 그이는 문인보국단에서 가장 열성분자로 활동해 일본인보다도 더 일본인 같다는, 조롱에 가까운 칭찬을 들은 바 있는데 그게 진실로 믿었기 때문에 그랬다면 그처럼 열성분자로 활동할 수는 없었다는 게 제 생각입니다. 인간은 자신의 진상眞相에 대해서는 끊임없이 반추할 수밖에 없으니까요. 그게 허상이라는 것을 아는 한, 더이상의 진실된 성찰이란 있을 수 없는 게 아니겠습니까? 우리가 진짜 착한 사람을 알아차리지는 못해도 착한 사람을 가장한 사기꾼에게는 번번이 속아넘어가는 것처럼 그이는 그토록 열렬하게 연기했기 때문에 세상에 둘도 없는 친일파가 될 수밖에 없었다는 뜻이며 한편으로 그이는 한 번도 친일파였던 적이 없었다는 뜻이기도 합니다. 아마도 그이는 저 역시 적들의 승리를 믿는다는 그 사실만을 믿었을 뿐, 내가 진짜 적들의 승리를 믿은 것은 아니라는 사실을 일깨워주려고 했던 모양입니다. 저는 그게 무슨 말인지 금방 깨달았습니다. 그러니까 저는 한 번도 적들의 승리를 믿은 적이 없었습니다. 제가 적들의 승리를 믿는다는 그 사실만을 믿었을 뿐입니다. 이 자리에서 목청껏 얘기하자면 저는 한 번도 자발적으로 부역한 적이 없습니다. 다만 부역하는 척했을 뿐입니다. 저 역시 소극적이나마 해방 전에는 친일 문인이요 한강다리가 끊어지기 전까지는 반동 문인에 속했으니 더 철저하게 부역하는 것처럼 보였을 뿐이외다.

하지만 그런 거짓 부역이나마 모든 게 파탄나기 시작한 것은 7월이 되면서부터였습니다. 정말 뜻밖의 인물이 제가 일하던 한청빌딩에 나타났기 때문입니다. 그러니까 이야기는 지나사변이 일어나고 얼마 지나지 않아 이제는 소공동이란 이름을 되찾은 장곡천정長谷川町에 자리잡았던 어느 카페에서 있었던 일까지 거슬러올라가게 됩니다만, 당시 총독부 학무국에 근무하던 마키란 자가 그이를 불러 함께 세르빵이란 카페에 나간 적이 있었습니다. 정세가 워낙 급박하게 돌아가던 터라 총독부 관리에게서 어떤 정보라도 전해들을까 하던 그이를 따라나갔던 자리였는데, 마키 외에도 두 사람이 먼저 와 있었습니다. 카페로 함께 들어서는 저희를 보고 야릇한 눈길을 보내던, 머리칼이 더부룩한 남자 쪽은 고무회사 경성 지점에 근무하던 일본인 다나카였고 얼굴이 도담스럽고 가슴팍이 도도록해 한눈에도 불여우임을 알 수 있는 여자 쪽은 후에 이른바 세르빵의 이브로 널리 알려지게 되는 한국 여인 김혜실이었습니다. 권하는 대로 합석하고 보니 마키와 다나카는 전시체제에 접어들어 학생들이 신을 고무신도 만들지 못할 만큼 고무값이 급등하게 된 일을 두고 껄렁껄렁 재깔이며 그렇다면 조선의 전통적인 신발인 짚신을 신기면 되지 않느냐는 등의 웃기지도 않은 말을 두서없이 내뱉는 중이었는데, 이 웃기지도 않은 일이 그다음 해부터 현실이 됐다는 사실은 일정日政을 겪은 사람이라면 누구나 아실 것이며, 어쨌든 그 옆에 앉은 김혜실은 당시만 해도 여급으로서 밑이 더러울 정도로 치신사납게 둘의 술시중을 들고 있었습니다. 그 자리에서 마키는 우리에게 '조선에서 내선인 문예가 중 권위자를 망라하여 처음에는 규모가 작고 사업의 범위가 좁더라도 실제적으로 일을 하여 가게끔 하려는 것이다' '사상을 정화해서 품성을 연마하며 생활의 쇄신을 도모함으로써 실제적으로 교화 선도운동을 일으킬 작정이다' 운운하며 조선인을 대표해 그이가 주축이 된 문예회를 조직할 생각이 없느냐고 물었습니다. 그건 조직하라는 말이나 다름없었으므로 그이가 다소 주춤거리는 기색이자 마키는 지금 당장 조직을 구성할 게 아니라 세르빵을 근거지로 삼아 매주 수요일 저녁에 만나면서 차츰 작은 일부터 시작해보자고 설득했습니다.

그날 저녁, 세르빵을 빠져나와 전차를 타러 가는 길에 제가 그이에게 "학무국에서도 이제 총후 사상단속에 나서겠다는 게 아닌가요? 어떻게 생각하세요?"라고 물었습니다. 그이는 아무런 말도 없이 맞은편 경성우체국을 바라보다가 절렁대며 지나가는 전차 소리에 문득 정신이 들었다는 듯이 "예쁘더군"이라고 답했습니다. 그래서 제가 "그놈들 하는 짓이?"라고 물으니 "것두 그렇고"라고 대답하더군요. 아하, 그래서 저는 고개를 끄덕였습니다. 그이나 저나 총독부 학무국이 그런 비밀스런 얘기를 터놓을 정도로 신임하는 자들이었으니까 그이가 그들의 계획에 동조한다고 해도 크게 놀랄 일은 아니었습니다. 그날 저녁, 그이는 전차정류장 앞에까지 갔다가 "아, 잠깐. 들렀다 갈 곳이 있으니 먼저 가라"고 말한 뒤 사라졌고 저는 그다음날 새벽까지 그날 저녁 세르빵에서 있었던 일들을 몇 번이고 곰곰이 생각하지 않을 수 없었습니다. 자신은 일본이 승리한다고 믿는다는 그 사실만을 믿는다고 그이가 말한 것은 그로부터 며칠 지나지 않은 어느 날의 일이었습니다. 그뒤로 그이는 뻔질나게 세르빵의 문턱을 넘으면서 문예회 조직에 박차를 가하더이다. 문예회가 지나사변이 일어난 뒤 가장 먼저 결성된 단체이니만큼 그이는 향후에 조직된 여러 단체에서도 중추적인 역할을 도맡았고 그때마다 모든 준비과정은 세르빵에서 은밀하게 이뤄졌습니다. 그러니까 세르빵의 이브가 해방을 이 년 앞둔 1943년 부민관에서 개최된 대정당 주최 동양국민분격대회 식장에 사제폭탄을 설치한 조만수의 애인으로 밝혀지기 전까지는 말이외다.

그런데 7월 3일, '장백산 줄기줄기 피 어린 자욱'이 요란스레 울려퍼지던 한청빌딩에 바로 그 세르빵의 이브 김혜실이 인민군복을 입고 나타났으니 제가 얼마나 자지러졌겠습니까? 앞에 선 여성 군관 동무가 김혜실이라는 사실을 알자마자 저는 "여급생활은 이제 청산한 모양이군"이라고 쏘았는데, 김혜실은 기분이 나쁜 듯 깔깔거리더니 "동무는 반동 부르주아의 삶을 청산했소?"라고 묻습디다. 깔깔거리는 품이 세르빵 시절, 학무국 마키가 짓궂은 농이라도 던질라치면 터져나오던 그 천한 소리와 하나도 다르지 않았습니다. 그러고는 "권선생님은 어디 계시나요?"라는 질문을 제게 던졌습니다. 저는 그녀를 한참 쏘아봤습니다. 결과적으로 세르빵의 아담 자리를 차지한 셈이 된 조만수가 이른바 부민관 폭파사건으로 서대문교도소에 수감되고 내연관계였던 김혜실도 세르빵 여급생활을 정리해 서울 거리에서 사라진 뒤, 저는 한동안 김혜실의 정체가 무엇인지 궁금했습니다. 한동안 그이와 김혜실의 관계가 특히 가까워지는 눈치여서 제가 몇 번이나 깊이 사귀지 말라고 큰 소리를 냈거니와 그 음흉한 년이 총독부 관리와 주요 문인들에게 접근해 정보를 빼내던 지하단체의 스파이였다는 것은 두말할 나위가 없겠죠. 세르빵에서 논의된 모든 일의 진행과정을 지켜봤기 때문에 김혜실은 그이의 약점을 아주 잘 알고 있었습니다. 그러므로 제게 그이의 행방을 묻는다고 해서 제가 대뜸 '우리집 다락에 있소'라고 말할 처지가 아니었음은 물론이겠지만, 인민군 군관복의 위세를 빌려 별을 번뜩이며 돌아온 그녀 앞에서 자유를 신봉한 죄밖에 없는 제가 주눅이 들 이유도 없었기에 "저만 아는 모처에 계시니 군관 동무가 알 필요는 없소이다"라고 쏘아붙였습니다. 내뱉고 나서야 잘못했다는 사실을 깨달았지만, 그건 이미 엎질러진 물이었습니다. 그런데 뜻밖에도 그녀가 나보다 더 주위의 눈치를 살피며 말을 얼버무리는 것이었습니다. 주위에는 그녀뿐만 아니라 한동안 지하생활을 하던 문맹 부위원장도 있었으니 귀를 기울여 들었다면 김혜실이 말한 '권선생님'이나 제가 말한 '저만 아는 모처' 따위의 말이 무엇을 뜻하는지 금방 알아차렸을 것이외다. 하지만 천명이 그이를 도운 것이었는지, 당황한 김혜실이 얼렁뚱땅 얼버무려서인지 그녀와 제가 나눈 대화에 등장하는 '권선생님'이 누구인지 눈치챈 사람은 아무도 없었습니다. "동무, 생각 없이 말하고 행동하는 건 일제 말기나 지금이나 마찬가지군요"라고 그녀가 말하는데도 제가 더이상 쏘아붙이지 못한 이유는 오직 그이를 보호하겠다는 일념 하나 때문이었습니다. 그래서 그 비아냥에도 아랑곳하지 않고 내 맡은 일을 하고 있는데, 잠시 후에 그녀가 다가오더니 그날 저녁에 그이의 집으로 찾아갈 테니 좀 만나자는 말을 전해달라고 하더이다.

그날 집으로 돌아가면서 저는 벌렁거리는 가슴을 주체할 수 없었습니다. 대동아전쟁 말기에도 그녀가 그런 식으로 그이를 함정에 빠뜨렸다는 사실을 다른 사람은 몰라도 저는 알고 있었습니다. 제 눈에는 인민재판을 당해 고통 속에 죽어가는 그이의 환영이 보이는 듯했습니다. 그런데 뜻밖에도 그날 김혜실이 인민군 군관이 돼 돌아왔으며 자신을 만나려 든다는 소식을 들은 그이는 그녀를 만나 사정해 어떤 식으로든 자신과 저의 구명도생을 꾀해야겠다고 말했습니다. 자기를 파멸시키려고 달려드는 사탄과 같은 인민군 군관 동무에게 사정해 구명도생한다니요? 그게 말이 되는 소리랍디까? 도대체 뭘 사정한단 말이랍디까? 그 사정이라는 게 무슨 수작인지 저는 뻔히 다 알 수 있을 것만 같았습니다. 그러자 그이는 저를 설득하겠답시고 그러니까 인민군의 전력이 예상보다 훨씬 더 강한 것으로 판명이 난 이상, 막연히 숨어 지내기만 할 수는 없다는 얘기를 주절댔는데 한마디로 인민군들의 극악무도한 횡포를 목도하지 못한 천둥벌거숭이의 철없는 말이었습니다. 저는 누차 성균관 앞에서 열렸던 인민재판의 참상을 말했습니다만, 그래도 일단 만나서 사정해보면 뭔가 살길이 생길 것이라고 말하는 데는 차라리 섶을 지고 불에 들어가라고 말할지언정 더이상 보탤 말이 없었습니다. 구명도생이 아니라 다른 이유가 있었겠지요. 다른, 사정이 있었겠지요. 그래서 저는 기왕에 구명도생을 할 것이라면 진짜로 나서야 한다는 판단 아래 김혜실이 그에게 다음날 정오에 한청빌딩 앞에서 보자고 말했다고 전했습니다. 아마도 제가 잔류파 중에서도 A급으로 분류된 데는 그에게 이런 다른 말을 전한 사실 때문이라는 얘기도 있더군요. 그럼 그에게 그녀가 그날 저녁 그이의 집에서 만나자고 말했다고 곧이곧대로 전했다면 C급이 되는 것입니까? 인민군 군관의 말을 그대로 전한 게 A급이 되겠습니까, 아

니면 그대로 전하지 않은 게 A급이 되겠습니까? 또 기왕에 그가 구명도생에 나섰다고 생각했다면 어둠을 틈타 함정일지도 모를 자기 집으로 가는 게 옳았겠습니까, 아니면 백주대낮에 떳떳하게 자신의 견해를 밝히는 게 옳았겠습니까? 저는 그이를 살리고자 하는 한 가지 생각뿐이었습니다. 소극적이나마 저도 그이 못지않은 친일파요 반동 문인이라고 말했거니와 그이의 말대로 공산주의를 위해 일한다고 믿는다는 사실을 믿을 뿐으로 열심히 그런 척하는 동안에는 그들도 저를 어쩌지 못한다는 사실을 깨달았기 때문에 구명도생이라면 그 방법을 찾는 게 옳을 것이라고 생각했습니다. 'かかる日なかにあるものの見えぬけはひぞひそむなれ'[5]라고, 아무리 제가 속을 드러내 보인다 하더라도 여러분들이 그 진실의 몇 조각이나 알 수 있겠습니까? 그로 인해 제가 죽임을 당한다 해도 그렇다면 그것은 제 소망이오니, 그렇다고 해도 진실로 진실로 저는 죽음을 영원히 보지 않으리로다.

다음날, 한청빌딩에서 내다보니 아니나다를까 그이가 종로 네거리에 서 있습디다. 그 더운 날에도 학생들의 데모는 계속돼 '원수와 더불어 싸워서 죽은 우리의 죽음을 슬퍼 말아라. 덮어다오, 붉은 깃발을', 그 노랫소리 우렁차게 종로 네거리를 울리고 지나갔습니다. 뜨거운 햇살이 김일성과 스탈린의 초상화 위로 내리쬐고 있었습니다. 전쟁이 터진 뒤로 제대로 뭘 먹어본 적이 없어 허기가

5) 이렇게 한낮 속에 있다 하지만 보이지 않는 느낌 숨어 있어라.

졌기 때문인지 데모를 하면서 지나가는 학생들을 배경으로 서 있는 그이의 모습은 어쩐지 환영처럼 느껴졌습니다. 왜 그런 것일까요? 눈물이 핑 돌면서 연민의 감정이 솟구쳤습니다. 가물가물 멀어지는 노랫소리만을 남기고 학생들은 유령처럼 종로 거리를 흘러가고 있었고 그이는 소금기둥이라도 된 듯이 네거리에 서 있었습니다. 이런 시대에, 자신의 몸이 살아 있으면 그것으로 진실이 되고 죽어 있으면 그것으로 거짓이 되는 이 짐승의 시대에 사랑이라는 게 다 무엇이관데 거기 그렇게 서 있어야 한단 말입니까? 하룻강아지들도 총소리만 나면 마루 밑으로 기어들어가는 이 시대에 얼마나 대단한 사랑의 진실이기에 그걸 보여주겠노라고 거기 서 있어야 한단 말입니까? 하지만 제가 미처 달려가 어서 이 자리를 떠나라고 말하기도 전에 그이는 문맹 간부들의 눈에 띄어 검거되고야 말았습니다. 그이가 말한 구명도생이 도대체 무슨 뜻이었는가는 모르겠으나 문맹 간부들도 그 단어를 모르기는 매한가지였던 것입니다. 좌익 출신의 변절자로서 반동 문인의 거두가 된 그이가 선택할 수 있는 것은 단 하나뿐이었습니다. 바로 죽음입니다. 덕분에 그이를 숨겨줬던 저마저도 그간의 협력에도 불구하고 체포되고야 말았습니다. 이제 진실은 우리에게 있지 않았습니다. 진실은 전적으로 우리 목숨을 차압한 그 비적들의 손에 넘어간 셈입니다. 그이는 어떤 생각이었는지 모르지만, 저는 '악인은 그 환난에 엎드러져도 의인은 그 죽음에도 소망이 있느니라'라는 잠언의 구절을 외우면서 그 모든 것을 받아들이기로 했습니다.

그이와 저의 인민재판은 그다음날인 7월 5일 부민관 앞에서 벌어졌습니다. 적치에 들어간 뒤 심심할라치면 "이 사람이 반동분자요, 아니요?"라는 말이 마을마다 울려퍼졌건만 바로 그날 군령軍令으로 인민재판을 금한다는 소식이 들려왔으니 그이와 저의 인민재판이 적치 서울에서 벌어진 마지막 인민재판이었던 셈입니다. 서소문 파출소 유치장에 잡혀 있던 7월 4일 저녁, 저는 그이에게 "도대체 당신의 진실은 무엇이냐? 정말 이렇게 될 줄도 모르고 구명도생하겠노라고 종로 네거리로 나선 것이냐, 아니면 오래전 헤어졌던 애인의 얼굴이라도 한번 보겠노라고 나선 것이냐?" 하고 따져 물었습니다. 물론 그렇게 된 데는 제 탓도 컸기 때문에 제가 그이에게 거짓말을 했다는 얘기는 꺼낼 수 없었습니다. 그이는 아무런 말도 없이 우리를 지키고 섰던 내무서원만 힐끔힐끔 바라보았습니다. 제가 재차 따져 묻자 그이는 마지못해 말한다는 듯이 "이런 꼴은 나만 당해도 충분한데, 당신까지 나 때문에 피해를 입게 됐으니 미안하다"고 중얼댔습니다. "이렇게 죽음을 무릅쓰게 된 이상 미안하다는 소리는 듣고 싶지 않다. 나는 그저 당신의 진실만을 알고 싶었을 뿐이다"라고 거듭 재촉했지만, 그이는 더이상 입을 열지 않았습니다. 'かかる日なかにあゐものの見えぬけはひぞひそむなれ'라는 게 무슨 뜻이냐면, 백주의 작열하는 햇살 속에 나선다고 하더라도 우리는 한 편린의 진실도 건질 수 없는 것이외다. 이런

짐승의 시대라면 백주대낮에 종로를 지나가는 사람을 붙잡아 천금을 줄 테니 진실을 말하라 해서 무엇보다도 정밀한 저울로 그 진실의 무게를 재어본다 해도 거기 한푼의 값어치에 값하는 진실이란 존재하지 않는다는 사실을 깨달을 수 있을 것입니다. 한 개인의 진실이란 깊은 밤, 잠자리에 누워 아무도 몰래 끼적이는 비망록에나 겨우 씌어질 뿐입니다. 하지만 불행히도 그 비망록이 씌어지는 곳은 그 사람의 마음속이니 사랑하고 서로 살을 비비며 살아가는 부부라고 하더라도 옆에 누운 사람의 비망록을 들여다보지는 못하는 것입니다.

우리는 7월 5일 아침에 '인민재판소'라 크게 씌어진 플래카드 앞에 서서 대한문, 서울시청, 부민관, 조선일보사, 동아일보사를 거쳐 세종로 파출소까지 갔다가 다시 시청 쪽으로 돌아왔습니다. 우리의 죽음을 구경하기 위해서, 혹은 구경할 것을 강압받아서 많은 사람들이 길거리에 나와 앞에 가는 놈이 '인민재판'이라고 크게 소리치면 뒤에서 그걸 받아서 '인민재판'이라고 따라 하는 앵무새놀음 같은 광경을 지켜보고 있었습니다. 예전에 '총후봉공은 채권으로부터!'라는 구호를 내걸고 일원짜리 꼬마 채권을 팔기 위해 채권가두유격대라는 것을 꾸려 화신 앞으로 나선 적이 있었는데, 어쩐지 그때의 쑥스러움이 다시 느껴지는 듯한 분위기였습니다. 아는 사람이라도 만나면 어쩌나, 나와 그이가 굴비 엮이듯이 엮이어 끌려가는 모습을 본다면 뭐라고 할 것인가? 하지만 주위를 둘러볼

용기는 나지 않아 그저 고개를 숙이고 발끝만 바라보면서 걸어가는데, 지금처럼 눈물이 뚝뚝 흐르는 것이었습니다. 아무런 감정의 동요도 없는데 흘러내리는 이 눈물의 정체를 지금 제 앞에 서신 여러분들은 아시겠습니까? 그것이야말로 진실의 눈물이요, 내 심중의 눈물이니 순전한 공포의 소산입니다. 명색이 그래도 한때는 이 나라의 지도층이었는데 하는 생각이 머리를 스쳐 참으려 했는데도 눈물샘은 제 뜻을 배반하더이다. 언뜻언뜻 돌아봤으나 그이는 모든 것을 포기한 듯 고개 들어 삼각산만을 바라보는 것이었습니다. 그렇게 눈물 때문에 한 치 앞도 보이지 않는 세종로 길을 세 번이나 왔다갔다했을까, '인민재판' 구호소리가 잦아지는가 싶더니 누군가 우리더러 부민관 현관에 올라가라고 재촉하더군요.

형식적인 재판이나마 사회가 있어 개정을 선언하네 어쩌네 하더니 소위 검사라는 자가 올라오더니 그이의 죄상을 쭉 읊더군요. 그러니까 좌익으로서 중간에 변절하고 함께 활동한 동지들을 밀고했으며 친일활동으로 수많은 젊은이들을 사지로 내몰았다는 것 등이었습니다. 그다음에는 증인이라는 자가 올라와 대동아전쟁 말기 그이가 저지른 죄상을 하나하나 까발렸습니다. 아마도 그런 식으로 한 개인의 죄상을 다 인정하자면 총독부 관리들과 친일파에게 술을 따르며 웃음을 팔았던, 하지만 이제 인민군 군관 동무가 돼 나타난 김혜실이라는 여급 년이라고 피해갈 수 있겠습니까마는 그 백주의 진실이 그년을 혁명가라 말하고 우리처럼 앞에 나섰던 사람들은 처단해야만 하는 친일파라고 하는 게 원통할 따름이었습니다. 증언이 모두 끝나자, 소위 검사라는 작자는 고로 사형에 처한다고 구형했습니다. 그렇다면 이제 변호사가 나서야 할 판인데, 눈을 씻고 찾아봐도 변호사는 보이지 않았고 자칭 판사라는 자가 나서더니 그이에게 자아비판을 하라며 서슬 퍼런 목소리로 소리쳤습니다. 그이는 침 묻은 혀로 마른 입술을 훔치더니 그 큰 눈망울로 어디랄 것도 없이 두리번거렸습니다. 모인 사람들은 모두 그이의 입만을 바라봤습니다. 이윽고 그이는 할말이 없다는 듯이 고개를 숙였습니다. 멀찌감치 한강 건너편인 듯 하늘에서 비행기 폭음이 들렸습니다. 미국 비행기가 아닐까. 우릴 구해주지 않을까. 이렇게 죽을 수는 없지 않은가. 그때까지도 그이는 아무런 말이 없었습니다. 그건 그이가 참회할 수 있는, 그리하여 그이의 말대로 구명도생할 수 있는 마지막 기회였습니다. 살아오면서 저는 그이를 사랑했고 증오했고 연민의 정을 느꼈고 경멸의 눈초리로 내려봤습니다. 하지만 그 모든 것도 죽음 앞에서는 아무런 의미가 없었습니다. 그러니 진심으로 저는 그이를 구할 사람은 저밖에 없다고 믿었습니다.

"그 사람은 문맹에 파견된 여성 인민군 군관 동무 때문에 죽는 것이외다. 그 동무가 몰래 불러내는 바람에 한번 만나보겠다고 나섰다가 이렇게 죽는 것이외다. 왜정 말기에도 그 동무 때문에 친일활동에 나섰던 것이외다. 그 동무와 사랑놀음에 미쳐 그게 죽는 길

인 줄도 모르고 총독부 관리들과 어울려 다니게 됐던 것이외다. 그 동무의 이름은 바로……"라고 제가 말을 끝맺기도 전에 그이는 갑자기 소리 높여 "나는 대한민국 문학자협회 회장으로서 너희 공산주의자들을 증오한다. 너희들이 내 목숨을 빼앗을 수는 있어도 대한민국에 충성하는 내 혼만은 빼앗을 수 없다. 대한민국 만세. 대한민국 만세"라고 외쳤습니다. 만세는 무릇 세 번 해야만 하는 것이거늘 그이는 세번째 만세는 입 밖에 내지도 못하고 고꾸라졌습니다. 연단 뒤에 섰던 청년들이 당장에 몽둥이를 휘둘러 채 말이 끝나기도 전에 머리가 깨져 피가 분수처럼 흩뿌려졌습니다. 그 피가 옆에 선 제게까지 튀었습니다. 저는 온몸이 그대로 얼어붙는 것 같았습니다. 놀라웠습니다. 그이의 말이 무척이나 놀라웠습니다. 믿어지지 않았습니다. 너무나 미웠습니다. 'かかゐ日なかにあゐものの見えぬけはひぞひそむなれ'라고. 제가 알았던 그이는 정말이지 허깨비에 불과했습니다. 일제시대에도 제 한 목숨 챙기기 위해서라면 그게 어떤 더러운 오물이라 해도 기꺼이 뒤집어썼던 그이가 그 천한 여급 한 년을 보호하겠다고 죽음을 자처하다니요. 저는 진짜 그이의 모습을 한 번도 본 적이 없었던 모양입니다. 저는 너무나 큰 충격을 받았으며 그다음에는 반드시 복수하겠노라고, 반드시 이 수모를 갚고야 말겠노라고 결심했습니다.

그이가 피를 쏟으며 완전히 늘어지자, 그다음에는 제 차례가 돌아왔습니다. 저는 문학동맹에 나와서 일한 점이 참작되고 민족 반역자를 은닉시켰다고는 하나 전처라는 점이 고려돼 근신 처분만 받게 됐습니다. 대신 모인 사람들 앞에서 자아비판을 하라고 해 외쳤습니다. "저 개만도 못한 반동 부르주아 친일파 놈에게 속아 남편이라 떠받들고 살았던 세월이 제게는 형극의 나날들이었습니다. 그게 죽는 길인 줄도 모르고 불나방처럼 순간의 쾌락만을 찾아 떠돌며 인민의 고혈을 짜낸 저 반동 부르주아 친일파 놈에게 침을 뱉겠습니다." 여전히 피를 쏟는 그이를 향해 침을 뱉으며 외치노라니 판사가 죽은 남편 비판 말고 자아비판을 하라고 외쳤고 사람들 몇몇이 껄껄거리고 웃었습니다. 햇살 아래 서 있었기 때문에 땀과 눈물이 서로 뒤섞여 눈앞이 희미했습니다. 뒤로 손이 묶여 땀과 눈물을 닦지도 못해 얼굴을 찡그리며 저는 다시 외쳤습니다. "저는 반동 부르주아 친일파 놈에게 속아넘어가 마지못해 인민들의 생명을 일제 강도 놈들에게 갖다바치는 데 일조했습니다." 7월의 햇살은 점점 더 뜨거워졌습니다. 제가 뭐라고 얘기했는지 잘 기억나지 않습니다. 저는 그저 '대한민국 만세'를 외치고 죽어간 그이를 제 손으로 죽이지 못한 게 한스러울 따름이었습니다. 시간이 지나면 지날수록 더 많은 땀과 눈물이 흘러내렸습니다. 저는 얼굴을 있는 대로 찡그리고 외쳤습니다. "조선민주주의인민공화국 만세. 조선민주주의인민공화국 만세. 조선민주주의인민공화국 만세." 저는 모두 세 번을 다 외칠 수 있었습니다. 그렇게 저는 살아남았습니다.

제 말을 이렇게 끝까지 들어주시니 얼마나 고마운지 모르겠습니다만, 여러분들도 이제 왜 그이가 제 말을 가로막고 '대한민국 만세'를 외쳤는지, 또 제가 왜 땀과 눈물로 범벅이 된 채 '조선민주주의인민공화국 만세'를 외쳤는지 이해하시겠습니까? 부역자 척결에 바쁘신 여러분들이야 진실이야 어찌됐건 겉으로 드러난 악질들은 모두 잡아죽이겠다고 생각하겠지만서두 이 야수와 같은 시대에는 제아무리 벌건 대낮이라고 해도 아무런 진실을 찾을 수 없다는 게 제 생각입니다. 진실은 어디 있는 것입니까? 이제까지 지루하게 얘기한 제 말 속에 진실이 있는 것입니까? 아니면 "너희들이 내 목숨을 빼앗을 수는 있어도 대한민국에 충성하는 내 혼만은 빼앗을 수 없다"며 죽어간 그이의 말 속에 있는 것입니까? 또 저는 이 마당에 어떤 말을 남기고 죽어야만 하는 것입니까? 카페 여급과 무모한 사랑에 빠졌던, 그리하여 저를 버린 얼빠진 지아비 덕분에 적극부역자 아닌 적극부역자가 돼 이렇게 죽게 됐다고 해야겠습니까, 아니면 조선민주주의인민공화국에 대한 충성심 때문에 죽게 됐다고 해야겠습니까? ("거총!") 저는 뭐라고 외치며 죽어야만 하겠습니까? 제발 알려주십시오. 제발. ("발사!")

해설

말해질 수 없는 삶을 위하여

김병익(문학평론가)

나도 김연수가 즐겨 사용하는 수법을 따라, 그의 소설들의 첫 문장이 드러내는 글쓰기에 대한 자의식을 짚는 것으로부터 나의 김연수 작품론 쓰기를 시작해보자. 그는 소설 첫머리에서 자신은 이제 무엇에 대해 쓰기 시작하겠다는 말을 먼저 밝히는 것으로 글을 시작하곤 한다. 가령, 제목이 시의 한 행일 법한 「그건 새였을까, 네즈미」의 첫 문장은 "그녀에 대해 말해야겠다"(35쪽)의 산문적인 다짐에서부터 소설을 시작하며, 농담답지 않은 슬픔을 품고 있는 「쉽게 끝나지 않을 것 같은, 농담」의 '꿈'은 "나무 한 그루. (……) 나무 한 그루에 대한 얘기에서 시작하면 어떨까?"(9쪽)로, 말할 수 없음을 말하기 위한 「뿌넝숴不能說」는 "그럼 어디서부터 이야기를 시작해볼까?"(65쪽)로 서두를 떼는가 하면, 장엄한 서사를 담고 있는 중편 「다시 한 달을 가서 설산을 넘으면」의 첫 문장은 단도직

입으로 "나는 이렇게 썼다"(121쪽)이다. 이야기를 시작하면서 이렇게 이야기를 시작해보겠다는 것, 글을 쓰면서 처음부터 그 글의 쓰기를 확인한다는 것은, 있을 법하지만 적어도 소설문학에서는 아주 드문 일이어서 그의 창작집 작품들의 반 이상에 나오는 이 수법이 내게는 먼저 특이하게 다가왔다. 그것을 처음에는 '젊은 소설가의 재치'이겠지 여겼지만 두번째쯤에는 무엇을 쓸까 막막한 마음으로 하얀 원고지(아니, 이제는 모니터이겠지만)를 마주한 끝에 드디어 결단을 내리고 쓰기 시작하는 작품 도입의 손쉬운 방법일 수 있겠다 싶었는데, 그의 작품세계로 더 많이 넓게 그리고 깊이 들어가면서 '김연수의 문학세계란……' 하고 윤곽을 잡아가는 세번째쯤서부터야, 췌사처럼 보이는 이 구절이 세계를 재구성하려는 김연수의 문학적 의식과 밀접하게 닿아 있는 것임을 깨닫게 되었다. 정확히는, 밀접한 정도가 아니라, 세상과 사물, 인간과 역사를 바라보는 김연수의 시선과 그것을 소설이란 형태로 재현하는 작업 사이의 거리를 의식하는 작가적 갈등이 사소한 듯 보이는 도입부의 첫 문장에서부터, 숨겨져 드러나는 것이다. 그것은 글쓰기의 행위와 그 글쓰기의 대상이 결코 자연스러운 관계가 아니라는 것과, 사실과 그것을 기술하는 언어 사이의 피할 수 없는 균열의 문제성에 대한 작가의 깊은 반성을 담고 있다. 아마 나의 이 글은 소설가의 글쓰기에 대한 자의식을 또렷하게 보여주는 이 단서에서 김연수의 도저한 역사에의 회의와 진실에의 안타까운 열망이란 큰 주제를 발견할 실마리를 잡는 과정이 될 것이다.

당겨 말하자. 소설의 처음을 '시작해보자' '말해야겠다' '썼다'로 시작하는 것은 글쓰는 이가 글쓰기 행위를 새로이 천착하며 확인하고 있음을 보여준다. 그것은 달리 소화 혹은 배설될 수 있는 것들을 자신은 글로 쓰고 말로 하겠다는 숨은 의지를 드러내며, 그 말하기, 글쓰기도 하나의 사실을 두고 얼마든지 달라질 수 있는데 자신은 마침내 이것을 선택하고 그래서 이렇게 쓰고 혹은 말하겠다는 의지를 적극적으로 표명하고 있는 것이다. 그럼으로써 하나의 사실에 대한 언술을 포기할 수도 있고 언술을 하더라도 여러 줄거리 혹은 방법으로 이야기할 수 있음을 말해준다. 아마 그럴 것이다. 작가는 미리 밝히든 밝히지 않든 한 가지 사태에 대한 여러 가지 이야기들을 만들고 고르고 선택하는 힘든 싸움을 벌이게 마련이다. 하나의 사건이라 하더라도 여러 개의 표상을 가질 수 있으며 작가는 그것의 묘사에 여러 형태의 서술법을 만지작거리게 될 것이다. 그러므로 러시아 형식주의자가 말하듯이 하나의 줄거리fabula는 숱한 플롯을 가지며 그 플롯에 따라 소설은 다른 형태로 서술될 것이다. 실제로 김연수는 한 특강에서 자신의 소설에 "여러 편의 버전을 가지고 있으며 『꾿빠이, 이상』 역시 열 개가 넘는 버전이 있"음을 밝힌 바 있다. 하나의 사실에 여러 가지의 이야기가 있다는 것은 그런데 더 큰 문제성을 함의하고 있을 듯하다. 여기에는, 하나의 사실에 대해 하나의 관점, 한 가지의 해석, 게다가 하나의 표현이 결코 있을 수 없다는 주장이 깔려 있는 것이다. 같은 사실이라 하더라도 보는 위치에 따라 보임새가 달라지는 것이고, 그 의미의 분석이 입지에 따라 달리 전개될 것이며 당연히 그 뜻 혹은 주제도 달리 발전할 것이다. 그러니까 그는 플로베르의 '일사일언一事一言'에 대한 회의를 품고 있는 것이며, 다시 말해 현실은 재현될 수 있다는 19세기 사실주의적 확신으로부터 이탈하고 있는 것이다. 하나의 사실에 대한 단 하나의 이해와 서술이 불가능하리라는 회의, 숨어 있는 진실을 위해 거듭 반성해야 한다는 권고, 현실은 되풀이될 수 없듯이 결코 재현될 수도 없다는 관점이 김연수의 작가적 인식에 깊숙이 미만해 있어 작품 곳곳에서 모티프로 작용하고 사건에 대한 서술자의 의식으로도 풀려나가며 그의 서두 도입부 수법과 함께 여러 방법론으로 확산되고 있다.

그의 이런 방법론은 모더니즘적이기보다 오히려 전통적인 소설의 연장선에서 그것을 조금씩 일탈해나가는 수법에 의존하고 있다. 그리고 한 편의 소설로는 무심히 지나칠 수 있는 이 수법이 여러 편에 반복해 나타남으로써 우리는 그의 탈사실주의적 방법론에 주목할 수 있고 비로소 뒤늦게 그의 은근한 모더니즘적 지향을 눈치채게 된다. '말하겠다' '써보자'라는 유도적 서술 뒤에 잇달아 나오는 그의 소설문체는 대체로 사실주의적 관례들을 온건하게 벗어나 있다. 그러니까 「뿌넝숴」와 「이렇게 한낮 속에 서 있다」는 독백체의 진술문이고 「거짓된 마음의 역사」는 일방적인 보고를 위한 서간문이며 「쉽게 끝나지 않을 것 같은, 농담」은 내면문체이고 「연애인 것을 깨닫자마자」에서는 개화기적 문체를 되살리고 있다. 히말라야 산맥이나 등산에 대한 지식을 풍부하게 사용할 뿐만 아니라 중국을 무대로 할 때는 한시를, 19세기 미국인이 되어서는 휘트먼의 시를, 개화기 지식인으로서는 일본 시가와 식민지 시절의 어휘를 해박하게 구사하고 있음은 현학적인 취미를 넘어서는 것으로 '주제에 합당한 문체'를 추구하는 작가의 의도적 노력으로 여겨진다. 「다시 한 달을 가서 설산을 넘으면」의 교묘한 일인칭 화자의 출현은 매우 흥미로운 수법으로 보인다. 낭가파르바트 원정대에 참여하여 혜초의 『왕오천축국전』을 읽으며 등반 준비를 하는 '그'는 애인이 자살을 했고 그 자신은 발표를 거절하는 소설을 쓰기도 하면서 잠재적 일인칭 화자로서 기능하는데 와중에 문득 '나'가 등장한다. '나'는 소설의 처음 '그'가 여행중에 읽고 있는 혜초의 『왕오천축국전』의 해설자이면서 '그'의 소설을 읽고 등단을 권하는 교수로 등장한다. '나'가 정작 화자적 기능을 갖지 않음으로써 한 인물의 '나'와 '그'로의 숨은 분열을 짐작게 하며, 이 소설을 더욱 탄력 있게 만들어주는 효과를 발휘하고 있다.

하지만 이 모든 수법 중에 가장 주목할 탈사실주의적 수법으로 나는 김연수가 '지금-이곳'의 이야기가 아니라 '지금-저곳' 혹은 '그때-이곳'이거나 '그때-저곳'을 이야기하고 있으며, 등장인물의 상당수는 한국인과 관계를 갖게 되는 외국인인 점을 지적하고 싶다. 「뿌넝숴」는 중국 연변의 중국인 점쟁이가 한국인 소설가를 만나 한국전쟁 당시에 겪은 자신의 사연을 회고하고 있고, 「이렇게 한낮 속에 서 있다」는 오십여 년 전의 적치하에서 부역 혐의를 받아 사형을 당하게 되는 여인의 독백을 옮겨적고 있다. 「거짓된 마음의 역사」는 19세기 말 조선으로 파견된 미국인 약혼녀 간호사를 찾아 데려오는 일을 맡은 미국인 탐정의 편지이고 「그건 새였을까, 네즈미」는 한국인 자매와 언니의 동거인인 일본 유학생이 런던에서 함께 지내는 동안의 심리적 갈등을 묘사하고 있으며 「다시 한 달을 가서 설산을 넘으면」은 혜초가 헤맨 파미르 고원이 상징적으로나 실제적으로 중요한 무대로 등장하며 「연애인 것을 깨닫자마자」는 1930년대의 식민지 시대를 배경으로, 「남원고사南原古詞에 관한 세 개의 이야기와 한 개의 주석」은 '춘향전'을 패러디하고 있다. 「다시 한 달을 가서 설산을 넘으면」과 「이등박문을, 쏘지 못하다」만이 '한국인의 지금'의 이야기인데, 그것들도 앞의 것은 등정의 목표인 낭가파르바트가 소설의 시작과 결말의 무대로 등장하고 뒤의 소설은 동생을 중국 교포 처녀와 결혼시키기 위해 방문한 하얼빈에서의 이야기이다. 그러니까 김연수는 소설이 '현실의 사회학적 보고서'라는 발자크의 규정으로부터 어떤 방식으로든 엇나가고 있는 것이다. 전형적인 1990년대 작가인 그가 같은 세대에게 유행한 이른바 환상적이거나 에로틱한 작품을 거부하고 모더니즘 혹은 포스트모더니즘적 작품으로 나서지 않고 전통적인 문학적 진지

성을 고수하면서도 사실주의로부터 벗어나는 작품을 쓰는 이유는 무엇일까. 그 이유와 의미를 밝히는 것은 어쩌면 오늘날 문학의 진정성에 대한 우리의 집념을 확인하는 일이 아닐까.

소설의 현실 재현 기능을 부인하면서 전통적인 소설적 틀에 집념하는 김연수의 태도는 의외로 심각한, 어쩌면 오늘의 세계에 대한 근원적인 회의를 품고 있는지도 모른다. 그것은 '말할 수 없는 것'에 대해 말해야 하는 '불립문자의 문자적 설법'처럼 모순된 진실에 대한 증언이며, 인간은 결코 서로 이해될 수 없는 소통 불가능의 관계로 맺어질 수밖에 없는 갈등의 존재라는 절망적 세계 해명의 인식으로 다가오기 때문이다. 김연수는 자신의 비관적 전망을 '지금-이곳'으로부터 벗어나는 시공간의 상위相違와 이곳 사람과 저곳 사람들의 결렬로 제시하고, 그 불신과 비관, 결렬이 세계의 진상이며 삶의 진실이라는 것을 끊임없이 강조한다. 아홉 편의 중단편들은 그 주제와 문체를 제각각 달리함에도, 이 세계는 말해질 수 없다는 것, 사람들은 결코 이해와 사랑에 다다를 수 없다는 것, 역사며 기록이란 세계가 그러하다는 진실을 결코 담아낼 수 없다는 것, 세상은 하찮은 우연이 주도하며 이 모든 것은 되살아낼 수 없는 삶의 궁극이라는 것 들을 한결같이 되풀이한다. 「뿌넝숴」의 화자는 그 많은 것들을 이렇게 요약한다; "삶은 살아가는 것이지, 이야기하는 게 아니거든."(70쪽) 그리고 "뿌넝숴. 운명이 드러나는 순간에 언어 같은 것은 완전히 사라지는 거야"(71쪽).

'결코 말해질 수 없다'는 '뿌넝숴不能說'의 진실은 같은 제목의 작품에서 한국전쟁에 참전한 중공군 출신의 화자에게 여러 경우로 사용된다. "역사라는 건 책이나 기념비에 기록되는 게 아니야. 인간의 역사는 인간의 몸에 기록되는 거야"(80쪽)라고 탄식할 때의 '뿌넝숴'는 참된 역사야말로 결코 문자로 적힐 수 없는, 인간의 육신 속에 각인될 때에만 진실일 수 있다는 역사를 살아본 자의 증언이다. 그가 자기를 치료해준 조선인 간호사로부터 "지평리에서 너는 무엇을 봤느냐?"(82쪽)의 질문에 대한 대답으로 받은 '뿌넝숴'는 처참한 전투와 그 속에서 살아남은 우연의 역사에 대해 더이상 긍정할 수 없음의 고백이다. 이 두 남녀가 부상당한 몸으로 절망적인 육체관계를 맺을 때 "살아 있다는 건 그토록 부끄럽고도 황홀하고도, 무엇보다도 아픈 일"(81쪽)로 기억되는 한, 전쟁이란 "정말 말할 수 없다"(85쪽) 이상의 대답을 할 수 있는 것이 결코 아니었다. 작품 속 화자가 '뿌넝숴'를 통해 결론적으로 한 말은 "자네가 아는 한 세상에서 가장 믿기 어려운 얘기들을 내게 말해"줄 수 있다면 자기는 그 말하는 사람이 "어떤 사람인지, 어떤 운명을 타고났는지" 말해주겠다는 것이다. "책에 씌어진 얘기 말고. 자네가 몸으로 겪은 얘기. 뿌넝숴. 뿌넝숴. 그 말이 먼저 나올 수밖에 없는 얘기."(88쪽) 여기에는 말이나 글로 이루어진 역사가 아니라 몸으로 겪은 삶을 살아본 사람만이 진실을 이해하고 그의 세계를 바라볼 수 있으며 그래서 삶과 세계를 설명할 수 있다는 것과 기록으로 이루어진 역사에 담길 수 있는 진실은 산일散佚되어버리고야 만다는 김연수의 근원적인 부정이 절망적으로 언표되고 있다.

그게 역사든 기록이든, 소설까지도, 문자로 씌어진 것은 결코 삶 그 자체일 수 없다는 확인을 김연수는 곳곳에서 되풀이한다. 「다시 한 달을 가서 설산을 넘으면」에서는 등반일지를 쓰면서 "자신의 기억을 아무리 '총동원해도' 문장으로 남길 수 없는 일들이 삶에서도 존재한다는 사실"을 확인하는데, 그것은 "인과관계에 어긋나는 일들은 문장으로 남기지 않았"기 때문이며 그가 쓰고 있는 소설에서도 "은밀한 존재는 현실의 인과관계에서 벗어나 있기 때문에 소설 속의 문장으로 들어올 수 없"(141쪽)어 "그는 조금씩 지워지고" "자신이 간절하게 원했던 꿈이며 그럴듯하게 보였던 미래며 삶의 목적이 되었던 몇몇 순간들이 하나씩 사라"(142쪽)진 때문이었다. 삶의 실제는 숱한 농담으로 이어지는 것인데 "역사책에는 농담이란 기록돼 있지 않으니까. 원인과 결과만이 나열된 책이니까"(「쉽게 끝나지 않을 것 같은, 농담」, 24쪽) 그럴 수밖에 없는 것이다. 평범한 월급쟁이에서 역사학도로 돌변하여 영국에 유학 온 일본인 네즈미가 깨닫는 것처럼 "역사를 공부하면 할수록" "거짓말이 들통나는 게 아니라 들통난 것들이 거짓말이 된다"(「그건 새였을까, 네즈미」, 49쪽)는 허망한 역사관은 이 유학생이 읽은 조르주 뒤비의 말로 뒷받침되어 다음과 같은 인식을 가져온다; "삶을 돌이킬 수 없다는 점에서 우리 모두는 불리한 입장에 놓인 역사가와 같다. 하찮은 사실들은 어쩔 수 없이 엄숙하고도 중요한 양상을 띠게 된다. 어쩔 수 없이."(60쪽) 김연수는 이 역사의 진실 왜곡과 사실의 상실이란 필연적인 운명을 더 짚어나아가, 「이렇게 한낮 속에서 있다」에서는 부역이며 희생이 제멋대로 가름되는 사태를 고발하며, 처형자가 외치는 바와 같이 "이 야수와 같은 시대에는 제아무리 벌건 대낮이라고 해도 아무런 진실을 찾을 수 없"(289쪽)음을 역설한다. 그리고 마침내, 작가는 「남원고사에 관한 세 개의 이야기와 한 개의 주석」에서 우리가 알고 있는 춘향전의 이야기를 비틀어, 전혀 다른 이야기로 만든다. 사실은 달리 해석될 수 있을 뿐 아니라 다르게 진행될 수 있다는 것을 그는 춘향과 변사또 간의 다른 전개과정으로 우리에게 제시해준다. 정말 무엇이 진실이고, 역사라는 것은 무엇을 기록하는 것인가. 분명한 하나의 사건 속에 달리 볼 수 없는 명백한 인과관계가 있는 듯 보이지만, 사실 숨은 진실은 사소한 우연에서 비롯된 것일지도 모른다. 이것을 에둘러 설명하는 「이등박문을, 쏘지 못하다」에서는 만일 이등박문을 저격하는 데 아주 사소한 우연이 개입해서 안중근이 성공하지 못했다면 다른 역에서 기다리던 우덕순이 했으리라는 것, 그럴 경우 역사는 하얼빈의 안중근이 아니라 다른 역의 우덕순을 기록했을 것이란 가상을 보여줌으로써 작가는 역사의 엄연성에 대한 회의를 숨기지 않는다. 진실이 이러하다면, "인생이란 그저 사소한 우연의 연속"

(230쪽)일 것이고 역사란 하얼빈 성소피아교당의 모습처럼 "거대한 물음표"(233쪽)에 다름 아닐 것이다.

역사에 대한 완강한 불신에 이어 김연수가 품은 또다른 의혹은 인간이 과연 타인을 이해하고 있는가의 문제이다. 인간의 소통 가능성 역시 불신하는 그는 "인간이라는 게 과연 이해받을 수 있는 존재일까?"(「그건 새였을까, 네즈미」, 48쪽)라고 묻는다. 언니 세희, 그녀와 동거하는 일본 유학생 네즈미, 그리고 세희의 부름을 받고 방문한 동생 세영, 세 남녀 간 짧은 시간의 미묘한 감정적 교류를 그리는 「그건 새였을까, 네즈미」는 인간 이해의 불가능성을 여러 측면으로 제시한다. 두 자매 사이에서 언니 세희는 동생 세영이 "자살할 만큼 마음이 괴로웠다"는 사실을 알지 못한 것에 대해 눈물을 흘리며 안타까워한다.(39쪽) 세영은 남편이 "우리는 아이를 낳아야만 해"라고 말했음에도 그런 남편을 "전혀 이해하지 못했다는 생각" "남편이 모는 자동차만큼도 남편이 어떤 사람인지 (……) 몰랐다"는 사실에 "견딜 수가 없었다". 이 대목에서 화자는 "도저히 이해할 수 없는 일이라는 생각이 든다면 그건 자신의 진실과 일어난 일의 진실이 너무나 멀리 떨어져 있기 때문"(42쪽)이라는 설명을 붙인다. 세영은 "아무리 기억해보려고 해도 남편을 완전히 이해하는 일은 없을 것이라는 사실"(44쪽)을 깨닫는다. 세영은 런던의 언니 집에서 지내는 동안 언니의 연하 동거남에게 '쥐'라는 뜻의 별명 네즈미 말고 본명이 무엇인지 묻지만 그는 자신의 정체를 분명히 밝히지 않는다. 세희 혹은 세영과 네즈미의 관계는 물론 서로 불신하는 처지는 아니지만 "당신은 언니를 사랑하지 않아. (……) 그건 언니도 마찬가지야. 당신들은 서로 이해하는 척하지만, 서로 아는 것이라고는 하나도 없어. 서로를 속이느라 삶을 허비하고 있어"(48쪽)라는 세영의 단정처럼 본래 이름도 알지 못하고 첫 만남도 확실히 기억하지 못하는, 상호 몰이해의 관계임이 조금씩 드러난다. 실제로 네즈미는 "나는 세희를 사랑하지 않았다. 물론 그녀도 사랑하지 않았다. (……) 다른 사람의 모든 것을 이해하려 든다는 것은 무모한 열정이었다"(49쪽)란 해석을 붙이고 있다. 세영 자신도 다른 여자를 만나는 남편이 "무척 이해가"(56쪽) 된다고 장담하지만 사실은 "한결같이 사랑했던 남자, (……) 평생 그를 사랑하리라고 수없이 맹세하게 했던 남자, 그러나 과연 그 사람이 누구인지 조금도 이해하지 못했"(59쪽)음을 고백해야 했다. 말더듬이인 아우 성수를 하얼빈에 데리고 온 「이등박문을, 쏘지 못하다」의 형 성재 역시 조선족 여인과 결혼하겠다는 "동생의 마음 하나도 납득하지 못하"고 있음을 인정하면서 "더이상 짐작하지는 않으리라고"(231쪽) 형제간의 소통을 포기한다. 김연수에게 이해 불가능한 인간관계란 아마도 인간의 근원적인 양상일지도 모른다. 「다시 한 달을 가서 설산을 넘으면」의 '그'는 '나'에게 이렇게 한탄한다. "저는 제 여자친구가 왜 자살했는지도 이해하지 못하거든요. 그걸 이해하려고 소설까지 썼는데도 아직도 이해하지 못하거든요.

제 여자친구가 마지막으로 읽은 책이 교수님이 펴낸 『왕오천축국전』이에요. 걔가 도대체 무슨 마음으로 죽기 전에 그런 책을 읽었는지 그것도 모르겠어요."(154쪽) 아이러니한 것은 '그'가, 그렇게 가까이 두고 사랑해온 여자가 왜 자살했는지 이해할 수 없는데 그녀가 마지막으로 읽은 『왕오천축국전』을 펴낸 교수는 천오백 년의 시간과 만리 밖 서역이라는 공간의 엄청난 거리를 둔, 빈 글자가 숱하게 많은 여행기에 대해 "다 아시잖아요"(155쪽)라고 믿고 있다는 점이다. 그것은 기록한 문헌과 결코 기록할 수 없는 삶 자체의 차이 때문인가, 한없이 먼 거리의 것과 바로 지척의 것 사이의 자명성과 해명 불가능성 때문인가.

김연수가 기록된 역사를 끝내 불신하고 말해질 수 없는 삶의 비의를 강조하는 것은 아마도 결코 돌이킬 수 없는 삶의 엄숙성, 나의 세대가 즐기는 어투로 말하자면 인간의 실존적 성실성을 들추어내기 위해서일 터이다. 그리고 그가 들추어내는 사람과 사람 간의 소통 불가능, 이해의 원천적 차단은 현대적 삶의 근원적 부정일 것이다. 세계에 대해 이처럼 불신의 전망을 갖고 인간에 대해 그처럼 절망하는 눈에, 세상과 사람들의 모습은 하찮고 사소하고 무의미하며 우스꽝스러운 것일 수밖에 없을 것이다. 그의 인물들이 서로 모르고 이해할 수 없고 이해되기를 바라지 않으면서도 그들 간의 관계가 증오와 거부의 그것이 아님은 이 때문일 것이다. 그러니까 그들은 이 세상과 사람들에 대해 근원적으로 관심과 기대를 잃어버렸으며 그것이 체념과 무의미의 비애를 그들에게 심어준 것이다. 김연수는 되풀이하여 "삶이라는 게 얼마나 하찮은 것"(「그건 새였을까, 네즈미」, 55쪽)이며 "삶의 행로가 하나의 거대한 농담"(「쉽게 끝나지 않을 것 같은, 농담」, 30쪽)이라고 탄식하고, 세계가 그처럼 허망하다는 것을 알기에 「그건 새였을까, 네즈미」의 세영 자매는 곧잘 울음을 터뜨리며 「다시 한 달을 가서 설산을 넘으면」의 등산대원 '그'는 인간이 끝내 이해할 수 없으리라는 구절을 책에서 읽고 "맨정신으로는 처음 운"다. 그 울음들은 "순진한 기대나 막연한 소망의 문장들을 하나하나 버리고 자신에게 닥친 슬픔을 배워가는 일"(135쪽)의 징표이다. 이 창작집에 수록된 작품들 모두가 그것을 체현하는 인물들이 다다르게 되는 슬픈 결말을 보여준다. 「뿌넝숴」의 중공군과 조선 간호사의 절망적인 교섭은 피를 흘린 부상병 중공군은 살았지만 그에게 자신의 피를 넣어준 간호사는 생명을 잃게 되는 허망한 결론과 만나며, 「그건 새였을까, 네즈미」의 두 동거인은 결별하고 동생 세영은 귀국 후 자살한다. 「다시 한 달을 가서 설산을 넘으면」의 '그'는 등반에 실패하고 눈 속에서 실종되며 「이렇게 한낮 속에 서 있다」의 여인은 총살당하고 「쉽게 끝나지 않을 것 같은, 농담」의 이혼한 두 남녀는 우연히 만나지만 다시 기약 없는 이별을 하며 「이등박문을, 쏘지 못하다」의 동생은 결혼에 대한 기대를 버려야 한다. 「거짓된 마음의 역사」만이 의뢰인의 약혼녀를 데려다주는 임무를 진 탐정이 도리어 그 약혼녀와 결합하는 '농담' 같은 희극을 벌일 뿐이다.

역사는 믿을 수 없고 인간은 이해될 수 없는 존재이며 세계란 결렬과 죽음의 것이란 김연수의 비극적 인식은 동세대의 다른 작가들을 연상시킨다. 김영하는 세계에 대한 절망적 자학을 보여주는 것으로 그의 문학적 이력을 시작했고, 김경욱은 죽음에 대한 열의로 이 세계의 허상과 상대하는데, 이제 김연수는 세계에 대한 불신과 인간 이해의 불가능성으로 세상에 대한 비관적 전망을 제시하고 있다. 1990년대의 작가들은 왜 이처럼 비극적인 세계인식을 갖게 되었을까. 이 세기말의 세대들은 우리 역사에서 가장 물질적으로 풍요하고 역사에 대해 자신감을 갖추었으며 무자비한 전쟁과 권력의 횡포로부터 처음으로 자유로움을 누리는 세대이다. 그런데도 이 세대의 작가들은 불신과 결렬, 어둠과 파멸, 그리고 절망과 죽음을 눈 크게 뜨고 바라보고 있는 것이다. 왜 그럴까. 그들이 매우 행복한 세대이기 때문일까. 혹은 우리가 부러워하는 이들 세대의 풍요와 발전이 모래 위의 성채처럼 허망한 전시물일 뿐이기 때문일까. 나는 모른다. 다만 김연수는 비록 역사로서는 기록할 수 없음에도 불구하고 '되돌이킬 수 없는 삶의 엄숙성'에 대한 집념을 여전히 지키고 있다는 것, 비록 이해는 못한다 하더라도 "그저 서로를 짐작할 뿐"으로나마 한 학생의 죽음이 때로는 세상을 바꾸기도 한다는 가능성(「다시 한 달을 가서 설산을 넘으면」, 164쪽)을 배제하지 않는다는 점에서, 여전히 그의 문학적 추구, 그러니까 이 세계의 궁극에 대한 추구의 길을 열어놓고 있다. 그 세계란,

> 여기인가? 아니, 저기. 조금 더. 어디? 저기. 바로 저기. 다시 한 달을 가서 설산을 넘으면. 바로 저기. 문장이 끝나는 곳에서 나타나는 모든 꿈들의 케른, 더이상 이해하지 못할 바가 없는 수정의 니르바나, 이로써 모든 여행이 끝나는 세계의 끝.(177쪽)

이다. 아마도 김연수가 꿈꾸는 '모든 여행이 끝나는 세계의 끝'이란 파미르, 혹은 '고지대의 만년설'로서 "내게 하나의 꿈처럼, 다른 사람들은 경험할 수 없는 꿈처럼 (……) 이해할 수는 없지만 현실적인 꿈처럼 다가"(125쪽)올, 우리가 이 세상에서는 도저히 도달할 수 없는 니르바나일 것이다. 그 니르바나로 향하는 기나긴 여행이 곧 진실에의 꿈을 보아가는, 찾아가는 길이 아닐까. 김연수는 이 창작집에서 철저한 부정을 통해 발견할 이 꿈의 길을 예시하는 중이다. 그 길의 꿈은 따뜻한 이해를 되살려주고 역사에 대한 신뢰를 호소할 것이며, 그리고 무엇보다, 아아, 아름답고 투명할 것이다.

| 1판 작가의 말 |

이 소설집에 실린 소설들을 쓰기 위해서 '나'는 그간 수많은 책들을 읽었다. 그런데 한 권의 책으로 묶어 내는 이 시점에 이르러, 문득, 그게 얼마나 부질없는 짓이었는지 깨닫는다. 머리는 이럴 때 숙이라고 만들어놓은 것 같다.

언제라도 '나'는 '나'라는 게 무엇인지 궁금하다. 그렇게 많은 책을 읽은 까닭은 그 '나'가 궁금했기 때문이다. 그런 이유로 읽은 많은 책들이 이 소설집에는 숨어 있다. 하지만 그게 부질없다는 것을 안 이상, 어떤 책을 읽었는지 밝히는 것은 무의미하다. 다만 그 책들을 통해 '나'보다 더 심하게 거짓말을 하는 사람들이 세상에는 널려 있다는 사실을 알게 된 것만을 위안으로 삼는다.

일인칭. '나'. 내 눈으로 바라본 세계. 이제 안녕이다. '나'로만 구성된 소설집을 한 권 쓰고 싶었다. 그리고 이제 할 만큼 했다는 생각이 든다. 왜냐하면 '나'는 정말 거짓말쟁이가 돼버렸으니.

이 책에서 '나'는 너무 많은 거짓말을 늘어놓았다. '나'는 천국에 들어가기가 좀 어렵게 됐다. 그 생각을 하니 배가 고프다. 이 책의 제목을 빌리자면, '나'는 유령작가가 됐다. 더 많은 이야기. 이제 내게는 더 많은 이야기가 필요하다. 살아 있는 다른 사람의 체취가 그리워서 잠도 안 온다.

2005년 5월

김연수

문학동네 소설
나는 유령작가입니다

1판 1쇄 2016년 4월 17일
1판 3쇄 2023년 5월 30일

지은이 김연수
책임편집 김내리 | 편집 정은진 이성근 황예인 김필균
디자인 윤종윤 유현아 | 저작권 박지영 형소진 최은진 오서영
마케팅 정민호 김도윤 한민아 이민경 안남영 김수형 왕지경 황승현 김혜원
브랜딩 함유지 함근아 박민재 김희숙 고보미 정승민
제작 강신은 김동욱 임현식 | 제작처 영신사

펴낸곳 (주)문학동네 | 펴낸이 김소영
출판등록 1993년 10월 22일 제2003-000045호
주소 10881 경기도 파주시 회동길 210
전자우편 editor@munhak.com | 대표전화 031) 955-8888 | 팩스 031) 955-8855
문의전화 031) 955-2696(마케팅) 031) 955-8864(편집)
문학동네카페 http://cafe.naver.com/mhdn
인스타그램 @munhakdongne | 트위터 @munhakdongne
북클럽문학동네 http://bookclubmunhak.com

ISBN 978-89-546-4016-9 03810

www.munhak.com